La cage aux souvenirs

Pierre Mondy

La cage aux souvenirs

PLON

ISBN : 2-259-20457-0

A mes petits enfants,
Benjamin, Rebecca et Louna.

« Heureux temps qui a passé si vite ! Il me semblait tout naturel de le vivre... »

Marguerite CUQ.

« Comme a dit Laurence Olivier après avoir vu *King Kong* : “ Je n’aurais pas joué le rôle comme ça... ” »

Bernard SLADE, *Coup de chapeau*,
adapté par Barillet et Grédy.

La route a été plaisante et j'espère
y cheminer encore un bout de temps
avec ceux qui auront l'amitié
ou le plaisir de m'y accompagner.

Bibi

« Sortez, monsieur ! », tonne René Simon en me fusillant du regard. J'ai arrêté de respirer. Rupture de ton : « Tu vois, ton emploi, c'est ça, les personnages d'autorité. » La voix s'est radoucie. Je me déplie soudain, je souffle. Je viens de passer ma première audition devant « le patron » qui a les yeux plissés et un doigt vengeur dirigé vers moi quand il m'assène son satisfecit. J'avais plutôt mal commencé, terriblement intimidé par le regard aigu de Simon et son énigmatique sourire de mandarin. « Tu parles dans un verre ! », m'avait-il lancé quand je me suis rétréci sur une tirade d'*Hernani*, vaincu par Victor Hugo et mon désarroi. Tout me paraissait trop grand pour moi. Les textes que je défendais, la scène du 36, boulevard des Invalides, siège du cours le plus célèbre de France, les élèves qui connaissaient la musique, Simon lui-même, auguste silhouette, toujours tiré à quatre épingles, vêtu d'une de ses élégantes chemises russes à manches bouffantes. Et puis ça passe... J'ai eu plus de chance que mon copain Pascal Mazzotti qui auditionne le même jour que moi, auquel il promet : « Toi, ton emploi, ce sera les officiers de marine qui trahissent. » Tête de Mazzotti, livide, qui voit sa carrière passer par le chas d'une aiguille à coudre.

« Autoritaire » ? Il n'avait pas tout à fait tort puisque je serai tour à tour Napoléon, pasteur, P-DG, adjudant-chef, commissaire, etc. Et puis mon travail de metteur en scène n'est peut-être pas étranger à cette *autorité*... Même si l'autorité, pour Bibi Cuq, c'est d'abord un rôle de composition.

Bibi Cuq, c'est moi. Un petit Parigot né à Neuilly, le 10 février 1925, dans une chambre de l'appartement que mes parents occupent au dernier étage de l'externat Saint-Joseph, dont ils sont, mon père le directeur, ma mère l'économe. Elle assure également la classe des maternelles. Ce jour-là, comme tous les jours à 8 h 30, les élèves se sont mis en rang dans la cour quand la cloche de l'école a sonné. Pour une fois, maman ne l'a pas très bien entendue car le carillon s'est mêlé à mes premiers cris. « Il est bien joufflu ! », s'est écrié le pédiatre, le docteur Fiessenger, en me levant dans les airs. Joufflu et bien portant. Mais souriant comme le bébé Cadum, bruyant comme un tambour, remuant comme un singe blond. Très vite, je cavale dans tous les sens, raclant mes genoux sur le bitume de la cour de récréation. Elle est trop petite cette cour pour un bambin brouillon et batailleur. J'en ai exploré chaque recoin, jusqu'au toit du préau et les arbres qui constituent un observatoire idéal pour repérer mes cibles.

En voilà une de choix : André, mon frère et parrain, de dix ans mon aîné, qui n'aime rien tant que me courser dans la salle à manger, sanctuaire que maman réserve aux déjeuners familiaux du dimanche et aux invités. Pour échapper à ses diableries chatouilleuses, j'ai bondi avec un cri de Sioux sur la table de bois brun avant de me dresser brusquement sur mes jambes et de fendre d'un violent coup de tête la fine coupe d'albâtre entourée d'appliques qui sert de luminaire. Maman, qu'on a entendue arriver du couloir, en reste bouche bée de stupéfaction tandis qu'André s'étouffe de rire et que je redescends de mon promontoire en feignant d'avoir mal. C'est l'une des rares fois où maman m'a flanqué une bonne fessée... Mon frère a bien essayé de s'interposer entre nous et d'intercéder en ma faveur, mettant en avant mon inénarrable spontanéité, ma mère a mis en avant son inénarrable désir de bonne éducation.

La maison résonne des rires d'André. Amateur de calembours et de surnoms bizarres et évocateurs dont il affuble chacun, de la bonne au curé, il joue de la dérision comme aux billes, et m'apprend l'exercice facile de la mise en boîte de tous, toutes, et de nous-mêmes en particulier. Rire à nos dépens ou à ceux des autres était notre principal divertissement. Ce côté joyeux couplé à l'apprentissage de valeurs simples telles que l'effort, la persévérance, l'honnêteté, le goût du travail, le sens des responsabilités, m'a structuré de façon forte. Peut-être, à certains moments, a-t-il manqué à cette éducation un petit grain de folie qui faisait défaut surtout à mon père, pétri dans la pâte du sérieux et de l'apostolat de l'enseignement.

Bibi ceci, Bibi cela... Bibi résonne dans tous les coins de la maison. Bibi vient de mon impatience gourmande à réclamer un biberon qui tardait trop. Mot d'enfant, de bébé un peu goinfre qui attendrissait ses parents. Un petit nom affectueux, cela ne prête pas à conséquence, il s'envole à la première poussée d'acné. Moi, ce Bibi-là m'a collé aux oreilles et au cœur toute ma vie, avec sa variante maternelle affectueuse, « Bibichou ». Tout un programme dans ce suffixe « chou » qui était réservé à mes seuls proches. J'avais un peu honte quand même, passé les premières dizaines de ma vie. Le pot aux roses fut tour à tour découvert par quelques petits futés, des gentils camarades de cinéma qui passaient par Albi en tournage ou en vacances. Jean Carmet, le premier, puis Gérard Hernandez et Roland Giraud ensuite, qui se fendirent ainsi d'une carte postale révélant d'une phrase mon inavouable secret : « Tu es découvert, Bibi Cuq ! »

Mes parents sont l'exemple même de ce que l'amour peut avoir d'irrationnel et de merveilleux... Malgré des caractères diamétralement opposés et dix-huit ans d'écart, la tendresse, l'attachement qu'ils éprouvent l'un pour l'autre se mesurent à chaque instant. Marguerite, ma mère, est une blonde charpentée aux yeux clairs, qui a ce physique de ceux qui ont les pieds bien ancrés dans la terre. Communicative et gaie, elle a un regard laser mais l'âme charitable. J'ai hérité de ses yeux bleu foncé et de son tempérament bien trempé. Nous avons la même manière de nous lever de notre chaise et de partir rapidement à grandes enjambées. Louis, mon père, est plus posé. Trapu, il porte beau, le menton un peu levé, avec ce maintien qu'adoptent souvent les hommes petits pour compenser leur apparent manque de hauteur. Je ne me souviens pas de l'avoir vu sans cravate. Est-ce le jour où elle l'a vu sourire que maman l'a baptisé « Louisou » ? On peut l'imaginer... Le sourire de mon père, c'est vraiment quelque chose : éclatant, lumineux, transfigurant un visage un peu austère, un sourire qu'il m'a transmis sans que j'en sois économe. C'est vrai qu'il ne sourit pas beaucoup, papa. Ma mère lui reproche gentiment cette réserve et cette timidité qui lui font ombrage... comme elle le fera avec moi, à des moments où j'aurais dû m'affirmer davantage : « Tu es comme ton père, un vrai bouquet de violettes ! Tu ne veux jamais te mettre en avant ! », disait-elle. Se mettre en avant... Voilà bien une position dont mon père se fiche éperdument. Lui, ce qu'il met au-dessus de tout, c'est l'instruction de « ses enfants » et leur préparation au brevet. Cette passion de l'enseignement, il la tient chevillée au corps.

Chez nous, les conversations doivent être formatrices. Maman s'intéresse à la politique, à la médecine et au paramédical (nos sourires en coin avec mon frère quand elle parle savamment de « parturiente » au lieu de « femme enceinte »). Quant à mon père, je ne l'ai jamais vu feuilleter un illustré ou un roman pour se détendre : il lit pour apprendre et griffonne sans répit des notes sur un calepin. C'est étrange, il a fallu que je relise tous ses cahiers pour réaliser le temps qu'il y passait quotidiennement, noircissant des pages et des pages de sa petite écriture parfaite aux jolis pleins et déliés... Après sa mort, j'ai retrouvé « son » livre, un ouvrage très détaillé sur les animaux mythologiques et leurs symboles, qu'il n'a jamais tenté de publier. D'ailleurs, une grande partie de sa culture était à « usage interne », réservée à la famille. Papa s'instruisait pour transmettre, à l'école comme à la maison. Aujourd'hui, le manuscrit « des animaux », comme je le nomme, dort dans la malle aux souvenirs. J'en suis l'unique lecteur émerveillé et ému. Mon père, musicien autodidacte à ses heures, s'exerçait chaque dimanche matin sur le piano familial à *La Marche de Radetzky* de Johann Strauss fils, nous réveillant sur des notes incertaines qui tour à tour s'emballaient ou hésitaient, nous laissant prendre la mesure de tous les progrès qu'il lui restait à faire. Depuis, je ne peux entendre ce morceau si célèbre sans que mon cœur se serre.

Maman adorait le théâtre, et à la maison elle avait deux clowns tout dévolus à sa passion. Nous n'aimions rien tant mon frère et moi que nous déguiser et monter des duos pour jouer un répertoire de notre cru. Nos proches étaient notre principale source d'inspiration. Le temps pour mon frère de coiffer un foulard, d'enfiler une combinaison de maman, de me coller une moustache sous le nez, et nous rejouions la rencontre de nos parents, l'invitation au « Quadrille des Lanciers », ou caricaturions à l'envi notre entourage – professeurs, cousins, bonnes ou commerçants. J'entends encore mon père s'exclamer : « Ah, ces cochons de mômes ! » Les yeux brillants, maman regarde André, long et mince tandis que je suis court et carré. Je suis pourtant, jeune farfadet, celui qui fera « carrière » au cinéma et s'initie déjà à la comédie dans les spectacles de fin d'année. Mon premier acte de bravoure fut de jouer Eliacin dans *Athalie*, à sept ans. Mon frère intégrera la police, ce dont il rêvait depuis l'adolescence lorsqu'il accompagnait parfois les policiers de Neuilly dans leurs rondes. Lui commissaire principal et divisionnaire, moi comédien et metteur en scène : nous avons réalisé très exactement ce pour quoi nous étions faits. Et je pense souvent à mes parents lorsque j'entends le récit de vocations contrariées : bien que soucieux de notre avenir, et le mien pouvait sembler diablement incertain, jamais ils ne se sont opposés à nos aspirations.

Paris-Albi

En 1936, coup de tonnerre dans le ciel bleu, l'archevêché de Paris met mon père à la retraite. Il a soixante ans et, du jour au lendemain, il se retrouve sans emploi, sans logement de fonction, sans salaire ni retraite. L'heure est aux congés payés, mais pas dans les institutions privées catholiques. La seule solution est de quitter Paris où la vie est trop chère et de s'installer à Albi où vit la famille de papa. Je dis au revoir aux copains de Neuilly sans réaliser la violence de ce départ. Dans un premier temps, nous nous installons rue de Bernis, chez mon grand-oncle Henri, vieux garçon solitaire aux belles bacchantes, dont les sabots de bois claquent sur les tommettes rouges. Nos salon et salle à manger bourgeois de Neuilly tentent de trouver leur place dans cette maison spacieuse mais paysanne, entre l'âtre et le coffre à pain. Nous sommes comme déracinés. Perdus.

Même s'ils tentent de nous le dissimuler, mes parents vivent ce déménagement « à l'emporte-pièce » comme un insupportable exil. Souvent, je surprends mon père le front collé à la fenêtre de sa chambre, regardant la rue, perdu dans ses pensées. Je l'observe longuement, sans qu'il s'en aperçoive, puis m'éloigne sur la pointe des pieds, l'abandonnant à sa solitude. Je n'ai que onze ans, il ne me parle de rien, mais il ne se confie pas davantage à André. Il se tait, se ronge en silence. Il maigrit, devient taciturne. Il ne faut pas être grand clerc pour deviner ce qui le mine : mon père se sent trahi. Il ne supporte pas de nous avoir entraînés dans ce dénuement, même provisoire. Désormais, un sou est un sou, et maman va devoir exercer son métier d'économe pour la municipalité, jusqu'à ce que mon père donne suffisamment de cours particuliers pour faire vivre sa famille, des cours qu'il va dispenser sans compter. Du matin au soir : à chaque heure, un élève. De là naîtra sa réputation de « récupérateur de mômes en perdition », réputation en rien usurpée puisque, chaque fois que je passe à Albi, un ami commerçant chante les louanges de mon père qui, dit-il, lui a sauvé la vie et permis d'avoir un métier. Quant à ma mère, elle retrouve ses fonctions d'intendante au lycée de jeunes filles, puis au Collège moderne et technique. La vie reprend son cours, cahin-caha, sans mon frère qui a pris son poste d'inspecteur de police à Annemasse. Nos dix ans d'écart vont nous séparer momentanément. Lui, il est déjà dans la vraie vie, alors que je profite de mes dernières années d'insouciance.

Deux ans passeront avant que nous retrouvions nos marques et un chez-nous dans une petite maison du centre-ville, près du cinéma Le Moderne, où un certain King Kong terrorisera mes nuits d'adolescent impressionnable et *Les Trois Lanciers du Bengale* me feront verser des torrents de larmes dans la scène mémorable où l'on décore le cheval de Gary Cooper. Avec mes copains, on rejouera cent fois *Robin des Bois*, nous identifiant à Errol Flynn, qui incarne à lui seul l'héroïsme, l'aventure et le panache. Dans mon petit panthéon personnel d'idoles, on trouve aussi Humphrey Bogart, James Cagney, Spencer Tracy. Les grandes pointures du cinéma américain. Après chaque séance de cinoche, je file dans ma chambre rejouer les scènes les plus marquantes ou poursuivre l'histoire du film. Dans la glace de ma chambre, Bibi d'Albi devient James Cagney qui entre dans le bar, prêt à dégainer... Celui-là, je l'ai tellement observé que le jour où j'ai dû jouer un truand, je savais comment tenir un revolver. C'est James Cagney qui m'a appris, « les gars, vous fatiguez pas »... Comme je l'aime ce cinéma américain en noir et blanc, avec les fortes têtes, les caïds, les héros sur le retour, ces mots qu'ils mâchonnent comme du chewing-gum et qu'on se ressert entre copains pour les imiter !

C'est aussi la grande époque des comédies musicales, avec ses légendes en jambes et en grâce, Fred Astaire et Ginger Rogers, Eleonor Powell, Cyd Charisse et Gene Kelly. Leur talent unique dans l'histoire de la danse et du cinéma ajoute le rêve au rêve. Qui n'ambitionne d'atteindre un dixième de leur perfection ? Je m'y essaie laborieusement en clouant des plaques d'aluminium sous une paire de chaussures pour danser sur l'ouverture de *Carmen*. Mais comme disait Yves Robert qui adorait la comédie musicale : « Quand je me suis rendu compte que j'étais plus lourd que l'air, j'ai pensé à devenir acteur... » Et sauter dans la rue par-dessus les poubelles comme si la musique nous portait ne fit pas de nous des elfes.

Dans mon quartier où tout le monde se connaît, les rues sont étroites et des chemins de terre mènent à des maisons basses et alignées qui se ressemblent toutes. Mes nouveaux copains, Claude Chiffre et Robert Coulas (mon frère nous appelait « les trois C »...) et d'autres irréductibles, Titin, Jacques et Pierre, Yves, m'initient à la belote, qui va devenir une passion, et me font découvrir le rugby. Serrés sur les tribunes en bois du stade Maurice-Rigaud, c'est à qui gueulera le plus fort pour soutenir son équipe. Mais parce que le rugby n'a pas d'équipe en junior à cette époque, j'intègre à seize ans l'équipe de foot du Sporting Club albigeois. Je me plais à Albi, je me plais dans ma nouvelle vie. J'attrape même l'accent occitan (et deux, trois jurons tarnais au passage), accent que je perds et que je reprends le premier orteil posé sur le sol albigeois chaque fois que je reviens. Aujourd'hui, le président d'honneur du Sporting Club albigeois de rugby à XV que je suis est fier de ses champions qui sont dans le top 14.

Petit Parisien qui déboule dans le Tarn, j'ai pris des habitudes de provincial : club nautique, vélo avec ma bande, toujours les mêmes, unis comme les doigts de la main. C'est le temps des surprises-parties où on se déchaîne sur la musique de Django Reinhardt, Stéphane Grappelli, Charles Trenet, le Fou chantant qui fait boum dans nos cœurs, et bien sûr Ray Ventura et ses collégiens, en attendant toute la musique américaine et son swing qui vont débouler pendant la guerre. Je danse à perdre le souffle, il faut bien que le corps exulte. C'est le temps des filles et des premiers flirts, mais les corps à corps restaient bien convenables. Les parents ne sont jamais loin, les filles protègent leur vertu comme si leur vie en dépendait, et surtout la pilule n'existait pas encore. On chouchoute notre copain, Jacques Galonnier qui nous ravitaille en 78 tours car ses parents sont disquaires, et à ce titre il est considéré comme le pivot indispensable de toutes les fêtes. Mes chers amis, mes meilleurs amis... La vie n'a pas réussi à nous séparer, mais la mort a emporté l'un des plus proches, Claude Chiffre. Claude et sa vivacité d'esprit, son jugement, son bon sens, son extrême gentillesse, son humour... Comment tourner cette page de ma vie ? Je voudrais lui parler comme s'il était encore parmi nous. On s'appelait Doudou et Bibi et on se raccompagnait tard le soir, de la rue Séré-de-Rivières au boulevard Magenta. Les au revoir n'en finissaient pas, redémarrant sans cesse une autre discussion qui nous empêchait de regagner sagement nos pénates. Claude, mon cher Claude, mon filiou, tu marches à mes côtés et cette promenade de frères ne s'arrêtera qu'avec moi.

A l'heure du dîner, je regagnais enfin la maison, essoufflé, en nage, pour retrouver ma chambre et mes livres. Je dévorais tout ce qui me tombait sous la main. Notre bibliothèque est fournie... Les romans d'Alexandre Dumas ou de Charles Dickens, je les dégringolais ! Cet amour des livres a été le terreau de ma vocation de comédien ; et je lisais avec une même passion les textes de théâtre publiés chaque mois par *L'Illustration*. Théâtre, littérature, je rêve, je voyage sans savoir où j'accosterai. A quinze ans, un nouveau territoire s'offre à moi, coup de foudre ravageur : le jazz. Il arrive dans ma vie par le plus merveilleux des hasards : dans cette époque si triste de l'exode, un jeune homme, membre du Hot Club de France, fou de jazz évidemment, a fui Paris en pleine débâcle, emportant avec lui tous ses 78 tours. Il habite un rez-de-chaussée près de chez nous, sur la place du Foirail. C'est l'été, ses fenêtres sont ouvertes, j'entends une musique inconnue, j'arrête mon vélo devant sa maison : *Nightmare* d'Artie Shaw. Je ne l'oublierai jamais. C'est la révélation d'un rythme, d'une liberté, d'une audace qui parlent à chaque cellule de mon corps. C'est un monde de plaisirs et de sensations nouvelles qui m'empoignent pour ne plus me lâcher. Le jazz est là, rythmant tous les moments de ma vie, heureux ou malheureux. J'ai toujours un air de jazz dans la tête qui m'accompagne, je peux claquer des doigts sur un rythme chopé dans une rue, me mettre à chantonner, esquisser un pas de danse... Ces improvisations que le jazz suscite, ces images qu'il fait naître dans mon imaginaire m'inspireront au théâtre où je l'introduirai, dès que je le pourrai, dans la plupart de mes mises en scène. Une révélation qui attise mon regret de ne pas avoir appris à jouer d'un instrument. Dire que mes parents avaient un piano droit à Neuilly et me faisaient donner des leçons ! Si j'avais su, j'aurais évité de me planquer sous mon lit quand arrivait le professeur et j'aurais fait mes gammes, bien gentiment...

La guerre

Une autre réalité se profile, beaucoup plus sombre. Après les catastrophiques accords de Munich, l'invasion de la Pologne par les Allemands, la France, après la Grande-Bretagne, est entrée dans la drôle de guerre pour rapidement capituler et signer l'armistice. Mes parents, j'ai cette chance, se rallieront tout de suite à l'appel du 18 Juin du général de Gaulle.

En ces temps difficiles, la mairie d'Albi organise l'accueil des réfugiés : tous les dortoirs sont réquisitionnés, les halls, les marchés couverts et le préau de notre école. Scout et chef de la patrouille des Hirondelles, mon totem est « Lionceau consciencieux ». J'aide ma mère, avec mes copains, à installer dans les locaux scolaires les réfugiés qui arrivent épuisés en zone libre, en voiture ou après des jours de marche, ayant parfois tout perdu, affamés, apeurés. Nous entreposons des ballots de couvertures par dizaines. L'heure n'est pas à la rigolade, mais le lionceau aime bien s'amuser, et pour avoir dégringolé sur les ballots avec Mickey Pujol, la jolie guide et fille du procureur, il passe en conseil de discipline. Vexé, Lionceau quitte les scouts et file aux Eclaireurs de France.

Mon périple au lycée Lapérouse d'Albi ne laissera pas de souvenirs impérissables, surtout concernant les cours de physique-chimie. Mon père a beau essayer de m'expliquer les mathématiques et l'algèbre, je regarde les équations comme des hiéroglyphes pour lesquels je suis loin d'avoir la curiosité de Champollion ! (Pauvre papa, j'aurai été son unique échec en matière de rattrapage scolaire...) Je ne sais pas ce que j'ai fait à monsieur Sarraute, professeur de physique, pour qu'il me vire dès le début de l'heure ou s'adresse à moi à la troisième personne : « Elle va aller chercher le cristallisoir... », dit-il, sous-entendu « la nullité » ! Désormais, je passe la plupart de mon temps assis dans le couloir, les boyaux tordus à l'idée que le censeur ou le surgé me voient. Au conseil de classe, ce prof olympien se venge et m'interdit l'accès à la classe de 1re alors que mes autres notes sont honnêtes. Par expérience, mes parents savent que doubler une cinquième ou une seconde est une perte de temps. Du coup, je suis renvoyé. La sortie de secours se trouve à seize kilomètres de là, au collège de Gaillac qui accueille les laissés-pour-compte de Lapérouse, et ils sont nombreux. Petit revirement de la petite et longue histoire des cancres qui a fait le bonheur des littérateurs et des cinéastes, lors du jumelage de l'amicale des deux établissements, je fus choisi pour présider la cérémonie. La notoriété délivre aussi ses satisfecit dans l'enseignement scolaire.

A Gaillac, sans que je le sache, c'est le destin qui m'attend sous l'apparence d'un petit homme au corps voûté, au visage anguleux et aux imposantes moustaches noires. A priori, rien de folichon chez monsieur Senna, le principal du lycée, sauf qu'il est mordu de théâtre et qu'il a l'enthousiasme contagieux. Grâce à lui, je peux donner enfin libre cours à ma passion de jouer. Chaque fin de trimestre, il monte un spectacle, et c'est au cours d'une représentation au collège que je rencontre des comédiens amateurs, la Compagnie du

Jeune Théâtre, qui nous prennent en sympathie, mon copain Claude Chiffre et moi. Pendant les vacances scolaires, ils m'embarquent avec eux pour donner des spectacles de notre cru, *Les Grands Garçons* de Paul Géraldy que nous jouons Claude et moi, ainsi que des sketches de Max Reynier, dans toutes les salles des fêtes, marchés à bestiaux et arrière-salles de cafés des villages du Tarn où je fais mes premiers pas d'acteur. Signe du destin, encore ? Je participe à la mise en scène de la plupart de nos sketches.

A Pâques 1943, ma mère vient voir monsieur Senna pour évoquer mes perspectives d'avenir, et il lui fait cette confidence : « Madame, je pense que votre fils va faire un étudiant très médiocre... Peut-être une capacité en droit, mais pas la licence..., ajoute-t-il, avec humour. En revanche, je pense que votre petit est doué pour le théâtre... » Il l'a compris avant moi qui ne vois pas si loin. Monter sur scène, c'est excitant, mais de là à en faire un métier... « Attendons la fin de l'année scolaire et le résultat du baccalauréat pour définir ton orientation », décide mon père. En juin 1943, la réponse tombe comme un coup de trique : recalé. Coup de trique, mais pas la guillotine. Moi aussi, j'ai réfléchi et j'ai pris ma décision : je monte à Paris en septembre pour m'inscrire au cours Simon et tenter le concours du Conservatoire d'art dramatique. « Je vais essayer d'être comédien... », dis-je à mes parents tout à trac. C'est la première fois que je formule si clairement un désir aussi profond et, tout d'un coup, j'ai l'impression d'avoir ma vie au bord des lèvres... Ils me regardent, écoutent attentivement mes arguments et, devant ma détermination et mon enthousiasme, ils acceptent de me laisser tenter ma chance. Voir partir un gamin de dix-huit ans, en pleine guerre, à huit cents kilomètres d'eux, pour une expérience incertaine, était une sacrée preuve de confiance, mais aussi le gage de leur générosité et de leur droiture. Puisque les études n'étaient pas « ma tasse de thé », comme le soulignait maman, il était vain d'insister... « Les parents ne doivent pas être égoïstes... », disait mon père. Nous n'en rediscuterons plus.

Ce sera mon dernier été à Albi avant longtemps. L'une des conséquences du changement de statut de mon père et de notre départ pour la province aura été de nous priver définitivement des vacances que nous passions à Saint-Laurent-sur-Mer, dans le Calvados. D'une année sur l'autre, nous louions une petite maison à une centaine de mètres de la plage ainsi qu'une cabine sur le sable pour déposer nos affaires et nous y changer. Me reste en mémoire l'odeur du bois mouillé et de la peinture vernie craquelée par le sel marin. A l'insu de mes parents, très pacifistes, mon frère qui a toujours aimé la chasse me réveillait à sept heures du matin pour l'accompagner sur la plage déserte où il tirait sur les mouettes. Comme nous n'avions pas de chien, c'est « Bibi » qui courait récupérer le butin tombé dans les flaques d'eau ou sur le sable. Mais, pour être franc, nous n'exhibions pas nos trophées.

Qu'ils soient à Neuilly ou en vacances, mes parents restaient fidèles à leurs habitudes : papa, toujours dans l'étude, s'adonnait à la lecture et à ses annotations, m'obligeant de même à plancher sur mes devoirs de vacances. Il lui arrivait parfois de s'offrir un bain de mer, mais plus rarement que ma mère qui ne se lassait pas de se baigner et nous accompagnait à la pêche aux crevettes et aux moules, qu'elle cuisinait le soir, pour notre plus grand bonheur, dans une ambiance surchauffée par mon frère qui imitait les cris de ma mère craignant de se faire pincer par les crabes.

Il y a quelques années, ma mère a eu envie de retourner sur cette plage et de revoir notre maison. Ainsi que je m'y attendais, nous n'avons rien reconnu. Saint-Laurent-sur-Mer était devenu Utah Beach au moment du débarquement et tout avait été rasé, y compris la colline que nous dévalions pour aller nous baigner.

Le cours Simon

Septembre 1943. Maman m'aide à faire mes bagages en cachant sa terrible appréhension, elle s'inquiète de ce nouvel apprentissage qui me projette vers l'inconnu. André, mon frère, est inspecteur de police à Paris et habite le 17e arrondissement dans un appartement trop exigu pour m'accueillir depuis qu'il a femme et enfant. Il me conseille de me loger dans son quartier pour rester à proximité en ces temps incertains. Boulevard de Courcelles, un couple très âgé accepte de me louer une chambre dans leur appartement, agréable en été mais qui se transforme en chambre froide aux premiers jours d'automne. L'hiver, je dors tout habillé dans mon lit. Mes hôtes sont gentils mais peu causants. Ils ne sortent presque jamais par peur des rafles. Je n'ose pas regarder l'étoile jaune cousue sur leurs vêtements, tant elle me fait mal pour eux. A Albi, cette réalité-là nous a un peu échappé. La présence allemande y est moins forte, nous nous sentons moins quadrillés et surveillés qu'à Paris. Ici, j'ai la sensation étrange de vivre entre deux mondes. D'un côté celui de la guerre, ses misères et sa menace permanente ; de l'autre, celui de l'illusion, de l'imaginaire avec la scène et ses textes dans lesquels je me plonge chaque jour en attendant que le cours

Simon ouvre ses portes. Dans la rue, je vois avec consternation des Parisiens marcher sur le trottoir et laisser, quand ils les croisent, le passage aux Allemands. Les croix gammées sont accrochées à tous les édifices, l'uniforme vert-de-gris est partout. Marché noir et système D fonctionnent à plein. Je mentirais si je disais avoir souffert de la faim, mais j'ai connu les privations, comme tout le monde. Cependant mon frère, sa famille et moi avions la chance de pouvoir parfois compter sur monsieur Baradel, un charcutier de Neuilly, ami de mes parents, qui nous invitait à savourer un jambon chaud, exception délicieuse dans notre alimentation ordinaire de rutabagas et topinambours. Avec mon ami Claude monté lui aussi à Paris, mais pour faire Sciences-Po, nous retrouvons le chemin des cinémas. *L'Eternel Retour*, *Les Visiteurs du soir*, *Les Enfants du paradis*... Mystère de cette terrible période qui produisit autant de chefs-d'œuvre. Comment l'expliquer sinon par le désir profond de s'évader dans le mythe, le rêve, l'imaginaire... sous la plume héroïque d'un Cocteau ou d'un Prévert, et grâce à l'œil magique d'un Marcel Carné ou d'un Jean Renoir.

Je pénètre dans les locaux intimidants du cours Simon pour me présenter. J'ai préparé le monologue de Sosie dans *Amphitryon* de Molière, les stances de *Polyeucte* de Corneille et une tirade d'*Hernani* de Victor Hugo. Sur la moquette marron et usée de la scène, cerné par les tentures sombres qui servent de coulisses, je me sens détaillé, scruté comme un objet bizarre par un parterre d'élèves assis à même le sol, et je bénis le ciel de m'être déjà produit devant un public, sinon j'aurais pris mes jambes à mon cou. Le lieu est dépouillé et diablement impressionnant quand on pense à ceux qui m'y ont précédé. René Simon m'observe du fond de la salle, sans un sourire. Je donnerais cher pour savoir ce qu'il pense de moi à cet instant.

Les débuts d'un comédien sont souvent marqués par la « perception » physique qu'on a de lui. N'étant pas l'archétype du jeune premier, je jouerai souvent les pères, les vieux oncles, les grands-pères. Jean Carmet, Guy Tréjean, Henri Virlojeux ont « fait » beaucoup de « vieux » et, au TNP, Philippe Noiret jouera don Gormas du *Cid*, alors qu'il n'avait que vingt-cinq ans. Si on pouvait choisir sa gueule et son allure, il n'y aurait que des Gary Cooper ou des Brad Pitt dans la rue... Mais je n'aurais jamais changé ma tête pour une autre.

Je voulais plonger tout entier dans le travail, passer des scènes, prendre à bras-le-corps ces personnages que Simon voyait défiler à longueur d'année mais auxquels je voulais apporter ma touche personnelle. La guerre et ses contraintes m'en empêchent. N'étant pas salarié et étudiant la comédie hors du cadre officiel du Conservatoire, après cinq mois passés à Paris à éviter les contrôles, le Service de travail obligatoire me coince et m'oblige à fuir la capitale pour éviter d'être envoyé en Allemagne. Retour à la case albigeoise, mais je suis bien décidé à revenir dès que la menace se sera éloignée. A Albi, ma mère m'obtient un petit boulot de bûcheron aux forêts des mines de Carmaux qui fournissaient les poteaux de soutènement, où nous sommes tout un groupe d'étudiants à travailler en fuyant les contrôles du STO. Cette période est marquée par le souvenir très précis de la TSF que mes parents allument tous les soirs en cachette et le son spécifique de Radio Londres. Dès le début des hostilités, mes parents se sont positionnés du côté d'une résistance calme, discrète mais ferme. Pendant mon absence, ils cachent six mois, chez eux, un médecin juif, le temps qu'il rejoigne une zone moins exposée. Je retrouve avec joie le copain qui ravitaillait en disques nos surprises-parties et son frère aîné, un mordu de bagnoles, dont la passion le pousse à devenir chauffeur de la Kommandantur pour le plaisir de conduire de rutilantes voitures à essence. Il sera fusillé à la Libération. Un type gentil, qui n'aurait pas fait de mal à une mouche, mais totalement inconscient. Et l'époque, où le trouble et le désordre dominaient, ne portait pas à la clémence. Je me souviens qu'il y eut des actes de malveillance et des exécutions sommaires, dénis de justice et d'humanité, qui mirent ma mère en colère.

Moi, je continue à bûcheronner, enfin surtout à débroussailler, parce que tenir une hache, c'est une autre paire de manches... Le soir, je sors de mon sac à dos mes brochures de théâtre, mes textes classiques que je travaillais pour Simon. Tout irait bien si je ne me faisais pas de nouveau prendre par une commission de peignage qui me refuse la carte de travail et me colle dans la main mon billet pour rejoindre les usines Messerschmitt de Munich. Pour y échapper une fois encore, je me réfugie dans une ferme où passent souvent des maquisards de la région d'Albi, mais les Allemands se rapprochant dangereusement de notre repaire, je m'enfuis avec eux dans le maquis. Après la libération d'Albi, je rejoins l'Organisation militaire d'active qui me conduit de Strasbourg à Baden-Baden, jusqu'à la démobilisation en décembre 1945. Lors de la libération de la France, l'armée B, future 1re armée du général de Lattre, incorpore trois cent mille Maghrébins ou originaires de l'empire sur cinq cent mille hommes. Nouveaux engagés, nous suivons les colonnes de Thabors marocains qui nous invitent au méchoui et au thé à la menthe. Un étrange sentiment de respect craintif et de fierté naît en suivant ces hommes culturellement si loin de nous – plus que les

Allemands –, mais qui se battent à nos côtés et dont beaucoup mourront au combat.

J'ai la médaille des engagés. Point barre. Ma classe n'a jamais été appelée. Et comme le dit Jules Renard dans son journal : « Si quelqu'un à table commence à vous dire : “ Mon colonel me disait... ” Vous pouvez vous lever et partir vite fait, il y en a pour deux heures... » Je le paraphrase, mais je confirme.

Du drame à la comédie

Janvier 1946. Personne n'a répondu lorsque j'ai frappé à la porte de l'appartement du boulevard de Courcelles et je n'ai trouvé ni concierge ni voisins pour me renseigner sur le sort du vieux couple juif. Au cours Simon aussi, des visages ont disparu et l'on parle à mi-voix de ce qui a pu arriver à certains élèves. René Simon a eu quelques mots émus pour évoquer les absents. Je mets les bouchées doubles : le concours du Conservatoire, c'est dans six mois et j'ai beaucoup de progrès à faire. René Simon m'a bien observé et un soir, après le cours, il m'appelle dans son bureau. « Pierre, me dit-il, ne passe pas le Conservatoire, tu ne seras pas admis. Tu n'as pas d'emploi : tu n'es ni jeune premier ni valet de comédie. S'ils te prennent, tu joueras Dubois dans *Le Misanthrope*, celui qui lève la chaise à porteur, tu vois ce que je veux dire... » Je vois... Je vois surtout le Conservatoire et la sécurité de l'emploi s'éloigner en courant. Mais aussi définitifs que soient les conseils du « patron », je les écoute. Je sais qu'il a raison. A l'époque, au Conservatoire et à la Comédie-Française, les rôles sont très codifiés : jeune premier de tragédie, jeune premier de comédie, soubrette, valet, reine, duègne, raisonneur... On vous colle une étiquette et vous ne sortez plus de cet emploi. Et Simon a raison, je ne veux pas faire du théâtre avec un uniforme *ad vitam aeternam*. Je prends donc le coup de lame de Simon comme une preuve de confiance et d'amitié...

A partir de ce moment, je deviens un très bon élève, le produit type du cours Simon qui passe ses dimanches après-midi sur les quais des bouquinistes à chercher dans les fascicules de théâtre des rôles qui pourraient lui convenir. Je ne pense qu'à ça. De loin, mes parents m'encouragent : il est convenu que si cela marche je reste, sinon je rentre à Albi où mon oncle, agent d'assurances, me garde une place au chaud dans la compagnie, La Union et le Phénix espagnol. Pour renaître de mes cendres de comédien. La clef de mon destin, c'est René Simon qui la détient. S'il croit en moi, je continue.

Il faut que je m'arrête quelques instants sur le patron, mon cher, mon très cher René Simon. Nous avions tous un respect immense pour lui. Personnellement, je l'ai adoré et, aujourd'hui encore, sa photo est posée sur mon bureau à côté de celle de mes parents. Il m'a inscrit d'office dans des personnages austères, graves, et me compare volontiers à Constant Rémy, un homme de ma stature, aux cheveux grisonnants, un tantinet maussade, complètement oublié aujourd'hui. « Toi, tu trouveras ton emploi à l'âge de quarante ans. Si tu peux attendre jusque-là, tu auras des rôles... », m'affirme-t-il. Quand à vingt ans vous entendez ce genre de chose, vous avez les chaussettes qui glissent et un poumon qui gèle ! Mais je m'accroche car quelque chose chez Simon me dit : « N'abandonne pas... » Il avait un côté sourcier même s'il lui arrivait de se tromper. Nous l'avons entendu décréter que telle jeune actrice était « sa Maria Casarès blonde », mais elle est restée blonde, sans devenir Casarès... Passionné de psychomorphologie, il scrutait le visage des élèves dont il aimait deviner les personnages qu'ils porteraient : « Regardez François Périer [qui avait été son élève et qui était la coqueluche du théâtre et du cinéma], plus tard, il ressemblera à Lucien Guitry... » Nous rigolions en douce. Mais c'était assez juste, quand on se souvient de François interprétant en scène le rôle de Salieri dans *Amadeus* [1] mis en scène et joué par Roman Polanski, où il a le profil de Dante.

En début d'année, ou lorsque arrivent des nouveaux, le patron inscrit sur le tableau les trois lettres S, A, M : « Voilà ce qu'il faut pour être acteur, déclare-t-il. Santé, Audace, Mémoire... » La première et la dernière de ces qualités, je les ai, pas de problème. Un acteur, c'est le produit et son exploitation : s'il n'a ni mémoire ni santé, il ne peut rien faire. L'audace, comment la définir ? C'est une vertu assez floue, il y a quelque chose de trop volontaire là-dedans, ou bien suis-je peut-être trop bien élevé pour provoquer les événements. On est acteur, bien sûr, mais on est également « agi » par les faits. On ne peut pas tout contrôler. Alors, l'audace, non, je ne vois pas de quoi Simon parle... Mais peut-être s'agit-il encore d'une formule qui fait partie de son charme. « Le théâtre, ça ne s'apprend pas ! », lance-t-il un jour, devant nos mines déconfites avant de partir dans une démonstration en cherchant une chute qu'il ne trouve pas. Alors il finit son cours par « bons baisers, à lundi ». Et bon week-end, patron ! Personne n'est dupe. On rigole finement. « Je vais vous apprendre la beauté, dit-il aussi. Et la beauté vous servira toujours. » Il aimait conjuguer notre métier au futur : « Le théâtre se donnera à l'avenir dans des salles de deux mille places et plus. » Il avait raison : après le TNP et le

1. De Peter Schaffer.

palais de Chaillot, on présentera des spectacles au Palais des Congrès, à la Porte de Versailles et au Stade de France... Cette idée n'est pas tombée dans l'oreille d'un sourd. Le camarade Hossein, le plus fou d'entre nous et qui déjà voyait tout en grand, l'amitié, le métier, l'amour, s'est fait la voix de son maître.

Un matin, le patron dessine une ligne droite à la craie sur le tableau. « Il y a des comédiens qui sont faits pour aller de A à Z... Certains joueront uniquement le A, les rôles titres, d'autres joueront de B à Z. C'est le cas de Mondy.... » Et vlan ! Prends ça dans l'estomac ! « De B à Z », cela signifie que j'aborderai beaucoup de rôles mais que je ne serai jamais tête d'affiche. Je ne me suis pas encore trouvé. Si je joue juste, je n'ai pas encore montré la note singulière qui ferait de moi un artiste à part entière. Je sens que cela n'arrivera pas tant que je n'oserai pas explorer d'autres registres et, en particulier, celui de la comédie. Malheureusement, René Simon n'a pas encore décelé en moi la veine comique, sans doute trop enfouie, qui va me permettre d'accéder à une foule de rôles que je m'interdisais jusque-là. Alors j'embrasse tous les textes et travaille d'arrache-pied chaque rôle : de Néron à Hippolyte, en passant par les fables de La Fontaine, Bossuet et Molière, bien sûr... Le travail s'organise : la semaine, je répète mes rôles, donne la réplique à plusieurs de mes camarades et, le vendredi, je passe la scène qui est la plus aboutie. Jamais je n'ai été si studieux ! (Papa, si tu me voyais...) La frustration du Conservatoire a transformé Bibi-le-batailleur en forcené du travail. Des années après mon départ, on me rapportera que le patron citait toujours mon nom lorsqu'il évoquait un exemple de « sujet sérieux »... Et puis un jour, miracle, ma copine Marthe Mercadier me demande de lui donner la réplique dans *Le Bois sacré*, où je joue un personnage truculent qui fait éclater de rire la petite salle de cours. René Simon me scrute les yeux mi-clos comme lorsqu'il réfléchit, un peu surpris puis souriant, semblant apprécier la couleur qu'il vient de découvrir en moi. Le cours suivant, il m'autorise enfin à explorer ce répertoire dont je rêvais en secret : Sacha Guitry, Marcel Achard, Anouilh, Marivaux ou Beaumarchais. La fameuse tirade du *Mariage de Figaro* : « Ah, femmes, femmes, créatures faibles et décevantes... », j'ai dû la donner vingt fois en scène, je m'en suis gargarisé, enivré. Moi qui aime les textes, les grandes tirades, les reparties qui claquent, les mots qui vous tuent ou vous plongent dans l'extase, je m'en donne à cœur joie. Et, surtout, j'ai enfin trouvé ma place.

C'est au cours Simon que m'est venu le goût de la mise en scène, en observant le patron décortiquer chaque mouvement, donner des indications de déplacements, de jeu. Il m'arrivait d'anticiper ses remarques. J'en étais surpris. Peu à peu, les copains, les copines me demandent, ainsi qu'à Jean Le Poulain, de placer leurs scènes ou de les aider à le faire. Plus tard, nous monterons des ateliers d'élèves et, avant que nous quittions le cours, Simon nous dira : « Un jour vous serez metteurs en scène, tous les deux. » Pendant tout notre enseignement, René Simon a insisté sur l'importance de l'écoute et l'état d'étonnement permanent. Ma vision des choses comme comédien et comme metteur en scène est entièrement basée sur cette conception. Quand le patron montait une scène qu'il connaissait par cœur, le travail sur le détail était intéressant. Mais quand il ne connaissait que la colonne vertébrale de la situation et qu'il improvisait les personnages, là il était exceptionnel. C'était le maître de la rupture de rythme. J'adorais Jules Berry, qui était l'exemple de ce type de jeu. On a tous appris le « double take » (réaliser ce qu'on dit ou voit avec un temps de décalage). Le patron en était un exemple vivant. Il nous a vraiment appris à jouer.

Phèdre et *Britannicus* ont beau occuper une grande partie du temps, on ne passe pas ses journées à dire « je t'aime » sur une scène sans se laisser séduire à un moment ou à un autre par le visage d'une jeune fille. Le joli minois, la blondeur, les yeux bleus en amande de Claude Gensac m'ont ému. Je l'ai fait rire : elle m'a regardé. C'est le déclic. Claude a une image d'actrice plutôt inaccessible, ne jouant que des scènes dramatiques ou des rôles de composition, à contre-emploi de sa nature comique pince-sans-rire, révélée bien plus tard, et ignorée par Simon. Je serai le premier à lui faire jouer la comédie dans *Sans cérémonie,* de Jacques Vilfrid et Jean Girault, pièce que je mettrai en scène en 1952. C'est à cette occasion qu'elle rencontre Louis de Funès dont elle devient très proche. Louis saura s'en souvenir lorsqu'il recherchera une comédienne pour jouer sa « biche » dans toute la série des *Gendarme*...

L'amour, mais aussi l'amitié puisque je rencontre chez Simon tous mes compagnons de route, de vie et de rire avec quelques inénarrables et incontrôlables comme Jean Le Poulain, Robert Hirsch, Jacqueline Maillan, Marthe Mercadier, Robert Hossein, François et Monique Chaumette, Philippe Nicaud, Jean-Claude Pascal, Philippe Lemaire, Cécile Aubry, Geneviève Page... Je me souviens de nos pots au premier étage du café Ruc, rue Saint-Honoré, face au Français, où Jacques Chazot nous rejoignait, et avec quelle maestria les plaisanteries fusaient. C'était à qui serait le plus drôle, le plus spirituel ! Les sketches étaient à jets continus, cruels parfois, mais toujours hilarants. Notre cible préférée était souvent les « bonnes femmes », qu'on caricaturait un peu méchamment, il faut bien le dire... C'est là, certainement, qu'est né le célèbre sketch de Robert Hirsch de la vieille sociétaire qui fait ses adieux à la Comédie-Française. Jacques Charron était au Français mais faisait aussi partie de la bande. Il n'y avait pas de rupture ni de concurrence entre nos deux maisons, les uns allant donner la réplique chez les autres. Nous avons tous été bénis des dieux. Un jour, au cours Simon, j'ai le bonheur de voir Gérard Philipe venu donner la réplique à une élève lors d'une répétition de scène de concours. Jamais je n'ai entendu un tel silence dans une salle. Nous sommes tous éblouis par sa grâce. « Pour un qui a le don inné, les autres doivent travailler des années, c'est-à-dire vous tous... », nous assène René Simon.

De Cuq à Mondy

Pierre Cuq... Pierre Cuq... Jamais je n'avais songé à prendre un pseudonyme, conscient, pourtant, des jeux de mots que l'on peut faire avec ce nom de famille tarnais mais un peu spécial, et dans les cours de récré personne ne s'en était privé, jusqu'à ce que René Simon me conseille d'en changer. « Il ne faudrait pas que les critiques écrivent : il joue comme son nom l'indique... », m'explique-t-il avec un bon sourire. Avec mes parents, consultés sur la question, nous nous sommes arrêtés sur les trois noms de notre famille côtés maternel et paternel : j'ai le choix entre Raffel, Deltéral et Mondy, le nom de jeune fille de ma grand-mère maternelle. Le dernier s'impose naturellement. Simon acquiesce sans commentaire. Mondy me semblait pourtant simple à mémoriser, mais pour Simon, pas du tout ! Pendant des mois, il hésitera entre Mondy... Mavie... Mouly...

Mondy, je suis devenu, Mondy je suis, mais le cœur c'est du Cuq pur jus, sang, chair et os. Cuq, c'est mon enfance, mes parents, mes amis d'antan, mes pensées les plus intimes, ma vie d'homme, ma femme Catherine, et mes enfants qui portent mon nom. Mondy, c'est le travail, le théâtre, les tournages, quelques mondanités (pas trop), mon métier. Même si le partage des « rôles » est très clair, les deux noms restent étroitement imbriqués, comme si Pierre Mondy avait toujours été vécu par Pierre Cuq. Je m'explique. Acteur depuis toujours, je crois que je ne me la suis jamais « jouée » : personne ne m'a jamais entendu me plaindre des conditions de tournage, de la maquilleuse ou du travail de la costumière... A aucun moment Mondy, l'acteur, n'a supplanté Cuq. Une fois mon travail de comédien terminé, je passe à autre chose. Je suis sans chichis et je n'ai pas de problème d'ego à satisfaire, sans doute grâce à mon éducation. Toute ma vie, je garderai les réflexes de Bibi Cuq.

Ma deuxième, puis ma troisième année au cours Simon s'achèvent. Un peu inquiète depuis qu'elle sait que je ne tenterai pas le Conservatoire, ma mère monte à Paris et rencontre le patron. Il la rassure : « Pierre ne fera pas une carrière fulgurante avec une montée extraordinaire, mais ce sera une trajectoire ascendante et sûre... », dit-il, mimant l'ascension de sa main. Désormais, chaque fois que je douterai de ma réussite, ma mère me rappellera ses paroles et son mouvement de bras. Et c'est très exactement ce qui s'est passé. Lentement mais sûrement, j'ai progressé, malgré des moments de grand découragement. Plus d'une fois, j'ai dû mettre un couvercle sur mon orgueil et mon impatience quand je voyais mes copains être auditionnés et distribués pour des tournages, tandis que je faisais tapisserie, ou quand je me faisais sucrer la place au profit d'une « belle gueule ». Dans ces moments-là, j'avais le sentiment que le travail ne servait à rien...

Si ! Jacqueline Maillan est drôle !

Comme tous les apprentis comédiens, j'écume systématiquement toutes les auditions. « Y a Vitaly qui cherche des gens... », me dit un copain de cours. Vitaly, je sais à peine qui c'est, mais je fonce, et me voilà bientôt revêtu d'un habit d'archevêque pour *La Fête noire* d'Audiberti. Ce premier contrat va être le point de départ d'une formidable collaboration pendant deux ans avec la troupe de Georges Vitaly... et au théâtre de la Huchette ! A l'époque, Georges et ce petit théâtre sont les deux valeurs montantes dont le monde artistique parisien parle. Réputation qui a traversé l'Atlantique puisque des étudiants américains arrivés à Paris s'y précipitent, avant même de se rendre à la Comédie-Française. Ce lieu légendaire, minuscule, à l'atmosphère singulière, est devenu un passeur de grands textes modernes. C'est ici que Suzanne Flon créa *Le mal court* avant qu'il entre au répertoire de la Comédie-Française. Gérard Philipe et Maria Casarès nous y ont précédés dans *Epiphanies*, une pièce d'Henri Pichette. Bientôt, Ionesco va y installer pour cinquante années « sa » *Cantatrice chauve* et *La Leçon*.

Il faut avoir partagé la vie d'une troupe pour savoir ce que c'est que de vivre ce métier passionnément, avec une exaltation belle comme nos vingt ans. On se dépense sans compter. Non seulement on joue, mais on réalise les décors, on découpe, on cloue, on peint et on participe à la fabrication des costumes. Tout ce que j'ai étudié chez Simon sera mis en pratique chez Vitaly. Georges s'est entouré d'une jeune troupe qui accepte l'inconfort et la précarité pourvu qu'elle puisse jouer de beaux textes et avoir enfin un auditoire dans UNE VRAIE SALLE DE THÉÂTRE. A la Huchette, la loge des garçons est un couloir, et les filles s'entassent dans un réduit devant lequel on a tendu une couverture. De temps en temps, on y voit courir des rats, des gaspards gros comme des chats, qui font hurler les filles pour notre plus grand bonheur.

Tour à tour, nous présentons *La Fête noire*, *La Quadrature du cercle*, *Pucelle*, *Le mal court* d'Audiberti, *Les Indifférents* d'O.J. Périer, *Pépita* avec Jacqueline Maillan et Maurice Chevit, un burlesque de cabaret où nous improvisons pendant tout le spectacle. Ma rencontre avec Jacques Audiberti est mémorable : il me regarde, sourit, grommelle cinq mots. Fin de l'entretien. Bien que Méridional, c'est un homme secret. Quand Audiberti assiste aux répétitions, il semble plutôt satisfait, mais reste silencieux au moment du verdict, ce qui est très déstabilisant. Mais c'est un rêve de jouer cet auteur dont les textes sont pour moi l'essence même du théâtre.

Vitaly cherchant toujours de nouveaux talents, je lui présente Jacqueline Maillan. Elle arrive au rendez-vous, blonde et mince, cintrée dans son manteau noir, mais l'œil un peu tombant, la bouche pincée, un tantinet morose. Le trac, sans doute... « Dis donc, elle est pas drôle, ta copine..., me fait remarquer Georges, une fois Jacqueline partie. – Si, je vous assure, là elle est intimidée, mais sinon elle est très marrante... » Quand elle se déride, Jacqueline déride la salle entière. Vitaly en fait rapidement l'expérience et la gardera cinq ans dans sa troupe. Elle cachait bien son jeu. Au premier abord, on la prend plus facilement pour une cousine de province moyennement sexy et drôle. Roger Pierre et Jean-Marc Thibault cherchaient une comédienne pour l'un de leurs spectacles un peu déshabillé. Je leur propose Jacqueline. « Tu confonds rombière et jeune première ! En maillot de bain, ça va être joli ! », s'exclame Jean Richard qui participe au projet et qui n'a jamais vu Jacqueline que dans des rôles de dame « bon chic bon genre ». Au cours Simon, elle jouait essentiellement des rôles de composition plutôt comiques, en chignon serré et robe de chaperon. Quand les trois découvrirent sa jolie taille et ses jambes fines, ils furent ébahis de se trouver devant un canon. Elle jouait de cette image, comme Valérie Lemercier aujourd'hui qui passe du godiche au glamour tout en conservant un jeu hilarant et éblouissant. « Vous êtes merveilleuse, madame, lui dit une spectatrice après le spectacle. Est-ce que je peux vous poser une question ? Quelle est la marque de votre soutien-gorge ? » Elle la renseigna sans ciller.

Cabarets !

Lorsque le rideau tombe, les spectateurs s'en vont... et les acteurs courent au cabaret pour se produire et cachetonner dans ces lieux minuscules aux scènes grandes comme des timbres-poste, où la fumée de cigarette rend l'atmosphère et la lumière des projecteurs opaques. A l'époque, les cabarets font florès – L'Amiral, L'Echelle de Jacob, La Rose rouge, Les Deux Anes, Le Tabou, La Fontaine des quatre saisons, Chez Gilles et Les Trois Baudets, etc. Pour les comédiens en herbe, c'est l'école de la rue ; ça vous apprend l'humilité, vous obligeant à puiser en vous toutes les ressources pour tenter d'exister, la plupart du temps face à une salle qui vous ignore. Un soir, nous avons joué une série de sketches cocasses et décalés écrits par Boris Vian et mis en scène par Vitaly. Quelques ricanements, trois pauvres applaudissements glacials, un four monumental. Le spectacle à peine terminé, le propriétaire nous paie le mois entier et nous demande de ne jamais remettre les pieds chez lui. Par le propriétaire du lieu, nous sommes perçus comme un plus, et par la plupart des consommateurs, un moins. Moins que rien d'ailleurs. Ils sont là pour danser, boire et reluquer des filles, ignorant royalement les gugusses qui se démènent sur la piste pour attirer leur attention.

Sortant des théâtres et des cabarets, nous nous retrouvons la nuit, dans les clubs, les brasseries de Saint-Germain-des-Prés ou de Pigalle. Ça bouillonne, on mange sur le pouce, on boit plus que de raison, on dort quelques heures, et on court au petit matin faire un cacheton à la radio. Heureux, oui, mais avec des cernes sous les yeux ! Au Club Saint-Germain et au Vieux Colombier, je croise et recroise Juliette Gréco, Annabelle, Boris Vian, Anne-Marie Cazalis... Jean-Pierre Cassel et Moustache, des fous de jazz, sont mes frères de virées. La nuit nous appartient. Enfin, elle appartient surtout à Jean-Pierre qui est l'une des stars du cours Simon... juste après nous. S'il passe rarement sur scène, intimidé, paraît-il, par son cheveu sur la langue, en revanche il danse en défiant les lois de l'apesanteur. Grand, racé, élégant, il est la coqueluche des filles et nous le regardons avec envie glisser sur la scène comme Fred Astaire qui est son idole et auquel il rendra hommage dans de nombreux spectacles au cours de sa carrière.

Les temps n'ont pas changé. Pour réussir, certains pensent qu'il faut être à plusieurs. Avec raison. Jean Poiret et Michel Serrault se produisent en duo à la Tête de l'art. Roger Pierre, Jean-Marc Thibault et Jean Richard font les Pieds-Nickelés. Colette Brosset et Robert Dhéry créent la troupe délirante des Branquignols avec Pierre Tornade, Pierre Olaf, Christian Duvaleix, Jacques Legras et, à l'occasion, de Funès et moi-même. Branquignols dont la renommée ira jusqu'à Londres et New York, et que je mettrai en scène en 1968, dans *Trois hommes sur un cheval* de Marcel Moussy, homme de théâtre... et chroniqueur hippique !

Parallèlement au théâtre et au cabaret, toute cette génération d'acteurs à laquelle j'appartiens, sans oublier Michel Galabru, Jean-Pierre Darras, Roger Carel et Michel Roux, tourne dans des films hexagonaux, des comédies bien franchouillardes où « la colonne de gauche est plus importante que la colonne de droite », c'est-à-dire place à l'improvisation ! Mais on s'en fout, on passe à la caisse, on se marre, nos proches font semblant de nous trouver admirables dans ces nanards. En résumé, notre envie de réussir est aussi frénétique que celle de croquer la vie à pleines dents.

L’ami François Périer

Mon premier contrat, je l’ai eu comme doublure de l’acteur Robert Murzeau dans *La Route des Indes*, au théâtre des Ambassadeurs. Une comédie de boulevard sur une famille « middle class » anglaise adaptée par Jacques Deval. François Périer y joue la brebis galeuse de la famille, le mauvais fils qui sort de taule et séduit sa belle-sœur, Gaby Sylvia, sous les yeux de son frère, Robert Murzeau. La plupart du temps, je me contente de signer le bulletin attestant mon passage et je rentre chez moi. Souvent, j’assiste à la représentation, me rodant au texte, ou bien je discute avec les comédiens dans les coulisses. Etrange statut (pas très charitable) que celui de doublure, qui vous contraint à passer tous les soirs au théâtre pour pointer en priant le ciel que l’acteur dont vous avez appris le rôle tombe malade et que vous le remplaciez ! Par bonheur, parce que sans dommage pour lui, Murzeau s’arrête pendant cinq jours. Mais ma prestation ne convainc pas le directeur de scène qui me coince dans les coulisses et marmonne entre ses dents : « Comme Murzeau, Mondy, jouez comme Murzeau ! » Il voudrait que je me substitue à l’absent à une intonation, un soupir près, que je produise les mêmes effets comiques avec autant de succès. Quel cauchemar...

Ma chance, la vraie, de jouer « doublure de Murzeau » (un rôle en soi), c'est de faire connaissance avec François Périer, une rencontre capitale, autant pour Cuq que pour Mondy. Avec François, je vais faire l'expérience d'une solidarité professionnelle fondée sur l'amitié et l'estime. Dès qu'il peut parler de moi à des metteurs en scène, il le fait. Pour un comédien qui débute, c'est de l'or d'avoir un ami comme lui, fidèle, attachant, drôle et conteur inépuisable. Qui n'a pas entendu François raconter ses exploits en ski nautique « sous l'eau » n'a rien entendu. Et il en rabat toujours sur sa prestigieuse carrière qu'il résume ainsi : « Quatre-vingts films, pas un succès ! » Formule que je me suis réapproppprié. Son sens de la dérision et de l'humour l'a blindé à jamais contre les sirènes envoûtantes de ce métier. Il fut notre Ulysse de la profession. Je ne me suis jamais lassé de l'écouter parler de son travail qu'il adorait, mais qui n'a entravé ni sa liberté de penser, ni ses paroles, ni ses actes.

Des histoires de boutiques, nous en avons tous, mais je me souviens en particulier de celle-là. Au Conservatoire, il était dans la classe d'André Brunot de la Comédie-Française. A une époque où les parents étaient autorisés à assister aux classes, et les mères y étaient en majorité, une élève bon chic bon genre passe une scène de *Phèdre* devant Brunot. « C'est banal, sans relief... déclare le professeur, et ajoute-t-il, devant la maman très chic et très propre sur elle, tu n'y es pas du tout, ma cocotte. Phèdre, c'est une femme qui a le haricot à la fenêtre ! » Effroi de la mère. Scandale. Plainte au directeur. Cette anecdote, François l'adorait... Mais ce serait réducteur d'évoquer uniquement François de cette façon.

N'oublions pas que Sartre et Louis Jouvet étaient les deux piliers de sa sagesse.

François aime gâter ceux qu'il aime et il le fait bien. Directeur du théâtre de la Michodière dont il fera le succès pendant une douzaine d'années, chaque dimanche soir, après les représentations, il dresse une grande table dans le foyer du public et convie ses amis de toujours : Marie Daems, sa femme à cette époque, Pierre Brasseur, Yves Montand et Simone Signoret, Marcel Dalio, Simone Renant, Bernard Blier, Roger Pigault, Paul Meurisse et José Artur. Pour la centième de *Gog et Magog*, la pièce de Gabriel Arout, François loue un autobus à impériale et l'envoie chercher ses invités dans différents coins de Paris pour une grande soirée costumée. Moi, j'attends au pont de l'Alma, déguisé en zouave comme il se doit, et Pascale Roberts, ma compagne de l'époque, en pute de luxe... inspirée par le célèbre, *La main de ma sœur dans la culotte du zouave*. Je revois Michel Piccoli vêtu en curé, embrassant à bouche que veux-tu Nicole Courcel, habillée en religieuse, sur la plate-forme du bus, devant les badauds stupéfaits. Le dîner qui suivit à la Michodière fut tout aussi délirant : une fois la bisque de homard avalée, la soirée bascula dans une invraisemblable bataille de tartes à la crème ! Pascale, qui avait prévu le coup et qui devait tourner le lendemain, s'était munie d'un bonnet de bain pour protéger ses cheveux des envolées de crème Chantilly.

En 1949, je fais enfin mes deux premières apparitions au cinéma. Pour moi c'était une expérience de plus qui élargissait mon champ d'action, comme plus tard la télévision. Ma première prestation, je la dois à Jean Becker. Mais son fameux *Rendez-vous de juillet*, qui lancera les carrières de Daniel Gélin et Nicole Courcel, sera loin d'être à la hauteur de mes espérances. Le réalisateur tourne quelques scènes représentant le cours Simon, où se nouent des intrigues entre apprentis comédiens et stars débutantes. Le grand Louis Seigner y joue le rôle du patron et lui pique au passage quelques-uns de ses tics, comme celui de taper avec sa pipe sur un cendrier pour interrompre une scène. Je n'obtiendrai pas le rôle du metteur en scène comme je l'espérais : « Trop jeune », déclare Becker. Et moi qui m'étais usé à donner la réplique à toutes les comédiennes qui postulaient pour le rôle principal... Et à Nicole Courcel en particulier qui l'a eu à l'arraché, n'étant pas la favorite de Becker. Son talent a fait la différence. Pour finir, j'obtiens deux jours de figuration, mon rôle consistant à entrer et sortir du cours Simon, avec des mimiques d'apprenti comédien inspiré... Trois ans de cours pour ça? Bon, il faut apprendre. Et le film fut un immense succès auquel s'identifia toute une génération.

Ma deuxième expérience, qui n'est relevée dans aucune filmographie me concernant, m'a laissé un souvenir impérissable. L'ami François Périer me présente au réalisateur Georges Lampin qui monte sa distribution pour *Les Anciens de Saint-Loup*, tiré du roman de Pierre Very, avec François Périer, Bernard Blier, Serge Reggiani et une flopée de jeunes acteurs débutants comme moi. Il m'offre un petit rôle, un hobereau de province portant moustache. Un véritable vent de folie va souffler sur ce très bon petit film qui alterne drame et comédie. Trois anciens camarades de classe se retrouvent alors que va être tuée leur amour commun de jeunesse. Nous tournons aux studios de Billancourt et le plateau devient immédiatement un vaste champ de foire. Ambiance patronage. Les comédiens se lancent des boulettes de papier avec des élastiques, s'accrochent dans le dos tout et n'importe quoi, envoient des coups de pied dans la canne de l'acteur qui joue l'aveugle... Périer et Blier, qui ont plus de métier, ne sont pas en reste et s'amusent à monter les gens les uns contre les autres, fomentent des intrigues... Chaque fois que je rentre dans ma loge, un seau d'eau me dégringole sur la tête, obligeant les habilleuses à sécher et repasser les costumes à longueur de journée. On finit par ne plus se déplacer que torse nu et en caleçon de peur de se faire saucer. Je passe sur les harengs saurs glissés dans les pots d'échappement des voitures et les cailloux dans les enjoliveurs... Le dernier jour, pour se venger, les techniciens coincent dans un décor tous les comédiens et les canardent avec des tomates et des œufs. Georges Lampin, impassible, courtois et fataliste, garda son flegme jusqu'à la dernière prise. Les tournages farces comme celui-ci n'existent presque plus, non pas faute de combattants – les amateurs de bordel existeront toujours –, mais pour des questions d'argent « gaspillé ». Rire et s'amuser coûte cher car, de nos jours, c'est le temps qui est hors de prix.

Mondy qui rit, Bibi qui pleure. La vie a parfois de cruelles bizarreries : ce tournage si joyeux restera éternellement lié dans mes souvenirs à mon premier grand malheur : la mort de mon père.

La mort de mon père

Un télégramme qui arrive de province, ce n'est jamais bon signe. Surtout s'il s'agit de maman qui demande de la rappeler d'urgence chez ses cousines, à Objat en Corrèze. Pour les vacances de Pâques, mes parents sont partis quelques jours dans la famille maternelle pour profiter de ce joli mois d'avril. Que se passe-t-il ? Je ne veux rien imaginer. Pas de portable à l'époque, vous vous en souvenez. Je me rue dans le premier bureau de poste. Au téléphone, la voix brisée, comme éteinte, maman m'apprend la mort de mon père. Crise cardiaque. « Je viens, j'arrive dès que possible... » Ma gorge est nouée, les mots me manquent, mais les larmes, ce sera pour après, quand le choc sera un peu amorti. Je voudrais courir vers elle, mais je dois rester encore quarante-huit heures à Paris pour finir le film. Pour le coup, l'envie de rire m'est passée. Comment ai-je vécu la fin du tournage... ? Dans un état d'hébétude, certainement. Chaque seconde, je pense à papa, les derniers instants en sa compagnie, le souvenir que je garderai de lui vivant, son visage que j'essaie d'imprimer définitivement dans ma mémoire, puisqu'il sera déjà en bière lorsque j'arriverai et que je ne le reverrai plus. La dernière image de mon père qui me vient est toute simple, comme lui : il me salue de la main, devant la porte de la maison, en me souriant de ce sourire qui est le mien aujourd'hui, tandis qu'un taxi m'emporte vers la gare d'Albi où je dois prendre un train pour Paris. Nos yeux ne se quittent pas jusqu'à ce que la voiture tourne la rue. Papa, nous nous sommes quand même dit au revoir...

A la mort de mon père, maman s'en veut cruellement de ne pas avoir consulté de spécialiste autre que notre médecin de famille qui l'a traité pour des crises d'aérophagie alors qu'il souffrait d'une insuffisance cardiaque. Pendant l'Occupation, le médecin juif que mes parents cachaient l'avait mise en garde. « Madame Cuq, vous devriez faire attention à votre mari et à son cœur... » Il avait perçu quelque chose d'anormal dans l'état de santé de papa. Maintenant, elle s'en souvient et elle culpabilise de ne pas y avoir pensé. Son journal témoigne de sa colère contre elle-même : « De plus en plus, je me rends compte que je n'ai pas été assez vigilante pour te soigner ! Et lorsque tu me disais : " Ma Lilitte, je ne te dis pas tout ce que je ressens... ", par quelle aberration n'ai-je pas à ce moment-là été alertée ! » Je tente de la raisonner en lui rappelant qu'il ne s'est jamais remis du séisme provoqué par sa mise à la retraite. De sa mission interrompue. Et cela, nous n'y pouvons rien... Moi-même, en y repensant, je me souviens que lorsque nous marchions ensemble, il me faisait ralentir le pas. « Aaah..., arrête une seconde, disait-il la main sur le cœur. J'ai " la barre "... » La fameuse barre qui lui dérobait le souffle, signe annonciateur de l'attaque cardiaque qui allait lui enlever le dernier.

Moi aussi, je me sentais coupable. Quelques mois avant sa mort, j'avais reproché à papa de ne pas avoir accepté le poste de directeur d'hôpital de Neuilly que le maire lui avait proposé à une époque. Ainsi, mes parents auraient été à l'abri du besoin et je m'étonnais encore de son refus. Il n'avait rien répondu, mais mes paroles l'avaient blessé. Il était monté dans sa chambre et je l'avais suivi pour m'excuser. Le voyant de dos, penché vers la fenêtre, je n'avais pas osé lui parler et j'étais redescendu. Longtemps, je m'en suis voulu...

Mon père est d'abord enterré à Objat, avant de revenir au cimetière de Neuilly, dans le caveau familial, comme il le souhaitait. La bulle de bonheur que nous formions, mes parents, mon frère et moi, n'existe plus... Il ne reste que nos souvenirs. André me le rappelle dans sa lettre, quelques jours après : « [...] Comme ce doit être terrible pour maman, si communicative, si habituée à la tendresse et à l'admiration constantes de papa, de se trouver en face de ce vide irréparable, avec pour décor quotidien tous les objets familiers qui le lui rappellent... Chaque jour, à chaque instant, je pense à eux deux pour qui nous avons représenté à la fois successivement et simultanément " l'univers "... Mon pauvre papa, si bon, si courageux, si droit, si constant, si aimant malgré son air parfois taciturne. A maman qui a déployé toute sa vie des trésors de tendresse pour nous deux... »

Après la mort de mon père, maman commence à noircir des cahiers d'écolier. Pendant des années, tous les jours, pour se vider de sa douleur, elle raconte ce que sont ses journées sans lui, répète jusqu'à user les mots qu'elle l'aime et, surtout, combien il lui manque. Quarante ans de mariage n'ont rien entamé, rien abîmé, ils s'aimaient toujours autant. Dans ses cahiers, elle lui parle directement comme s'il était toujours là. « La vie continue, me dit-on, en guise de consolation, eh oui, la vie continue, mais tellement différente de ce qu'elle fut à tes côtés... [...] C'est à présent que je sais ce qu'est une séparation définitive que je connais le fond du malheur [...] Ne plus te voir à jamais, c'est cela qui est atroce... » Aujourd'hui encore, je n'arrive pas à lire ce journal en continu : au bout de la troisième page, mon cœur se déchire. Et je ne peux évoquer la mort de mes parents, l'énorme vide que leur disparition a laissé dans ma vie sans que mes larmes coulent. La peine, le manque sont toujours là, je reste inconsolable. Quand je suis né, mon père qui avait déjà cinquante ans fit cette confidence à maman : « Ce petit, ce sera ton bâton de vieillesse... » Il voyait juste. Et moi qui suis beaucoup moins croyant que mes parents, je remercie le ciel d'avoir permis à maman de vivre assez longtemps pour que je puisse lui rendre tout ce qu'elle m'a donné.

« Moralement, je me sens comme une naufragée... », écrit-elle quand elle tombe en dépression. Installée à Paris près de moi, elle m'échappe, elle erre, réagit comme une enfant, rien ne semble l'atteindre vraiment. J'ai l'impression d'avoir perdu la personne responsable et décisionnaire que je connais si bien. Au bout d'un an de ce calvaire, elle retrouve peu à peu ses esprits, mais sa peine reste ancrée en elle. Je la retrouve à chaque page de ses cahiers qu'elle ne lâche plus : « La cloche du dîner sonne, je laisse ce cahier et, comme chaque soir, ma journée s'achèvera en pensant à toi, mon Louisou, avec le cœur serré et les sanglots à la gorge. Je voudrais avoir la grâce de rêver de toi comme cela m'arrive parfois. Je prie le bon Dieu de m'accorder ce pauvre ersatz de joie si fugitive. »

Les mots « Dédé », « Bibi », « le Dédé et le Bichou » apparaissent fréquemment sous sa plume : maman lui parle de nous. « Ces bougres de gosses... », écrit-elle lorsqu'elle manque de nouvelles ou pour confier à mon père la joie que lui procurent un coup de téléphone de ses fils, une lettre, une pensée pour son anniversaire ou sa fête... « Cela a irradié la fin de ma journée ! », écrit-elle en recevant un télégramme de Dédé lui souhaitant la Sainte-Marguerite. Ces choses si simples qui nous coûtèrent si peu, finalement, je m'en veux de ne pas les avoir reproduites plus souvent, quand elle se « languissait » de nous, puisque c'était son expression. Aimer ceux que l'on aime tant qu'ils sont là, leur donner du temps, combien de fois, me le suis-je dit... en sautant dans un train, dans un avion, en signant un nouveau contrat. Le métier me happe, il m'étreint... et je ne me débats pas, victime consentante de ce tourbillon qui me fait vivre, me rend heureux... en oubliant mes proches, je le sais bien.

Printemps pour Fresnay...

Si mon cœur et mes pensées vont souvent vers maman à Albi, le théâtre me prend à bras-le-corps et ne me lâche plus. Marcel Achard s'est enfin souvenu de moi ! En 1951, il me confie le rôle de Bordenave dans *Harvey*, la pièce de Mary Chase qu'il adapte et met en scène pour le théâtre Antoine. De directives sur la pièce, il en a peu, mais il tient absolument à ce que l'infirmier que je joue parle avec l'accent albigeois. Qu'à cela ne tienne, rien de plus simple, je vais rouler les « r », à faire pâlir un natif de la région ! Un soir, alors que nous jouons *Harvey* à Bruxelles avant de le présenter à Paris, j'entends Simone Berriau, directrice du théâtre Antoine, parler de moi à voix basse : « Bon, dès qu'on rentre à Paris, on vire l'infirmier... » Bon sang, mais qu'est-ce que j'ai fait ? Devant ma consternation, Fernand Gravey vole à mon secours : « Enlevez cet accent, et tout va s'arranger... » Aveuglé par le souhait de Marcel Achard, je ne me suis pas rendu compte que j'ai surjoué ce rôle de bout en bout et qu'on n'y croit pas une seconde. Dès que je lâche l'accent, tout rentre dans l'ordre. Cher Fernand Gravey qui, certains soirs, s'empêtre dans un long monologue. Il avait une conformation de la mâchoire un peu particulière, il salivait et, parfois, bafouillait. Dans une tirade particulièrement longue où il raconte comment sa femme l'a quitté, il devait dire une phrase toute simple à sa partenaire : « Me permettez-vous de vous prendre la main ? » Elle devenait aussi sec : « Me vroupétez-vous de vous prendre la main ? » ou bien « Me vripétez-vous de vous prendre la mi ? », et déclenchait chez André Versini, Nicole Maurey et moi d'inextinguibles fous rires... jusqu'à me faire passer, avec Versini, devant le conseil de discipline du syndicat des acteurs. Sur le banc des accusés, on baisse la tête en attendant que l'orage passe. Mais, entre acteurs, on s'arrange toujours. Après la réprimande, nous nous expliquons sur les raisons de cette hilarité constante, qui devient contagieuse au fur et à mesure que nous mimons la fin de la tirade, et tout se termine avec une admonestation assenée plus pour la forme que pour la gravité de la faute.

Ces fous rires irrépressibles m'ont souvent joué de sales tours, comme dans *Le Moulin de la galette*, du même Marcel Achard, au théâtre de la Michodière, où je donne la réplique à Yvonne Printemps et Pierre Fresnay, couple mythique et heureux propriétaires du lieu. Dieu sait si j'admire le talent de Pierre Fresnay et son phrasé élégant, mais quand il commence à se prendre la langue dans le tapis, c'est infernal, impossible à rattraper. Il bute et rebute sur les mots, s'enferre... et moi, je craque. Pardon, Pierre, avec tout le respect que je dois au Capitaine Boeldieu de *La Grande Illusion*, mais vos bégaiements étaient irrésistibles ! Je me mords les lèvres, me tourne d'un quart de tour, pour qu'on ne me voie pas. Et quand je pivote vers Yvonne Printemps pour faire diversion, je vois ses yeux bleus mouillés de larmes. Comment garder son sérieux ? Ces deux-là s'adorent, on le sait, il l'appelle

« mouret », diminutif d'amour, alors qu'elle le rudoie en permanence. « On sait que vous avez commencé à la Comédie-Française... dans les démolitions... », lui jette-t-elle, ironique et un peu méprisante, faisant allusion à Berthe Bovy, son ancienne compagne et sociétaire au Français, plus âgée que lui. Il sourit, les mots d'amour sont vaches. Leurs personnalités sont à l'image de leurs loges de la Michodière : « cosy », fleurie, confortable, toute blanche, avec miroir et sofas pour Yvonne, alors que celle de Pierre ressemble à un bout de couloir, une véritable cellule de moine. Peu lui importe le confort pourvu qu'il demeure auprès de sa belle impériale. Elle était la Parisienne dans toute sa majesté quand elle déboulait au volant de sa 4 CV dont le toit s'ouvrait pour laisser s'épanouir ses larges capelines... Voiture qu'elle me vendra à la fin du spectacle. Ma première voiture.

Dans la pièce, je joue le rôle d'un garagiste ami d'un couple pauvre, interprété par Pierre et Yvonne, qui compte sur moi pour lui prêter de l'argent et recevoir dignement un cousin, Renaud Mary, et sa maîtresse, jouée par Mélina Mercouri, alors jeune comédienne. Marcel Achard en était follement épris, et venait tous les soirs au théâtre écarter les jeunes admirateurs de l'actrice qui remplissaient sa loge de fleurs. Sa femme Juliette l'appelait « La Grecque » et dans sa bouche ça claquait comme un fouet... Après le spectacle, nous nous retrouvons dans un petit restaurant à côté du théâtre, où le propriétaire joue des airs à la mode. Quand Yvonne se sent en forme, elle pousse la ritournelle. Pierre la regarde amoureusement, les yeux mi-clos, en tirant sur sa cigarette, tandis que, un par un, nous tombons sous le charme de cette voix ... « Une voix qui vient d'ailleurs, des régions où règnent la flûte, l'elfe, l'oiseau des climats tempérés où tout est tact, discrétion, effusions, retenues », écrit un critique musical inspiré. Sans doute n'entendait-il pas le caniche d'Yvonne qui l'accompagnait quand elle montait dans l'aigu, les applaudissements cédant aux rires. François Périer me raconta que, un soir, Laurence Olivier et Vivien Leigh vinrent les voir et tous les cinq allèrent dîner ensemble dans ce même endroit. Ce jour-là, on tirait les rois et on leur servit de la galette au dessert. C'est Yvonne qui trouva la fève et elle posa la couronne dorée sur la tête de l'illustre comédien anglais. François regarda la scène, un peu rêveur : « Tu vois, c'est dingue, me dit-il. Avec sa couronne en carton, il avait l'air d'un roi de Shakespeare. Moi, avec cette coiffe, j'aurais juste eu l'air d'un gugusse qui vient de trouver la fève... »

Un soir, dans les coulisses, alors que nous allons entrer sur le plateau, Pierre Fresnay me dit tout à trac : « Mondy, je crois que vous ferez de la mise en scène... » Prémonition ? Illumination ? Dix ans plus tard, en 1961, il assistera, seul, au théâtre de la Renaissance, à un filage de ma première mise en scène : *Spéciale dernière*. Et toute ma vie je m'en voudrai d'avoir égaré les trois pages dactylographiées où il décryptait mon travail avec une précision d'orfèvre.

La bague au doigt

En 1952, j'épouse Claude Gensac, ma première femme. J'en aurai quatre, et pourtant je ne suis ni Barbe-Bleue ni Eddie Barclay. On s'en souvient, j'ai rencontré Claude au cours Simon. Nous nous sommes plu et, approchant la trentaine, vingt-cinq et vingt-sept ans, nous avons pensé qu'il était l'heure de se passer la bague au doigt. Nous n'étions encore que deux mômes obnubilés par leur carrière et l'envie de s'amuser, qui se sont mis à croire à leur romance. « Je ne vous le souhaite pas, bien sûr, mais vous risquez de divorcer assez vite si vous n'y prêtez pas attention », nous prévient Pierre Fresnay. Il ne se trompe pas : notre mariage ne dure que deux ans. Pour les copains de conservatoire de Claude, elle fait même une faute de goût. Comment une jeune première de tragédie aussi jolie peut-elle « s'accoupler » (oui, c'est le mot qu'ils emploient) avec un gars dont la plupart pensent que, après avoir mis les pieds dans ce métier, il ne tardera pas à se retrouver à l'entrée des artistes... côté trottoir. Pas d'épousailles sans mariée en longue robe blanche satinée et juponnée, et nous unissons nos destins à l'église Saint-Roch de Paris. C'est le révérend père Carré, l'aumônier des artistes, qui nous unit à l'instar des grandes célébrités... que nous ne sommes pas encore. En revanche, nos invités sont prestigieux : Pierre Fresnay, Yvonne Printemps, Marcel Achard... Le roi n'est pas mon cousin. Bien sûr je n'ai pas oublié mes amis du cours Simon, et la première d'entre toutes : Jacqueline Maillan. Ma mère est là, heureuse de partager quelques heures avec ce beau monde, ainsi qu'André et sa petite famille. En contemplant le visage ému de maman, je pense à mon père, j'aurais tellement aimé qu'il soit là ! Depuis sa mort, je ne cesse de l'associer à tout ce que je fais et, quand il m'arrive quelque chose de bon, je lui en attribue les mérites. Je le sens quelque part qui me voit et me protège. Je crois qu'il aurait bien aimé Claude.

Le Poulain-de Funès, le gang du rire

L'aventure Vitaly touche à sa fin : je reprends la route en solo. Avant qu'on se quitte, Georges Vitaly me fait un cadeau de roi. Lorsque la tragédienne Marguerite Jamois, directrice du théâtre Montparnasse, lui demande de monter *La Puce à l'oreille* de Feydeau, il me prend pour jouer Chandebise et Poche, les sosies que joue le même acteur, le premier rôle. Autour de moi, une distribution de rêve : Marthe Mercadier, Louis de Funès, Jean Le Poulain et Jacques-Henri Duval, sans oublier Pascal Mazzotti, « l'officier de marine qui trahit », qui joue Hector, le valet de chambre... J'ai tout loisir d'admirer le génie de Louis et de Jean qui sont deux exemples d'efficacité comique totalement différents, Jean à fond dans le burlesque, rajoutant du baroque et de l'absurde à ses répliques, Louis toujours fidèle au texte, jouant au cordeau sans changer une virgule, littéralement au premier degré... Quand il veut produire un effet comique, Jean se déconnecte de l'histoire, il arrête le jeu et peut prendre le public à témoin. C'est lui qui, dans *La Comtesse d'Escarbagnas* de Molière, a collé un papillon « 75 » à l'arrière de sa chaise à porteur... Lui encore qui, dans cette même chaise, ne pouvant arriver à en ouvrir la vitre, mime un poisson dans un bocal. Jamais Louis de Funès ne se serait livré à de tels débordements. Il est de l'école de Jean Meyer qui, dans *Le Dindon* de Feydeau, nous mettait en garde lorsque nous étions tentés de « moderniser » la pièce avec des effets vus au cinéma : « Ah, non ! non ! Pas de gags à l'américaine ! », criait-il. Pour Louis, le gag ne peut exister qu'*in situ*, à l'intérieur d'un cadre bien défini. A ses débuts, il détonne par son physique, petit Espagnol un peu noiraud dont le professeur d'art dramatique qui aura le plus compté pour lui est sans nul doute sa propre mère ! Il faut avoir vu Louis imiter madame « dé Founiès » croyant avoir perdu un billet de banque, on est au-delà de la caricature. Une chose est sûre : Jean le Poulain et Louis de Funès ont amené au théâtre l'univers des Marx Brothers et de Laurel et Hardy. Pour Louis, Chaplin est un Dieu. Dans la *Puce à l'oreille*, on mesure déjà tout ce qu'il va donner pendant des années... Il nous cueille littéralement. Dès qu'il a un bon effet, il fait attendre le public, il freine, il « laisse venir » et tout d'un coup... tchac ! il envoie la réplique. Je l'ai bien observé : sa rapidité et son exactitude de réaction sont proches du dessin animé ! Quand il a ces formidables trouvailles, il est impossible de résister. Louis déclenche l'hystérie sur scène et dans la salle c'est du délire. Fort de cette reconnaissance, il occupera désormais le terrain qu'il sait pouvoir occuper... Comme il le dit lui-même, tout ce qu'il veut, c'est donner du bonheur au public et il s'y tiendra. Claude Gensac qui vient me chercher à la fin du spectacle a bien observé le jeu de Louis : « Il a un sens du détail drôle et logique. Ce que fait Louis est peut-être excessif aux yeux de certains, mais jamais absurde, jamais contraire à la raison. »

Quant au comique de Jean Le Poulain, il est explosif. Il joue le personnage d'un Espagnol sanguin, ivre de rage à l'idée que sa femme le trompe et qui parle « comé ça » avec un accent à couper au couteau : « Vous m'entendez, Chandébiss, me disait-il, si yé troube oune homme avec ma femme, yé lé tou ! » (Tout est écrit phonétiquement par Feydeau.) Un soir, Jacques-Henri Duval loupe son entrée – il est en train de discuter avec l'administrateur deux étages au-dessus. J'ouvre la porte vers la coulisse, l'appelle en vain, puis la referme et me tourne vers Le Poulain tandis que, dans mon dos, j'entends une cavalcade d'éléphants qui court chercher Jacques-Henri. Trop tard, Jean et moi sommes obligés de meubler. Il arpente la scène et, brusquement, me fait signe d'avancer : « Chandébiss ! Chandébiss ! Benès ! » Moi, j'approche avec la circonspection qu'on imagine. Qu'a-t-il encore inventé ? Jean m'attrape alors par le revers de la veste, il me monte jusqu'à son nez et reprend sa dernière réplique : « Vous m'entendez, Chandébiss, si yé troube oune homme avec ma femme, y'en fais oune pâté de zézette ! » Zézette étant la petite chienne grasse et nauséabonde de la concierge dont nous sommes obligés tous les soirs de traverser la loge pour accéder aux nôtres... Deux heures plus tôt, elle nous a houspillés, je ne sais pourquoi, et Jean, excédé, s'est penché vers le panier de la chienne en s'exclamant « Vilaine Zézette ! » Cette fois, j'ai ri haut et fort, face au public, tant pis ! Sans se démonter, Jean poursuit son dialogue et s'empare du mien : « Yé sais cé qué bou allez mé dire... Moi, yé bou dis ça et bou allé mé répondré... » et ainsi de suite, jusqu'à la fin de la scène. Je ne dis plus un mot. Quant à Duval, il a passé son tour.

Jean préparait son entrée en coulisse en tapant du talon comme un danseur espagnol. Un soir, il me lance « Yé bous saloue. Où qu'il est Monsieur Chandébiss ? », puis il retire son panama d'un geste large et, soudain, il glisse et se ramasse de tout son long dans une envolée de poussière. Un ange passe. Allongé par terre, Jean commence à se mettre à quatre pattes, avance précautionneusement vers moi et me dit : « Il é glissanté chez bous ! », puis il se redresse, parcourt encore quelques mètres à quatre pattes avant de se relever. Le public n'a rien vu. Pour lui, c'est dans Feydeau. Mais moi ?! Tous les soirs, je le supplie de m'épargner, mais Jean n'a jamais été un modèle d'obéissance.

Sur la liste noire de la télé pour avoir trop ri

Quand je dis « univers » de la télévision, il s'agit vraiment d'une autre galaxie, d'une nouvelle planète et d'extraterrestres ! Ici, parfois, l'aléatoire et le rocambolesque ont élu droit de cité. Ma toute première prestation télévisuelle a lieu au début des années 50, dans le cadre des programmes destinés aux enfants. Le jeudi, jour des mômes, je démarre à 17 heures pétantes. A l'époque, il n'existe presque pas d'émissions enregistrées, tout est en direct. J'ai oublié l'intrigue du film (une sombre histoire de trafic dans un poste frontalier où je suis lieutenant des douanes). En revanche, je me souviens de l'état de panique de mon partenaire que le trac du direct paralyse au point qu'il en oublie tout son texte. Lui est un officier du 2e bureau qui m'affirme qu'on passe clandestinement des documents intéressant la Défense nationale. Ne trouvant pas ses mots, il marmonne : « ... y a des trucs, des choses et des machins qui passent »... et il attend qu'un assistant accroupi sous la caméra le relance. Mais il n'entend rien, bloqué par la trouille. Nous nous regardons fixement, l'œil rond, il n'enchaîne pas, j'ai l'impression que les secondes durent une éternité, tandis que ma chemise se trempe. « D'accord, j'ai compris... », dis-je comme si tout était normal et j'embraye sur autre chose. Tant pis pour les téléspectateurs qui, eux, n'ont rien dû comprendre ! Scène suivante : un comédien, François Darbon, plus aguerri que nous, doit lancer très solennellement : « Que vous importe si le professeur Wilpf de Berne est ruiné ! » Il s'emmêle les pinceaux et, au moment de parler, un incroyable galimatias sort de ses lèvres : « Que vous importe si le professeur Woulf de Bourne est Ruinou ! » Là, la caméra qui me filme s'éteint. De toute façon, on m'a mis hors champ déjà pas mal de fois. Tout le tournage sera de la même eau. En sortant du décor, je croise le regard de l'auteur qui suit tout au poste témoin et je me sens transpercé de balles !

L'année d'après, Stellio Lorenzi m'auditionne pour un rôle, celui de Lafarge dans *L'Affaire* avec Maria Casarès, et il me reçoit dans son bureau une fois les essais terminés : « Bon, Pierre, je te prends mais, je préfère te le dire, ça n'a pas été facile... Tu es sur une liste noire : " Acteur à éviter ". Méfie-toi », me dit-il. Je le regarde sidéré, et il m'explique que des « surveillants » rédigent des rapports sur toutes les émissions, en pointant les bons et les mauvais éléments. Avec mes fous rires irrépressibles, je suis « black listé ». Avec Jean-Pierre Marielle, on s'est fait remonter les bretelles par Marcel Bluwal pendant les répétitions de la pièce *Arden de Faversham*, drame anonyme anglais du XVIe siècle dans lequel je raconte un rêve prémonitoire à Marielle : « Je me trouvais sur une petite bute... », et chaque fois que j'arrive au mot « bute », l'œil de Jean-Pierre s'allume. Ce n'est pas très malin mais la possible confusion phonétique avec « pute » nous rend hilares. Marcel nous prend dans un coin et nous dit, d'un ton glacial : « Je vous préviens, si vous me ruinez la diffusion, plus jamais vous ne retravaillerez à la télévision ! »

Il ne rigolait pas et nous nous sommes calmés. Le rire est chez moi une seconde nature, totalement incontrôlée. Si une situation dérape, je dérape avec elle. Les blagues préparées en coulisse ne m'amusent pas du tout, mais, avec les bafouillages, les lapsus et incidents en scène, je ne tiens pas ! Je ne résiste pas à raconter ce qui est arrivé à André Luguet, l'acteur le plus distingué de la place de Paris. A une sortie de scène, au lieu de dire : « Excusez-moi, la tête me tourne, il faut que je parte... », il lança : « Excusez-moi, la tarte me tourne, il faut que je pète... », et il sort. La contrepèterie aussi parfaite que tragique. Je n'aurais pas aimé être sur le plateau à ce moment-là...

La télévision de la fin des années 50 aux années 60 a été marquée par d'immenses metteurs en scène et des créateurs de génie : Stellio Lorenzi, Claude Barma, Marcel Bluwal, Jean Prat, Marcel Cravenne, frère de Georges, Claude Santelli, auteur du *Petit théâtre de la jeunesse*, toutes des personnalités admirées et respectées... J'ai eu la chance de travailler avec eux. *Crime et châtiment*, *Sylvie et le Fantôme*, *Le Matelot de nulle part* et *La Terre est ronde*, les films, les pièces s'enchaînaient. Chose inimaginable aujourd'hui, les pièces de théâtre ou œuvres écrites pour la télévision étaient jouées en direct, certaines durant deux heures et plus. On imagine le trac, la tension... De mémoire de techniciens et d'acteurs, les directs des Buttes-Chaumont furent de purs moments d'anthologie ! Après le journal d'information du soir, le compte à rebours commence comme à la Nasa, 10, 9, 8, 7... un coup de klaxon et on se lance. Tout peut arriver... et tout est arrivé ! Dans *Sylvie et le Fantôme*, Suzanne Dantes joue une douairière, tante de Sylvie. A l'annonce d'une nouvelle qui l'émeut, elle s'évanouit sur un tapis d'herbe synthétique. Les caméras avancent vers la comédienne mais les rouages se grippent dans les fils du tapis et restent bloqués. Les assistants s'en rendent compte : vite fait, bien fait, ils enroulent le tapis au fur et à mesure de leur progression, y compris la pauvre Suzanne qui se transforme en rouleau de printemps, puis ils dégagent le tout. Les téléspectateurs n'auront rien vu. Mais nous, oui !

Lampes qui explosent, caméras qui tombent en panne, perches de son qui apparaissent à l'image, acteurs qui trébuchent, glissent, tombent, costumes qui craquent, fous rires, trous de texte, animaux rétifs qui quittent la scène... j'ai tout vu, tout vécu. La télévision en direct, c'est la meilleure école qui soit pour un comédien, la plus rude aussi : mémoriser ses déplacements devant la caméra, tenir compte des micros, de l'éclairage, ne pas se placer entre son partenaire et la caméra, et, avec tout ça, se souvenir de son texte et, si c'est encore possible, jouer la comédie le plus naturellement du monde, alors que vous ne perdez rien des consignes du réalisateur aux cameramen sous leurs casques... « C'est trop de boulot, trop de trouille ! », disent beaucoup de comédiens qui refusent de travailler dans des conditions aussi acrobatiques. Ils pourraient ajouter : « Et pas beaucoup d'argent... », car je me souviens que la télévision ne payait pas très bien à l'époque.

« Les Sorcières de Salem », un rôle en or

« Mesdames, messieurs, avancez, n'hésitez pas ! » Sur le podium illuminé en forme de passerelle de bateau, Pierre Louis, l'animateur, nous présente les uns après les autres au public qui applaudit et nous salue en agitant les mains. Autour de nous, quelques attractions, des marchands de guimauve, de pommes d'amour et de sodas. L'ambiance est plutôt sympathique et bon enfant. Nous sommes au jardin des Tuileries, à la Kermesse aux étoiles, où comédiens en devenir et stars confirmées ont été invités à signer des autographes. Signatures sur un carnet acheté à l'avance par les amateurs de dédicaces ou sur des feuilles volantes, le dos d'une enveloppe... un mot gentil, une bise... au suivant ! A minuit et au douzième coup de l'horloge, tout s'arrête comme au bal de Cendrillon. Tout ce cirque est-il bien utile ? Cela doit faire partie du métier... Les lampions s'éteignent, les gens se dirigent vers la sortie. Eric von Stroheim, qui signait près de moi, remballe ses affaires et s'éloigne après nous avoir salués. « Monsieur Stroheim, monsieur Stroheim, s'il vous plaît ! », supplie une dame en lui tendant un papier et un stylo. L'acteur se retourne, et hoche la tête : « Tésolé, matâme, c'est fini... », et il tourne les talons. La femme s'arrête et le regarde partir. « Sale Boche ! », lui jette-t-elle dépitée et furax.

Ensuite, nous allons dîner au Club Saint James, un restaurant de nuit de l'avenue Montaigne où les comédiens ont l'habitude de se retrouver. A table, le hasard (la chance ?) me place en face du metteur en scène Raymond Rouleau avec qui je discute jusqu'à deux heures du matin. « Quel est ton acteur préféré ?, me demande-t-il. – Spencer Tracy ! », dis-je sans hésiter. Il m'écoute en hochant la tête, un peu surpris. A quoi s'attendait-il ? Ma réponse a dû faire mouche car, avant la fin du repas, il me dit : « Il faudra que je te parle de quelque chose... » Il veut me proposer le rôle du pasteur Hale dans *Les Sorcières de Salem*, la pièce d'Arthur Miller, qu'il va monter. La pièce, créée en 1953 aux Etats-Unis, utilise un tragique fait divers américain remontant à la fin du XVIIe siècle, comme une allégorie du maccarthysme et de l'hystérie collective. Rouleau m'engage sans m'auditionner : « Tu seras bien entouré », me dit-il. Tout Paris bruisse des noms de Simone Signoret, encore auréolée de son magnifique *Casque d'or*, et d'Yves Montand qui triomphe sur les scènes du music-hall, mais qui n'est jamais monté sur des planches de théâtre. Rouleau a parié que son inexpérience ajouterait du naturel à son jeu, et a tout misé sur la passion qui lie le couple dans la vie pour interpréter le couple accusé à tort de sorcellerie.

La proposition de Raymond Rouleau m'enthousiasme autant qu'elle m'embarrasse. N'ayant aucun projet de théâtre ni de film, j'ai accepté de jouer à L'Amiral, dans une revue totalement loufoque écrite par Roger Pierre, avec Jacqueline Maillan, Jean Lefebvre, Darry Cowl, Annick Tanguy, la femme de Jean

Richard, et Christian Duvaleix des Branquignols. Inutile de préciser que, dans ce *Chocolat Show*, on ne donne pas dans la mélancolie... Il s'agit d'une suite de sketches où l'on joue du mollet et de la voix, final compris puisque nous saluons tous en petits shorts, tennis et marcels de sapeurs-pompiers, bleus à liseré rouge, le casque bien enfoncé sur la tête. Et vas-y que je te lève la jambe comme les danseuses de french cancan et qu'on pousse joyeusement la chansonnette. La salle est bondée tous les soirs et les spectateurs hurlent de rire. Un franc succès en vérité... dont je n'ai pas osé parler à Raymond Rouleau de peur qu'il ne se rétracte. Mais un soir, parmi le public, qui vois-je ? Simone Signoret et Yves Montand, justement ! Hasard ou nécessité ? Ils ont dû penser que Rouleau était devenu fou.

A l'entracte, François Périer et Marie Daems viennent me voir dans la loge commune, rejoints bientôt par le couple Signoret-Montand. Inévitablement, la conversation tombe sur *Les Sorcières de Salem* et, tout à trac, François, qui a lu la pièce, me dit froidement : « C'est drôle que Rouleau t'ait proposé le rôle du pasteur, moi j'aurais plutôt vu Ivernel... » Il est ainsi François, nature. Effectivement, Daniel Ivernel, excellent comédien qui a joué *Lorenzaccio* avec Gérard Philipe, serait parfait sauf qu'il est engagé ailleurs. Les retombées de cette soirée ne se font pas attendre : le lendemain, coup de fil de Rouleau : « Pierre, tu arrêtes ça, immédiatement ! » « Ça », c'est *Chocolat Show*. Simone et Yves lui ont raconté leur petite soirée et au ton formel et sans réplique de sa voix je comprends qu'ils lui ont donné leur sentiment... négatif. La mort dans l'âme, je lui avoue que mon contrat avec L'Amiral m'oblige à lever la jambe encore pendant trois semaines. Je sais que les répétitions des *Sorcières* ne débutent pas avant un mois... Alors ? Rouleau hésite, puis il me donne son accord. Quant à Yves, je le sais littéralement affolé. N'ayant jamais joué au théâtre, et se sachant attendu au tournant, il a paniqué à l'idée d'avoir un guignol comme partenaire.

C'est le théâtre Sarah-Bernhardt, futur Théâtre de la Ville, un grand théâtre à l'italienne de mille places, qui accueille *Les Sorcières*. Ce choix arrange Simone et Yves qui habitent à deux pas, place Dauphine. Faisant référence au maccarthysme et à la chasse aux sorcières, Arthur Miller y dénonce l'intolérance et la délation au travers d'une histoire d'amour douloureuse et passionnée. Dès que Rouleau a arrêté sa distribution, les répétitions commencent, de 14 heures à 23 heures, exténuantes. Pour moi, l'enjeu est énorme : c'est un vrai rôle dramatique, avec un texte magnifique à défendre aux côtés d'acteurs dont la notoriété va forcément amener public et critiques. Pas le droit à l'erreur. Pour aucun de nous, d'ailleurs.

Et surtout pas pour Raymond Rouleau, qui prend un risque en faisant monter Yves sur les planches. Exigeant, précis, il ne nous passe rien. Je me souviens d'une scène au quatrième tableau où John Proctor/Montand est arrêté et emmené au supplice. Moi, le pasteur Hale, homme de Dieu, je l'abjure de mentir pour sauver sa tête et Elisabeth Proctor/Simone, le supplie à genoux. Nos larmes coulent. La scène achevée, nous reprenons nos esprits et attendons le verdict du maître, debout sur le devant de la scène, assez contents de nous. En bas, Raymond Rouleau regarde chacun en silence, hochant la tête : « Vous n'y êtes pas du tout, là, mais pas du tout..., commence-t-il doucement. *Les Sorcières de Salem*, ce n'est pas ça... Nous sommes dans une tragédie, pas dans un drame pour faire pleurer Margot ou Mimi Pinson... Il ne s'agit pas de renifler. Ce n'est pas vous qui devez pleurer. Surtout pas. Si vous me faites ça, on est cuits. Et c'est terminé. » Le silence qui suit est terrible. Pétrifiés, Simone, Yves et moi osons à peine nous regarder. Il est tard, la répétition s'achève et Rouleau ne dira rien de plus : à nous de cogiter et de nuancer nos émotions. Evidemment, Raymond a raison, toute la force de cette scène est dans sa maîtrise. Le lendemain, nous retrouvons une tension, une retenue qui lui redonnent toute sa dignité. A l'air satisfait et confiant que Rouleau affiche, je comprends qu'il vient d'obtenir ce qu'il attendait depuis le début. Ces phrases sont des sésames, des déclics, il a toujours le mot qu'il faut pour vous faire réagir. « Pour imaginer ce que tu dois faire, disait-il, pense à Laurence Olivier dans *Le Roi Lear* portant le corps de Cordélia dans ses bras... »

Le rôle du pasteur Hale, expert en démonologie, personnage superbe et tourmenté qui se rend compte qu'il s'est trompé et prend fait et cause pour les accusés, va marquer ma carrière. Toute la profession a vu la pièce et m'a permis de gagner en crédit. Une fois les représentations commencées, Raymond suit de loin notre travail, passant parfois au théâtre sans nous le dire. Le lendemain, nous trouvons des notes inscrites sur le miroir de nos loges, au crayon à maquillage : « La fin du II ! Attention !!! Ne banalise rien, ne lâche pas le personnage. » Et il y en a autant pour Yves et pour Simone.

J'avais craint un instant que Montand ne me toise ou m'ignore, mais je me suis trompé : notre complicité naît dès le premier jour. Une fois son trac dominé, il s'amuse. C'est un gamin. Simone a une peur bleue qu'il lui fasse une blague en scène. Me sachant d'un tempérament plutôt facile à dérider, Yves me cherche à tout bout de champ pour me piéger. A tel point que je suis obligé de me cacher dans les toilettes pendant toute la durée de l'entracte pour qu'il ne me parle pas. Surtout pas! Et lui qui court dans le couloir en criant avec son accent unique : « Hooo, Pierrooot! Pierrot Mondy, où tu es? » Quand je réapparais, il se jette sur moi et me chuchote : « Regarde bien la vieille du fond, la tête qu'elle fait à tel moment... », en parlant d'une des figurantes du procès. Ensuite, il me guette et si j'ai le malheur de croiser son regard, c'est terminé. Il lui arrivait de glisser dans ma bible la photo d'un acteur, Marc Valbel, un homme au physique inquiétant mais charmant au demeurant, qui jouait un juge dans la pièce et avait la particularité d'être la voix française de l'acteur Gary Cooper. Quand il parlait, il suffisait de fermer les yeux pour entendre... le train siffler trois fois! Ce qui agaçait prodigieusement Simone. Parfois, je la surprenais murmurant entre ses dents : « Rrrrr... qu'est-ce que c'est emmerdant!... » Il pouvait aussi s'approcher de moi pour me serrer la main et déposer discrètement une ampoule entre mes doigts, ce qui m'obligeait à terminer toute la scène avec l'objet planqué dans ma paume... Enervé de ne pouvoir se concentrer sur son texte à côté de nous, un comédien nous dénonce à Raymond Rouleau qui menace de nous virer de la distribution si nous ne cessons pas nos pitreries, oubliant que nous tenons les deux rôles principaux... Hormis ces petites plaisanteries, Yves est un perfectionniste et un travailleur acharné. Mais il doit aussi s'acclimater à la vie du groupe... et au succès collectif, lui qui a toujours été habitué au succès en solo. A la fin du troisième acte, mon personnage quitte la scène après avoir exprimé tout haut une opinion que tout le public partage. Comme souvent dans ces cas-là, ma sortie est accompagnée d'un tonnerre d'applaudissements.

Sortant quelques secondes après moi, Yves, applaudi lui aussi, me dit, l'œil étonné : « Putaing, t'as un beau rôle, toi ! » Ça, c'est Yves qui découvre le partage des lauriers. Yves, aussi attachant qu'irritant, jamais mieux dépeint que dans les films de Claude Sautet, particulièrement dans *César et Rosalie.* Egocentrique et généreux. Yves, quoi.

Dès que je descends de scène, je cours dans la salle et observe travailler Raymond Rouleau. Il explique, il extrapole, il implique ses acteurs, son œil laser nous transperce, il est l'exigence, la rigueur absolue. A travers la pièce de Miller, il veut évoquer l'histoire des époux Rosenberg et toutes les formes d'intolérance et d'oppression. Il tire de chacun d'entre nous ce qu'il a de plus précieux, de plus beau, se servant de nos qualités, de nos hésitations, de nos doutes pour construire les personnages. C'est magique. Pour lui, pas de petits ou de grands rôles : il s'arrête vingt minutes s'il le faut, pour expliquer à un acteur qui a quatre lignes de texte pourquoi et comment il doit intervenir. Lorsqu'il tournera *Les Sorcières de Salem* pour le cinéma, je rêverai de faire partie de cette distribution prestigieuse jusqu'à ce que Simone m'apprenne, désolée, que je ne serai pas de la fête. Jean-Paul Sartre qui adapte la pièce n'aurait pas supporté, dit-on, qu'un homme d'Eglise se comporte si humainement. Du coup, il a pratiquement supprimé le rôle, le réduisant à un vague enquêteur qui disparaît dès la première scène. Je n'ai jamais su le fin mot de l'histoire et pourquoi j'avais été ainsi écarté. S'agissait-il de l'anticléricalisme de Sartre ou bien Yves a-t-il été gêné par ce personnage très (trop) sympathique qui lui faisait de l'ombre ? Je ne le saurai jamais.

La pièce a donné lieu à deux grosses frayeurs d'ordre comique, eh oui ! Deux impondérables saisissants, avec lesquels il a fallu composer. Au début du deuxième acte, j'interroge Yves et Simone : moi au bout et eux de chaque côté de la table. Aux répétitions, Raymond Rouleau s'aperçoit que, vue de la salle, la différence de taille entre Yves et moi me fait paraître minuscule, sans cette autorité redoutable et indispensable au personnage, alors qu'il semble me dominer de quatre ou cinq têtes. Rouleau fait donc fabriquer un tabouret haut pour moi et scier les pieds de celui d'Yves. Au théâtre Sarah-Bernhardt, les décors sont mobiles sur praticables roulants. Quelqu'un... (qui ?) s'est assis en coulisse et a interverti les tabourets, ce dont je m'aperçois quand nous sommes déjà sur scène. Assis, mes épaules dépassent à peine de la table alors qu'Yves semble perché comme un môme sur une pile de bottins. On se regarde, scotchés. Rien à faire, il faut continuer. C'est peu de dire que nous avons lutté contre le fou rire. Yves a joué la scène pratiquement affalé sur la table, tandis que je me hissais désespérément sur mes genoux et mes coudes. Comment avons-nous fini l'acte, mystère. Heureusement, Simone n'a rien vu. Si elle s'était retournée... Rien que d'imaginer son visage nous découvrant, Yves recroquevillé et, moi, le nain de Fort Boyard, je crois que ce soir-là nous baissions le rideau.

Le deuxième incident comique a pris des proportions énormes qui ont failli mettre la pièce en danger. Nous sommes tous en scène, Maurice Chevit, Jean d'Yd, un groupe de comédiens incarnant des villageois de Salem et, bien sûr, Yves et Simone. L'heure est grave : on vient arrêter Elisabeth Proctor. Le shérif, Jean Violette, un comédien à la magnifique voix de bronze, vêtu d'un long gilet en peau de buffle et botté, s'avance solennellement vers Simone pour l'emmener. A ce moment, Yves s'empare d'une pétoire posée sur la cheminée et se précipite vers lui en criant : « Vous n'emmènerez PAS ma femme ! », martelant chaque mot et, pour finir, le menace d'un coup de canon dans le ventre. Evidemment, il ne porte jamais vraiment le coup mais, une fois sur deux, le trac aidant, le fusil cogne et Jean Violette se blinde instinctivement la sangle abdominale pour parer le choc. Ce soir-là, Yves jette le canon du fusil contre Jean qui se contracte et lâche un pet, mais un pet... comme peut le faire un maçon se croyant seul sur son échafaudage ! Un cri d'alouette dans le ciel bleu... Le public n'a rien entendu, heureusement. En revanche, sur scène, c'est la panique. Yves ferme les yeux, se pince les lèvres, réprimant difficilement les tremblements de son fusil et tous les acteurs tournent le dos au public, tandis que Jean Violette, imperturbable, termine sa tirade d'une belle voix grave : « John, John Proctor, je dirai à Salem ce que j'ai vu et entendu, je te le promets... » Réplique recto-tonneau. Là, je crois mourir... Maurice Chevit plonge la tête dans les coulisses et on emmène Simone qui n'a jamais été aussi heureuse de sortir de scène. Normalement, je dois me retrouver nez à nez avec Yves qui m'injurie, me hurle son désespoir à la face. Là, impossible. Je dégage à l'avant-scène, en prière, les mains jointes, les yeux au ciel, et Yves m'envoie sa réplique du fond du plateau avec rage pour conjurer le gros pépin qui nous menace. Si nos regards se croisent, nous sommes foutus. Aucun des deux n'est à sa place, loin s'en faut, mais tant pis, on a sauvé les meubles. Ce fou rire durera plus d'une semaine : dès qu'arrive le moment « fatidique », le plateau se fige et, de réplique en réplique, on avance sur le fil. Raymond Rouleau n'en a rien su, il n'aurait pas beaucoup apprécié. Peut-être lui a-t-on raconté bien plus tard, lors d'un week-end à Auteuil, où nous pouvions rire de tout... La pièce, quant à elle, a eu un succès considérable. Nous l'avons jouée pendant un an.

Signoret-Montand, un couple...

« Auteuil concrétisait le rêve que tout le monde fait mais ne réalise jamais : avoir une maison ouverte à tous, où la gaieté règne en permanence », écrivit François Périer dans *Profession menteur*, son livre de mémoires. Il n'y a pas de définition plus juste de la célèbre maison que je fréquente régulièrement à cette époque, une demeure où chacun peut trouver sa place et dont Simone est l'hôtesse attentionnée et chaleureuse. Elle veille sur ses invités comme une vraie « mama ». A Auteuil, c'est la fête chaque week-end, l'été dans la piscine, l'hiver autour de la grande table ou du foyer. L'ambiance est décontractée, délurée ou sérieuse, selon la situation politique du moment et les visiteurs. Il en vient de tous les horizons, avec une majorité de « gens du métier » : Jacques Becker, François et Colette Périer, Michel Piccoli, Françoise Arnoul, José Artur et Colette Castel, sa femme, Bernard Blier, Paul Meurisse, Marcel Bozuffi... Quand les couples emmènent leurs enfants, les petits jouent ensemble dans le jardin et partagent leurs jeux avec Catherine Allégret, la fille de Simone, très joyeuse, hurlant de rire à tout ce qu'Yves pouvait inventer. Plus qu'une maison d'enfants ou de famille, c'est avant tout une maison de potes. Les amis restent une heure ou quelques jours, que les propriétaires soient présents ou pas. Dans la grange qu'Yves a fait retaper, il a installé une petite scène pour répéter ses récitals, et une salle de projection. Les séances alternent entre grandes productions hollywoodiennes et petits films familiaux... Yves, c'est la joie et la bonne humeur permanentes. Il faut voir Simone rire de bon cœur des blagues de son homme qui en rajoute, déchaîné, toujours ravi de ses effets. Combien de fois l'ai-je entendue demander à Yves de raconter telle histoire ou telle anecdote, pour pouvoir encore mordre à l'hameçon. Elle est son meilleur public. Elle est d'autant plus sensible à l'humour d'Yves qu'elle-même n'est pas « drôle » ; elle n'a rien du boute-en-train qui lance des vannes comme on respire. Elle applaudit au comique, mais donne rarement la réplique sur le registre de la plaisanterie qui n'est pas le sien. Mais, dès que j'ai un souci, un peu de vague à l'âme, c'est elle que j'appelle. Elle devine tout instantanément. « Hou ! là, là ! t'as une drôle de voix, toi... J'arrive. » Et elle débarque. Yves, c'est plutôt l'ami des jours où tout va bien.

Yves n'est pas non plus un enfant de chœur, et Simone a dû avaler quelques couleuvres. L'épisode « Marilyn » s'avère être une épreuve aussi pour leur entourage. Impossible de prendre parti pour l'un sans froisser l'autre. Simone se montre digne. La presse est allée si loin en déballant leur intimité qu'elle prend ses distances. Marilyn était plus célèbre que les autres. Yves n'affichait pas dans son tableau de chasse que des pedigrees de cinéma. C'était un grand enfant, époustouflé par son propre succès, LUI, l'émigré italien. Il faut voir les deux ou trois lettres qu'il m'écrivit des Etats-Unis, ses exclamations de môme ébloui. Il s'était fait tout seul et, dans ce sens, le Nouveau Monde, celui de tous les possibles, était fait pour lui. Pour le reste, avec Simone, ce n'était au fond que des histoires de couple ordinaires.

Grâce à Simone, les portes du cinéma vont s'entrouvrir au baladin. Elle entoure Yves d'intellectuels et d'artistes : Jorge Semprun, Claude Sautet, Jean-Loup Dabadie. C'est dans la maison d'Auteuil que je fais la connaissance d'un jeune Grec, beau ténébreux, Constantin Costa-Gavras, grand admirateur de Simone... et de ses idées. C'est Simone qui me « greffera » sur le tournage de *Compartiment tueurs* où toute la bande se retrouve sur le plateau, y compris la jeune Catherine qui débute au cinéma. Costa donne même un petit rôle à Pascale Roberts, que je viens d'épouser, celui de la première victime retrouvée morte dans le train. Une figuration tranquille. Dans le film, j'interprète un commissaire de police, supérieur d'Yves Montand, avec qui j'ai un mal de chien à tourner tant on ne garde jamais longtemps notre sérieux... Yves fera un montage de tous nos fous rires récupérés sur les chutes de pellicules, que nous nous projetons à Auteuil. A nos côtés, le jeune Jean-Louis Trintignant, concentré sur son rôle, garde son sérieux même si, parfois, il a l'œil qui frise.

L'appartement de la place Dauphine où habitait le couple était notre dernier refuge. Après avoir dîné chez Paul, le bistrot d'à côté, nous partions en roue libre pour des nuits bien arrosées. Cette place de terre battue avait un charme fou avant de devenir une vraie forteresse à cause de la proximité du Palais de justice... Je revois la porte donnant sur la place, ce fameux n° 15 qui ne payait pas de mine, cette entrée étroite et sombre et leur appartement, petit, encombré mais aussi singulier que ses hôtes. On s'y sentait bien, le temps s'arrêtait. Les soucis ne pénétraient pas les murs couverts de livres et de souvenirs qui s'entassaient, des photos de leur mariage, Saint-Paul-de-Vence, Picasso... Avec, ici et là, des morceaux d'intimité, les châles en soie de Simone, un ou deux manuscrits qui traînaient et son parfum qui imprégnait l'air. Il arrivait que l'ambiance se gâte à la fin d'un dîner trop arrosé. D'un coup, devant nous, se dressait le couple infernal Liz Taylor et Richard Burton dans *Qui a peur de Virginia Woolf?* se parodiant. L'engueulade qui grondait pétait feux et cris. L'authentique scène de ménage. Je me souviens qu'un soir, excédée, Simone prit la main d'Yves et la lui mordit. Dans ces cas-là, on voudrait se glisser dans un trou de souris, s'éclipser sur la pointe des pieds, mais impossible puisque les deux amants terribles vous prennent à témoin. J'entends Yves tonnant, à la marseillaise : « Madame Simone Signoret, vous m'emmerdez ! Vous savez tout, vous êtes au courant de tout... » Je ne saurai jamais quelle était la part de colère véritable et celle du jeu. Je finissais par filer en douce. Le lendemain, on les retrouvait immanquablement dans les bras l'un de l'autre, en train de roucouler. Une dispute ? Quelle dispute ? Yves pouvait être d'une mauvaise foi éhontée, « la mauvaise foi méridionale », selon Simone, doublé d'un mystificateur-né. Simone en avait pris son parti. On le sait, elle l'aimait à la folie et lui pardonnait tout quand il chantait ses yeux rivés aux siens. Oui, il lui faisait ça aussi. Je me souviens que, pour ne pas lui déplaire, elle refusa le rôle de la vieille Bouboulina (finalement joué par Lilia Kedrova) dans *Zorba le Grec*. Elle ne voulait pas s'abîmer, se montrer ainsi à lui. Et non seulement elle l'aimait d'un amour qui ne s'est jamais tari, mais elle avait une authentique admiration pour son talent. Moi-même j'ai été bluffé de le voir répéter des heures durant, avec Bob Castella, sur la petite scène d'Auteuil, lorsqu'il se préparait pour un concert. Bob le fidèle avait bien de la patience lorsque Yves, qui n'était pas musicien, l'arrêtait en disant « Reprends, tu te trompes... » parce que, lui, était parti à contretemps... Injuste, Yves, mais bosseur. Jamais on n'aurait pu imaginer que son aisance « naturelle » était due à une discipline de fer, et que cet homme qui pouvait sembler si léger exerçait son art avec tant de rigueur et de détermination.

Avec Simone et Yves, les questions politiques revenaient régulièrement dans les conversations, créant certaines tensions entre nous. Ils auraient voulu que je signe des pétitions pour tout, ce que je refusais catégoriquement, n'en signant aucune par principe. « Mais qu'est-ce que ça va changer ? », répétai-je à Simone qui me fit la gueule pendant une semaine à propos des accords de Paris entre de Gaulle et Adenauer, contre lesquels ils s'élevaient, préférant condamner l'Allemagne à perpète. Utiliser ma position d'acteur pour soutenir une cause politique me dérangeait et, là-dessus, ma position n'a jamais varié. Mes convictions évoluent au rythme des événements, je me garderais donc bien de conseiller qui que ce soit. C'est le citoyen Cuq qui vote, pas l'acteur Mondy. L'un n'a pas à déborder sur l'autre. Ah, les discussions enflammées dans la salle à manger d'Auteuil, Yves et Simone se levant brusquement pour expliquer leur position et nous rallier à leur cause ! Nous étions tous à peu près du même bord et, quand bien même certains de leurs engagements nous paraissaient excessifs, nous avancions tous derrière eux, comme un seul homme. Y compris lorsqu'ils se rendirent en Union soviétique après les événements de Budapest. Ils ne tardèrent d'ailleurs pas à en revenir... et nous aussi. En vivant près d'eux, j'étais certain qu'aucun fait de société ne m'échapperait. Ainsi, je fus heureux d'avoir soutenu Simone Veil à leurs côtés, en 1974 , pour la légalisation de l'avortement. Et ce malgré mon éducation religieuse. Mais quelles que soient leurs certitudes, leurs croyances, notre amitié ne fut entamée en rien et, durant des années, avant que nos routes se séparent pour raisons professionnelles, j'ai pris joyeusement le chemin d'Auteuil... bientôt accompagné par une charmante personne.

« Cherchez la femme » : Pascale Roberts

Je n'ai jamais entendu parler d'elle, mais la jeune comédienne avec laquelle j'ai une histoire d'amour dans *Cherchez la femme* de Raoul André, est belle à couper le souffle et rayonnante. Elle s'appelle Pascale Roberts. Je suis libre, elle aussi. Pour faire court, je l'ai fait rire, elle m'a suivi.

Si je devais qualifier nos premières années de vie commune, je dirais qu'elles furent festives, complices et turbulentes. Liés par des passions comme celles du cinéma américain, de la comédie musicale et du jazz, nous partagions aussi l'amour de la danse et, sur ce terrain, nous étions infatigables.

Pascale « débarque » dans le métier avec son ravissant minois, sa bonne humeur et un talent naturel pour la comédie qui lui ouvre toutes les portes, sans avoir pris un seul cours de sa vie. Dès qu'elle pointe le nez à un casting, elle obtient aussitôt un rôle. Elle ne voit dans ce métier que les aspects ludiques. Moi je lui explique qu'on ne peut pas l'exercer sans bagage. Elle m'écoute tendrement faire de grandes déclarations : « Tu ne peux pas avoir l'amour de cette profession si tu n'acquiers pas un minimum de technique. Il faut dix ans pour faire un acteur... C'est Simon qui le disait... »

Si Simon le disait... Elle, Pascale ne disait rien. Mais elle agissait. Jouer lui était aussi naturel que rire. Attentive aux conseils qu'on lui donnait, elle a travaillé pour étendre son répertoire d'actrice séduisante à des rôles de composition. Elle est devenue une actrice épatante.

Toutes ces années sont chargées de souvenirs heureux chez Simone et Yves, avec José Artur et sa femme qui habitent notre immeuble, Philippe Nicaud et Christine Carrère et le couple Annie Girardot-Norbert Carbonneaux. Quand je repense à Annie et Norbert, c'est systématique, je revois leur mainate qui refusait de prononcer le moindre mot mais qui, le matin, toussait de la même toux de fumeur que Norbert. Une imitation absolument parfaite. Les histoires de mainates ont toujours fait mon bonheur : Georges Van Parys en possédait un, également, qui n'ouvrait pas le bec. Toute la famille Van Parys défilait devant la cage en répétant pour encourager l'animal : « Oh ! là, là ! Oh, que je parle ! Je suis l'oiseau gros bavard ! » Jusqu'au jour où, au beau milieu du repas, une voix nasillarde jaillit de la cage : « Oh, je suis l'oiseau gros bavard ! » Un comique (de répétition) s'était invité à table...

Pendant cinq ans, notre relation est harmonieuse, même si le métier met notre amour à l'épreuve. Nous multiplions chacun de notre côté les spectacles, les engagements, les tournées, nous sommes continuellement sur les routes. C'est un milieu où le fait de tout partager en permanence avec une équipe de cinéma ou une troupe de théâtre nous rend encore plus vulnérable à la solitude... et aux tentations. On est jeune, on est beau, on est fort... et faible. Disons que l'entente fut parfaite jusqu'à ce que nous décidions de nous marier. Chacun mène sa barque, au mépris de notre vie privée. Une infidélité ici, une aventure là, on se raconte, on se fâche, on se rabiboche, mais il reste toujours des traces qui ressortent les soirs de rancœur. Le pire est évité, mais pas toujours. Quelques parenthèses agréables tout de même : la pièce de Robert Thomas, *Piège pour un homme seul*, avec laquelle nous partons en tournée, Pascale et moi, dans toute la France et en Afrique du Nord. Il y a bien des coups de gueule, mais au moins nous sommes ensemble... Ou bien cette croisière sur le paquebot *France* où nous jouions aux escales *Feu la mère de Madame*, avec Guy Bedos et Sophie Daumier. Vingt et un jours durant, nous n'avons fait que jouer, boire et danser. Et manger du caviar à la louche dans la salle à manger des enfants (il n'y avait pas d'enfant!) qui nous était réservée. Surtout danser, d'un pont à l'autre. Ginger et Fred. La croisière s'amuse. Je dois préciser que j'étais avec Régine le meilleur danseur de charleston de Paris, et que j'ai passé des nuits effrénées à danser avec elle au Jimmy's, sa première boîte de nuit.

Bientôt, les disputes et les tensions prennent le pas sur notre amoureuse complicité. « Si on se bagarre autant, avance Pascale, c'est parce que nous ne sommes pas mariés... » Soit, passons devant monsieur le maire. Maman ne voit pas cette union d'un œil très favorable – je dois dire que l'instinct des mères est formidable pour ça –, mais elle ne fait rien pour nous en dissuader. A peine sommes-nous mariés que le métier nous sépare à nouveau. Avec de nouvelles entorses au contrat... Nous sommes l'exemple type du couple d'acteurs perpétuellement en partance qui s'agite pour tenter de réunir les morceaux d'un puzzle explosé.

Quand Pascale tombe amoureuse du bel écrivain Pierre Rey, ce n'est pas du cinéma. Il n'est pas encore célèbre et c'est Pascale qui fait bouillir la marmite en attendant qu'il écrive *Le Grec*... Elle disparaît des nuits entières et rentre à la maison aux aurores sur la pointe des pieds. Une nuit, en passant devant le canapé du salon où je dors, elle se penche vers moi et me dit doucement : « Tu sais, Pierre, je crois que tout cela nous est arrivé parce que nous n'avons pas eu d'enfant... » Je ne réponds pas, tout a été dit sur le sujet. L'estime et la tendresse demeurent entre nous, mais l'amour s'en est allé. La chute est fatale : après neuf ans d'union aussi heureuse que tumultueuse, nous nous séparons. En apprenant mon divorce, ma mère me dit gentiment, comme un bambin qu'on sermonne : « Mais, mon petit, pourquoi tu te maries, je ne comprends pas... » Pascale quitte notre appartement de la rue La Fontaine. Colette, la femme de François Périer, passe me voir deux jours après son départ et découvre un appartement presque vide, dans lequel ne restent que mes disques, un bureau en acajou et une table de cuisine. Elle me trouve, assis par terre, plongé dans mes pensées. C'est parfois étrange une séparation, on s'en fait tout un monde et puis les choses se déroulent plutôt simplement. « Je vais partir vivre ailleurs, mais je n'ai pas de meubles... – Ben, prends-les si tu veux... – Puisque je travaille régulièrement, je ne te demande pas de pension... – Bon, d'accord... – Eh bien, bonne chance, alors... – C'est cela.... A bientôt... » Cet « A bientôt » tardera. De loin en loin, nous nous reparlerons. Puis nous raccorderons nos violons, puisque nous nous sommes tant aimés.

Verneuil, Gabin et moi

Ses yeux transparents se posent sur moi, un peu distants, un peu narquois, une franche poignée de main accompagnée d'un vague sourire, et il tourne les talons pour rejoindre sa caravane. C'est mon premier contact avec Gabin, simple, net, précis. Dans ce nouveau film d'Henri Verneuil, Jean et moi sommes chauffeurs de poids lourd, routiers de nuit, complices et compagnons d'infortune. Donner la réplique à Gabin est forcément très intimidant. Une présence immense doublée d'un charisme et un naturel (même quand il joue, Gabin ne peut pas faire semblant) qui vous poussent à aller très loin. Face à lui, on n'a pas le choix : soit on tend vers l'excellence, soit on jette l'éponge et on quitte le plateau. Sans le savoir, avec lui, je peaufine un métier que je croyais avoir bien en main. Il possède la maîtrise parfaite du jeu. Tout passe dans son regard, surtout quand il est furibard. Ses billes bleues, c'est du 35 mm. « C'était comment de jouer avec Gabin ? m'a demandé Christian Clavier. – C'est simple, lui dis-je. T'es au café avec lui. Tout d'un coup, il te dit : " Fous le camp ! " Eh bien, tu te lèves et tu t'en vas... » Vrai. L'autorité était telle chez Gabin, que vous saviez instantanément comment vous conduire face à lui. Ce savoir-faire d'acteur m'a permis d'acquérir une nouvelle assurance. Avant notre rencontre, il m'arrivait de douter de mon travail, je me refaisais la scène une fois rentré chez moi, j'avais des regrets... Jusqu'à Jean. Après lui, je ne me suis plus jamais posé de question. Il m'a appris l'évidence du jeu.

Mains enfoncées dans sa salopette, mégot au coin des lèvres, il grimpe dans la cabine du camion, s'installe au volant et jette sa clope avant de démarrer. On dirait qu'il a fait ça toute sa vie. Instinctivement, il trouve le geste juste, l'attitude adéquate. Les petits boulots, il en a connu beaucoup avant de devenir comédien, et je crois qu'il se souvient de tous. Mais tout ne lui tombe pas dans le bec, comme ça. Mine de rien, il travaille beaucoup. Je sais qu'il peut se répéter son texte pendant de longues minutes et arriver sur le plateau en ayant l'air de le découvrir. Suprême coquetterie de sa part... Mauvaise foi aussi. Quand il sent qu'il va buter sur sa réplique, il s'arrête net et dit : « Le chariot a sauté » en parlant du travelling. Personne n'est dupe, mais on recommence. Que les critiques reprochent à Gabin de « faire du Gabin », je ne le comprends pas. Il a justement cette sobriété, ce mélange de naturel et de force qui font les grands. Il « est » Gabin, et quand on considère l'éventail de ses rôles, il l'est autant dans l'ivrogne repenti du *Singe en hiver*, que dans le bourgeois intraitable des *Grandes familles* ou dans le vieil aigri du *Chat*, différent chaque fois mais crevant toujours l'écran, fascinant et magnétique...

Au début du tournage des *Gens sans importance*, Gabin et Verneuil s'observent : c'est leur premier film ensemble. Verneuil a déjà été nominé en 1956 pour l'oscar du meilleur scénario pour *Le Mouton à cinq pattes*. Et Gabin est une star. Jean parle très peu, se limitant aux questions concernant son personnage. On m'avait dit qu'il n'était pas du genre commode et qu'il valait mieux être dans ses petits papiers. Peut-être est-ce notre côté terrien et sans façon qui nous rapproche, mais Gabin me tutoie d'office et je rentre dans sa garde rapprochée, avec Franckeur, Dalban et Gabriel Gobin qui tournaient avec nous. La glace se brise enfin entre Gabin et Verneuil le jour où ce dernier se met à fredonner un vieil air de caf'conc' : « Vous connaissez ça, vous ? demande Gabin le sourcil levé, la clope au bec. – Et je ne connais pas que ça... », répond Henri qui entame un autre refrain. Ainsi leur entente et longue collaboration au cinéma s'est bâtie sur une chanson et le vieux répertoire du music-hall, la grande passion d'Henri et de Jean, enfant de la balle et du caf'conc' où il avait usé ses fonds de culotte et démarré sa carrière.

Jean, c'est aussi la truculence du verbe, cru et imagé. On comprend que bien des scénaristes comme Prévert, Boudard, Simonin et surtout Audiard aient trouvé un bon client avec lui. A la quatrième prise d'une scène où il est censé réparer une panne de camion, penché sous le capot, une pluie cinglante s'abat sur lui, provenant de lances que les machinos lui envoient sur le bas du dos. Je suis au volant, Jean me rejoint dans la cabine et grommelle entre ses dents : « Ils vont me faire choper des champignons dans le faubourg, ces cons-là... » Je ne connais pas l'expression, comme la plupart de celles qu'il balance avec son accent gouailleur, mais celle-là me plie en deux. A vingt mètres de là, de l'autre côté de la caméra, Henri mouline des bras l'air de dire « Qu'est-ce qui te prend ? ». Je fais signe que ça va passer, mais à ma droite l'œil de Gabin se plisse, il sourit, content de son effet. Et on recommence la prise...

Le soir, nous visionnons tous ensemble les rushes, c'est-à-dire les prises de la journée. Installé au fond de la salle, Gabin ne fait jamais de commentaires. Si Verneuil est content, ça lui suffit. Pas moi, et comme beaucoup de comédiens, je finirai par ne plus les regarder. La première fois qu'on se découvre à l'écran, on suit à peine la scène tant on se détaille. On a une vision cyclopéenne et partielle des plans, et on ne voit que soi. On s'observe à la loupe, on corrige ce qu'on croit être des défauts physiques qui, en fait, sont les qualités du personnage et, le lendemain, on arrive sur le tournage avec « un parapluie dans le derrière », en total contrôle de soi. Une entreprise de démolition que j'ai préféré arrêter. Si, dans le métier, nous sommes nombreux à ne pas supporter notre image en mouvement, Eddy Constantine, lui, l'adorait. Je me souviens qu'il devenait très démonstratif en regardant ses euphorisantes prestations dans *Folies-Bergère* d'Henri Decoin, dont nous partageons la vedette avec Zizi Jeanmaire et Yves Robert. Il s'esclaffait, fou de joie : « Qu'est-ce que c'est bien ! Mais qu'est-ce que je suis bien ! Non ? » Silence dans la salle, sourires polis. Oui, Eddy, t'es au poil. On ne fait pas la gueule à Lemmy Caution.

Des gens sans importance... Les quais embrumés et les entrepôts, les trottoirs luisants sous les réverbères de Paris, l'étrangeté inquiétante de la musique de Joseph Kosma, le visage de Jean, fermé et dur, éclairé par les phares des voitures qui nous croisaient. Et, en point d'orgue, le beau regard fiévreux de Françoise Arnoul, tendu vers lui. C'était un autre temps, une autre vie. Malgré mon penchant à toujours aller de l'avant, je garde une immense nostalgie pour le cinéma de cette époque. Finalement, je dus être un camionneur assez crédible car, lorsque le film sortit, je fus régulièrement invité à des émissions pour parler des routiers, comme si la profession n'avait plus de secret pour moi...

Alain Delon, la beauté du diable...

A l'époque où ma femme, Catherine Allary, était assistante du metteur en scène Bernard Murat sur la pièce *Variations énigmatiques* d'Eric-Emmanuel Schmitt, elle rentrait tous les soirs troublée d'avoir passé la journée à quelques mètres d'Alain Delon, l'idole de sa jeunesse. Sans que personne s'en doute, et surtout pas l'intéressé, elle réalisait un rêve de jeune fille : deux mois sous perfusion avec Alain Delon, à le dévorer des yeux et à boire ses paroles. J'exagère à peine... Emue, elle me racontait son idole. « Il est magnifique, impressionnant, touchant... C'est une vraie star... » Moi, je l'écoutais en silence. « Tu ne vas pas être jaloux, tout de même, si ? », disait-elle en clignant de l'œil. Jaloux d'un rêve de jeune fille ?

Alain est une vieille connaissance. Je le rencontre en 1957, sur le film d'Yves Allégret, *Quand la femme s'en mêle*. C'est son premier film. Des types magnifiques, des gueules, le cinéma en a déjà vu, mais Alain, c'est autre chose : tout ce que l'univers compte de fées semblent s'être penché sur son berceau. Sa beauté est un soleil. Il séduit hommes et femmes, même malgré lui. Son charme, son insolence, son enthousiasme font succomber les plus réticents. Pascale Roberts, qui a un petit rôle dans le film, évoque « le magnétisme du fauve, d'une dangerosité attirante... », tandis que Michèle Cordoue, l'épouse d'Yves Allégret, est en adoration devant lui. Dès les premières scènes, il dégage une présence et une force qui balayent tout devant lui. Il a un regard qui vient de loin. Il suffit de l'observer quelques secondes pour comprendre qu'il est de la race des Gabin, Ventura, Eastwood, Lancaster, ces rebelles pas commodes qui sont, avant tout, des acteurs de sang.

Alain est intègre, fidèle en amitié. Ces qualités, que je m'efforce de ne jamais trahir, nous ont rapprochés. Je sais qu'il a cette réputation d'homme dur, fermé, voire cassant quand on lui pose des questions qui fâchent. Moi, je l'ai toujours trouvé simple et très disponible. Peut-être qu'il faut juste lui foutre la paix... C'est son sens de l'amitié qui me rappellera à lui en 1982, lorsqu'il tourne *Le Battant,* son deuxième film en tant que réalisateur où il s'offrait enfin le luxe de ne pas mourir à la fin ! J'y joue un flic opiniâtre et goguenard, à l'imperméable froissé et maculé, le cheveu en bataille, la barbe de deux jours, mâchant un éternel cigarillo que je rallume toutes les deux minutes avec mon vieux Zippo. Ça ne vous rappelle rien ? Alain voulait me voir ainsi juste pour avoir le plaisir de me balancer : « Vous ne regardez pas trop Colombo à la télé, commissaire ? »

Marcel Achard ou Marlon Brando ?

« Un brave chasseur alpin de la race des saint-bernard... », avait écrit un critique, sans doute très fier, lui aussi, de cette excellente sortie, après m'avoir vu dans *La Bagatelle*, la nouvelle pièce de Marcel Achard, avec Yves Robert et Danièle Delorme. Moi, je me régale, j'ai toujours adoré jouer les bons Samaritains ! Nous sommes en 1958. Marcel Achard me fait le plus beau cadeau qu'un comédien puisse espérer d'un auteur : m'écrire un premier rôle. Roméas est le personnage romantique de cette bagatelle tragi-comique, un Roméo qui viendrait d'Aubenas et non de Vérone, un ingénu un peu lourdaud, timide et spontané. Pas tout à fait moi, mais il me ressemble : « A croire qu'avant chaque pièce ou chaque film, Mondy fait un stage dans la catégorie sociale à laquelle il doit appartenir... », écrit le journaliste Paul Giannoli. Amusant, quand on sait que je m'apprête à interpréter le rôle de Napoléon...

Les retrouvailles avec Marcel Achard sont souvent prétextes à bons gueuletons. Bec fin, il connaît comme sa poche les meilleurs bouchons lyonnais. Quand, un soir, je lui propose de m'accompagner dans un restaurant fréquenté par les gens du spectacle, il me coupe net : « Pierre, je t'aime énormément, mais pas au point de bouffer de la merde ! » C'était un esprit vif, un compagnon délicieux, très drôle et rarement méchant, d'une grande lucidité et sans illusion sur la profession d'auteur dramatique. Dieu sait ce qu'il aura lu et entendu sur : « l'académicien français qui a le mauvais goût d'appeler sa pièce : *Patate* » ! Pièce qui triomphera pendant dix ans sur la scène théâtrale, avant d'être adaptée au cinéma. Grand amateur de blagues et de jeux de mots dignes de l'*Almanach Vermot*. Il savait aussi se moquer de lui-même. Je me souviens du jour où il changea de coupe de cheveux et adopta la frange : « Selon que les gens m'aiment ou me détestent, ils disent que je me coiffe comme Brando ou comme Bourvil ! »

En 1970, je mets en scène *Domino* avec Danielle Darrieux et Robert Lamoureux. Le seul désaccord que nous ayons eu en vingt ans se porta à ce moment-là sur le choix de l'acteur pour interpréter le rôle du mari banquier et cocu. Un personnage austère, très épris de sa femme. Un rôle plutôt ingrat. J'avance le nom de Guy Tréjean, mais, autour de la table qui réunit Marcel Achard et les directeurs de théâtre, cet acteur ne fait pas l'unanimité. On le boude, on l'évoque du bout des lèvres, trouvant qu'il fait « trop de télé... ». Sidéré de voir cet acteur admirable évacué en quelques secondes, je reprends la main : « Attendez... réfléchissez, c'est un rôle pas très sympathique à jouer. Rejeter Guy me semble totalement injuste... Il vaut beaucoup mieux que ça ! » Après plusieurs minutes un peu tendues, je finis par l'imposer. Des années plus tard, Guy Tréjean sera *moliérisé* et marquera le théâtre de son élégante autorité et de toute l'étendue de son talent. Cette anecdote m'a laissé songeur... Depuis, je me suis souvent demandé comment directeurs de casting et metteurs en scène parlaient de moi. A quel moment de la négociation mon nom est-il avancé sur l'échiquier, et sur quel ton lance-t-on : « Et pourquoi pas Pierre Mondy ? », la phrase sésame qui m'ouvre la porte d'un film, d'une pièce, ou qui me rejette définitivement aux oubliettes si quelqu'un a le malheur de soupirer : « Ah, non, pas lui... Trop petit, trop marqué, trop ceci, trop cela... »

C'est ma mère qui m'apprend la mort de Marcel Achard, en 1974. « J'ai une nouvelle qui te fera beaucoup de peine... », dit-elle en préambule. Elle ne se trompe pas, je me sens à nouveau orphelin. Avec la mort de Marcel, c'est un bout de ma jeunesse qui s'envole, les années René Simon, mes débuts, mon premier grand rôle au théâtre... En 1981, je monterai et jouerai *Patate*, pour la télévision, avec Marie Dubois et Michel Duchaussoy. Ce sera mon dernier hommage à cet immense auteur, à ce très grand ami.

Les navets mettent du beurre dans les épinards

Des films de copains, j'en ai tourné quelques-uns. Et je ne les regrette pas. *Ni vu ni connu*, premier vrai succès de Louis de Funès, *Bébert et l'omnibus* avec Michel Serrault et Jean Richard, *Les Copains*, avec l'éternelle bande : Noiret, Bedos, Ballutin, Lonsdale, Claude Rich. Les trois sous la direction d'Yves Robert. Mais il en est d'autres que je raierais volontiers de ma filmographie : *Cigarettes, whisky et p'tites pépées*, par exemple, en 1958, avec Annie Cordy et Nadine Tallier, la future baronne de Rothschild. Seule la chanson interprétée par Eddie Constantine aura un succès considérable. A la lecture du scénario, je suis fixé... mais les propositions ne sont pas nombreuses à ce moment-là... « Le choix, c'est avoir deux possibilités », disait Louis Jouvet, et je devais n'avoir aucune alternative pour accepter un tel nanar. Ni pour jouer dans *Vous n'avez rien à déclarer*, vieux classique du vaudeville tourné par Clément Duhour, fait pour être réalisateur comme moi danseur de corde. Cette aimable gaudriole avec Poiret et Serrault, Darry Cowl, Maillan, Raymond Devos, était le genre de production que chaque protagoniste se dépêche d'oublier hormis, peut-être, le producteur si les recettes ont été bonnes... Ces films sont de vrais terrains de jeu, où nous sommes en roue libre, livrés à nous-mêmes, alors on en profite pour faire tout ce qui nous passe par la tête ! Mais on a beau se consoler en se disant qu'on est entre potes et qu'on bronze aux frais de la production, tout cela n'est pas très glorieux...

Des légumes indigestes de cet acabit, j'en aurais quelques-uns à passer sous silence. A l'époque, j'alterne les petits rôles dans des pièces ou des feuilletons radiophoniques. Chaque semaine, je me rends à RTL pour participer à *La radio était là*, une émission qui revisite certains grands événements de notre histoire, comme par exemple *Le Procès de Marie-Antoinette*. Avec une bande de jeunes comédiens, nous partons à l'aube en autocar pour crier devant la mairie de Marne-la-Coquette : « A mort, l'Autrichienne ! » L'enregistrement est sponsorisé par la société Astra qui, pour la pause déjeuner, nous a distribué un petit carton contenant des tranches de veau froid mayonnaise... Une fois nos cris de haine enregistrés et les sandwichs avalés, l'autocar nous ramène dans les sous-sols du théâtre du Ranelagh où nous poussons quelques derniers gémissements dans des oubliettes censées être celles de la Conciergerie. Rien d'exaltant là non plus, mais ces « ménages » nous assurent de petits cachets en attendant de vrais rôles.

Je m'agite en vain. A moi les seconds plans et les supports de distribution. Et qu'on ne vienne pas me dire que ce long apprentissage m'a permis d'éviter les erreurs qu'un succès rapide engendre ! René Simon avait prédit que ma carrière se ferait par « paliers » mais, là, je stagne entre le sous-sol et le rez-de-chaussée. Et tandis que je fais mes classes avec Jacques Becker, Yves Allégret ou Yves Robert, un raz de marée va balayer (un temps) le bon vieux cinéma français. La

Nouvelle Vague arrive, la Nouvelle Vague est là. Certains la jugent avec férocité comme Henri Jeanson. Pas moi : j'aime les films de Truffaut, Chabrol ou Godard (*A bout de souffle* et *Pierrot le fou*, en particulier). Mais pourquoi tient-on absolument à enterrer les « anciens », à noyer la vieille garde, à rejeter les pères avec tant de hargne ? Pourquoi nier en bloc ce qui a été fait ou ce qui peut encore se faire indépendamment de ce nouveau mouvement ? Quoi qu'il en soit, ma carrière n'aura en rien été touchée par cette Nouvelle Vague. Je le regrette. Ce cinéma annoncé comme décapant et décoiffant n'aura pas bougé un seul de mes cheveux car, s'il m'intéresse, lui ignore superbement Pierre Mondy : aucun de ces nouveaux cinéastes n'a jamais cherché à me rencontrer. De jeunes acteurs naissent au cinéma avec elle, l'insolence en bandoulière : Jean-Claude Brialy, Bernadette Laffont, Anna Karina, Gérard Blain, qu'on retrouvera au fil des ans, dans un cinéma et un théâtre plus classiques. Le vent a soufflé, la vague est passée... La carrière exceptionnelle de Jean-Paul Belmondo me paraît l'exemple le plus évident et glorieux de cette évolution.

« Oscar »

Si le cinéma ne m'offre pas de grands rôles, le théâtre va m'offrir de meilleures opportunités. La pièce que je tiens entre les mains a été écrite en quelques jours, avec une mécanique d'horloger. Une réplique fait naître un gag et vice versa, entraînant une succession de situations comiques à un rythme d'enfer. Idée qui se révèle particulièrement efficace à l'arrivée. L'auteur, Claude Magnier, ancien comédien qui débuta avec Daniel Gélin et Simone Signoret, mais n'eut pas la chance de percer comme eux, s'est ruiné dans les affaires avant de revenir au théâtre et jouer sa dernière cartouche. La pièce s'appelle *Oscar*. Je la crée avec Jean-Paul Belmondo et Maria Pacôme, en 1958, au théâtre de l'Athénée. Je joue le rôle du futur beau-père de Jean-Paul (alors que je n'ai que huit ans de plus que lui – mais le personnage est truculent et c'est un régal de l'interpréter). Nos doutes du début sont vite balayés, *Oscar* est l'exemple type du boulevard réussi, qui repose entièrement sur le comique de situation et remporte un immense succès auprès du public. La presse salue unanimement le talent de Claude Magnier : « un auteur comique-né ».

Quand on parle d'*Oscar*, on ne pense pas à moi mais

à Louis de Funès qui reprend la pièce au théâtre de la Porte Saint-Martin et, plus tard, au Palais-Royal avec son fils Olivier, par ailleurs terrorisé à l'idée de se retrouver face à un tel phénomène : son père. *Oscar* deviendra un classique comme *La Cage aux folles* ou *Le Père Noël est une ordure*, marqués par la patte de leurs auteurs et interprètes. De Funès reprendra le rôle au cinéma avec le même succès au point que lorsque l'on pense à Oscar aujourd'hui, on l'identifie à Louis. Comme Poiret et Serrault à *La Cage aux folles* et l'ancienne équipe du Splendid au *Père Noël*... Il faut dire que, dans la pièce, il est impressionnant, Louis. Comme toujours, il emmène son public, le séduit, le manipule, provoquant l'hilarité. Avec *Oscar*, il touche au sublime... et gagne la reconnaissance absolue. J'ai le sentiment que l'irruption d'un tel succès dans sa carrière, suivi des triomphes qu'il remporte au cinéma avec Gérard Oury, modifie son comportement. En se voyant confier des films à budgets importants, il devient plus sérieux et moins accessible. Louis est l'illustration la plus juste de la fable du savetier et du financier. Cet homme irrésistible va, dans la vie, perdre de sa spontanéité et de son humour en devenant « bancable ». Sa place incontestée de vedette du rire pèse sur ses épaules. Comme si, désormais, il n'avait plus droit à l'erreur.

D'Austerlitz à Waterloo

Un casting de rêve : Martine Carol, Claudia Cardinale, Leslie Caron, Elvire Popesco, Orson Welles (qui n'accepte de tourner que lorsqu'il a reçu son chèque), Vittorio de Sica, Jack Palance, Michel Simon, Jean Marais, Jean-Louis Trintignant, Jean-Marc Bory, Georges Marchal, etc. Un réalisateur prestigieux ressuscité de ses cendres : Abel Gance. Un personnage auréolé de gloire : Napoléon. Le Napoléon d'Austerlitz. Et ce Napoléon, c'est moi.

En pleine déferlante de la Nouvelle Vague, j'étais loin d'imaginer qu'une légende du cinéma français préparait son come-back et qu'elle comptait sur moi pour en être le porte-flambeau... C'est peu de dire que la proposition d'Abel Gance pour jouer le rôle de Napoléon dans son prochain film m'a surpris ! Un instant, je songe même à une blague... tout en me rendant aux essais. Le grand chef opérateur Henri Alekan filme mes premiers essais et je reviens à plusieurs reprises, jusqu'à l'ultime sélection. Puis la production m'appelle : « C'est vous..., me dit-on. – Quoi, moi ? – Napoléon... Ce sera vous... » J'ai beau l'avoir espéré, rêvé, sincèrement je n'y crois pas. Moment de pure jouissance où cette phrase tourne dans ma tête : je vais jouer Napoléon avec Abel Gance ! Mon premier « premier rôle » au cinéma...

Avant que nous partions à Zagreb où a lieu le tournage, Gance me donne à lire une quantité de livres sur Napoléon. Dieu sait combien j'en ai descendu ! Bientôt, j'arrête les lectures. Stop ! dis-je à Abel, une ligne de plus et je pars donner une conférence sur le petit Corse avec tapis vert et carafe d'eau. Maintenant, je dois entrer dans le personnage et le jouer. Un maquilleur arménien me coupe les cheveux et les teint en noir corbeau. Le produit teintant est si grossier que je crains de les retrouver tous au fond du lavabo. Non, ils tiennent encore un peu ! L'arc de mes sourcils est redessiné plus droit, le nez affiné à coups de poudre foncée, les ombres du visage accentuées. J'enfile la redingote grise, les bottes et le bicorne et fais quelques pas, les mains et la cravache dans le dos. Moment magique où le personnage vous investit. Peu à peu, je trouve une allure, une attitude malgré une autonomie gestuelle très limitée. Si j'ose une mimique, je risque de rendre le personnage trop « quotidien ». Du coup, mes expressions sont réduites au minimum et mon travail d'acteur consistera à faire passer l'orgueil, la détermination, l'impatience, la colère avec un contrôle constant et rigoureux. J'ai peur de la caricature et personne ne me fera glisser la main dans le gilet ! D'ailleurs, Abel ne me le demandera pas.

Le tournage débute au mois d'octobre puis, les journées raccourcissant, nous devons nous rabattre sur Machinograd, un immense parc d'exposition dans lequel ont été installés des décors d'hiver, un champ de bataille avec de la terre, des monticules, des arbres dénudés ou morts, le tout illuminé par d'immenses projecteurs. Il y fait un froid de gueux mais, au moins, nous bénéficions d'éclairage. Le tournage commence par les batailles, les charges de cavalerie, ce qui me donne un peu de temps pour « trouver » vraiment le personnage avant d'aborder les scènes plus intimes. En dehors de Georges Marchal qui monte bien à cheval et de l'équipe de cascadeurs de Claude Carliez, nous sommes tous de piètres cavaliers. Abel m'a fait venir avant les autres pour m'entraîner. Nadal, le dresseur, a cherché désespérément un cheval blanc, mais le seul qu'il ait dégoté est un cheval de rang habitué à marcher « au cul » des autres. Résultat, durant tout le tournage, j'aurai des problèmes avec ce foutu canasson qui tourne à droite ou à gauche au lieu d'avancer face à la caméra. Napoléon était un médiocre cavalier, paraît-il, ainsi suis-je encore plus « proche » de mon personnage.

Abel, qui a sa propre vision de Napoléon, mène une direction d'acteur très précise jusque dans les moindres détails, qui me laisse une marge de manœuvre très étroite. Je ne joue pas l'empereur, je traduis l'univers poétique de Gance. Parfois, il m'arrive de le ressentir comme un carcan. Nous, les acteurs, sommes le piano, parfois le pianiste, mais jamais le compositeur. Après avoir visionné les premiers rushes, Gance me dit : « Pierre, attention à votre œil, vous avez l'œil rieur, faites attention ! » Pourtant, je vous jure que je ne rigole pas ! Il me reproche également mon jeu un peu trop « italien » sans que je comprenne de quoi il parle. Certains jours, l'ambiance est lourde, tendue. Les comédiens s'impatientent, s'agacent. Alors, pour nous remonter le moral, nous nous envoyons de grandes rasades de slibovitch chaud, l'alcool local, qui nous réchauffe. Tout est compliqué sur ce tournage et nous avançons à l'aveuglette. Les scènes tournées ne reviennent du laboratoire que trois semaines après et

École Saint-Joseph à Neuilly, en classe primaire (1932). On a dû tous nous donner un coup de peigne pour que nous ayons la mèche si lisse et bien coiffée.

École Saint-Joseph à Neuilly (1932). Premier rôle de Bibi. J'ai sept ans et je joue dans *Athalie*, le sourire en coin. Déjà…

Neuilly (1933).
À huit ans en marin.

Mon frère André, à 18 ans. Ma mère aurait rêvé qu'il soit acteur. Il a préféré devenir commissaire.

Mes parents, Louis et Marguerite à la fin des années 40, à Albi. Leurs mains enlacées ne se quitteront pas jusqu'à ce que la mort les sépare.

Lycée d'Albi. J'ai rejoint l'équipe junior de foot faute d'avoir pu m'inscrire au rugby. Pourtant, c'est le rugby qui me passionne, dont j'ai, paraît-il, le physique parfait du joueur…

À Gaillac, la troupe du jeune théâtre (1943). J'ai 18 ans, et, avec mes nouveaux copains, nous partons sur les routes présenter nos spectacles. Ici *La Mort de Molière* de Georges-Gustave Toudouze.

Dernier été à Albi (1943) où j'oublie l'austérité de la guerre au Club nautique de la ville. En septembre de la même année, j'intégrerai le cours Simon.

Pucelle de Jacques Audiberti au théâtre de la Huchette (1949). Avec Claude Gensac qui va devenir ma femme. Là, je joue le rôle de son père. J'avais l'habitude d'interpréter des « vieux »… © Lipnitzki/Roger-Viollet

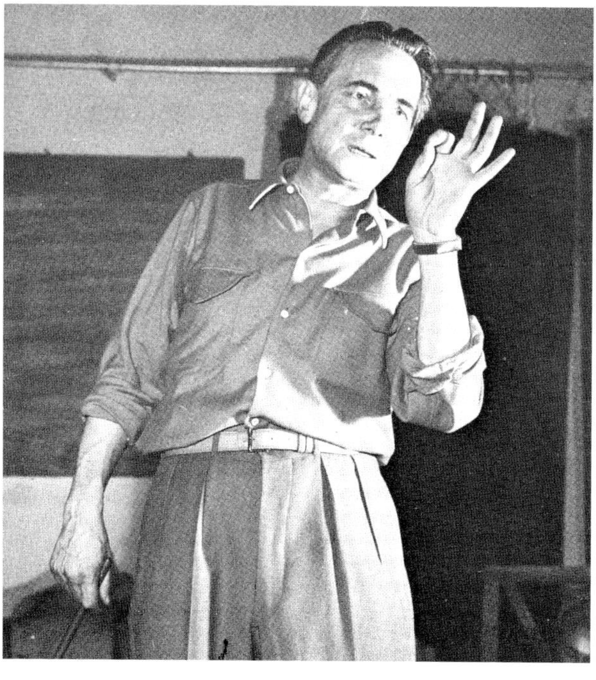

René Simon, le patron, dans les années 50. L'œil fixe, le geste précis. C'est lui qui m'a montré la voie.

Mariage avec Claude Gensac (1952). Une romance d'étudiants un peu trop exaltés. « Vous risquez de divorcer assez vite si vous n'y prêtez pas attention », nous avait prévenu Pierre Fresnay. Notre belle histoire durera quatre ans.

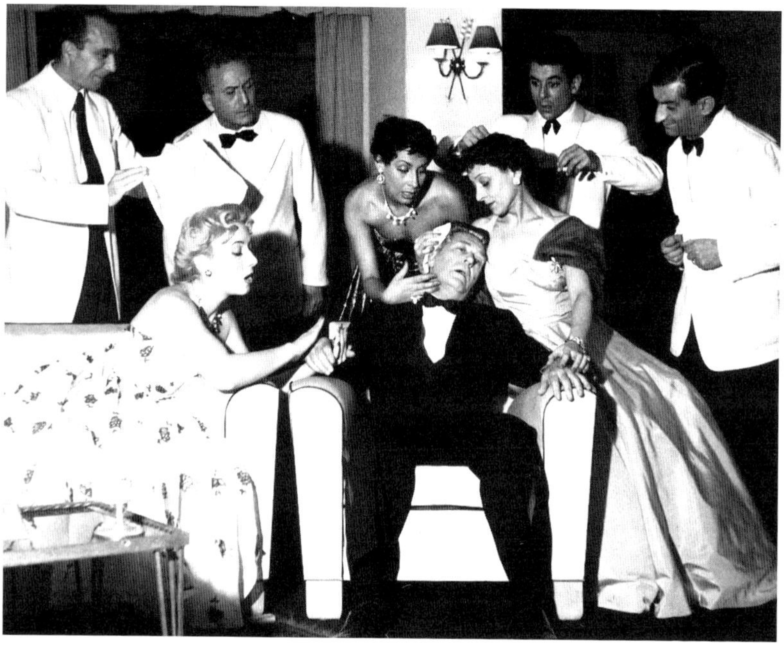

Sans cérémonie (qui deviendra *Pouic-Pouic* au cinéma) de Jacques Vilfrid et Jean Girault (1952). Ma première mise en scène avec Albert Préjean et des espoirs qui deviendront des vedettes : Louis de Funès, Philippe Nicaud, Claude Gensac et Claire Maurier. © Agence Bernand

La Puce à l'oreille de Feydeau, mise en scène de Georges Vitaly (1952). Mon premier grand rôle au théâtre. Avec Jacques-Henri Duval (*sur la photo*), Le Poulain, de Funès et Marthe Mercadier. On enchaîne les fous rires comme les scènes.

Les Sorcières de Salem d'Arthur Miller, mise en scène de Raymond Rouleau, avec Simone Signoret et Yves Montand (1954). Je joue le pasteur Hale avec deux monstres sacrés qui étaient aussi mes amis. © Agence Bernand

Chocolat show de Roger Pierre (1954). Jacqueline Maillan, Darry Cowl, Christian Duvaleix et moi. Du pur spectacle de cabaret. Sur scène nous étions sans limite. © Agence Bernand

Cherchez la femme de Raoul André (1955). Je rencontre Pascale Roberts… et j'ai arrêté de chercher. En un clin d'œil, j'ai reconnu le grand amour.

Crime et Châtiment où je joue Porphyre aux côtés de Roger Crouzet, réalisé par Stellio Lorenzi (1955). Le joyeux temps de la télévision où nous jouions en direct des dramatiques qui portaient bien leur nom. Toutes les catastrophes s'enchaînaient.

Des gens sans importance d'Henri Verneuil (1955). L'unique fois où je jouerai avec Gabin. Entre deux prises, il fredonnait avec Verneuil des vieux airs de caf' conc'.

La Roue d'André Haguet, avec Jean Servais (1956). À cette époque j'enchaîne les rôles au cinéma, tantôt flic, tantôt voyou ou mécano.

Que les hommes sont bêtes, réalisé par Roger Richebé (1956). Dialogues de Marcel Achard avec François Périer. Ici avec l'ami Jean Lefebvre en mauvais garçon.

Mariage avec Pascale Roberts (1957). Neuf ans de bonheur et de coups de canif dans le contrat. Le cinéma, les tournées ont fait exploser la vie privée… mais nous restons les meilleurs amis du monde.

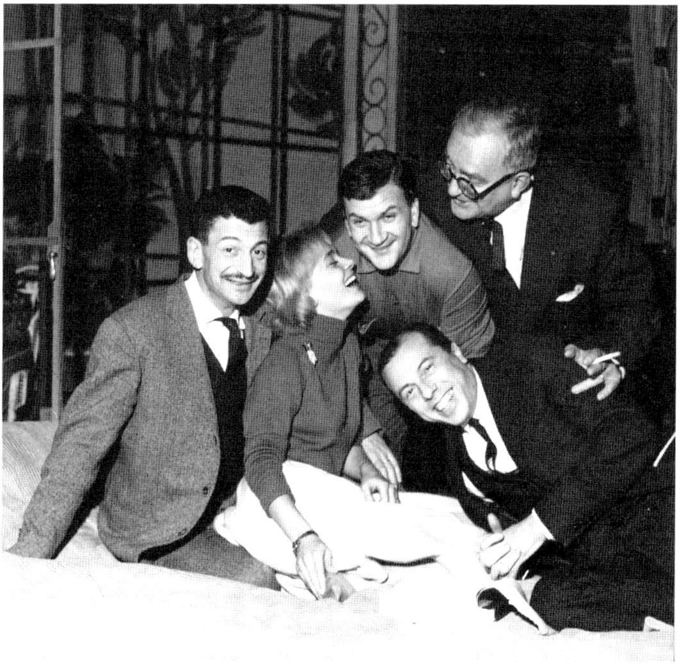

Bagatelle de Marcel Achard, mise en scène de Jean Meyer, avec Danielle Delorme et Yves Robert (1958). Marcel Achard a écrit le rôle de Roméas en pensant à moi. © Agence Bernand

Oscar de Claude Magnier, mise en scène de Jacques Mauclair (1958). Avec Jean-Paul Belmondo qui me roule dans la farine en me faisant de grands sourires. Bientôt, Louis de Funès va reprendre le rôle pour en faire le succès que l'on connaît.

Austerlitz d'Abel Gance (1959). Qui a osé dire, comme Françoise Sagan, que je n'avais pas la gueule de l'emploi ? : « Quelle idée de prendre un acteur aux yeux bleus ! » Pas de chance, Napoléon avait les yeux bleus, comme moi.

Boulevard de Julien Duvivier (1960). Dick, le boxeur donne une leçon à Jean-Pierre Léaud. Sur le tournage il crachait aux pieds de Duvivier avant chaque prise.

Comment réussir dans les affaires sans vraiment se fatiguer (1963). C'est le producteur Lars Schmidt qui m'a convaincu de mettre en scène cette comédie musicale. Un projet énorme. J'ai mouillé ma chemise mais ce fut un triomphe.

sans le son. Les conditions de travail sont désespérantes : Henri Alekan, ce génie de la lumière, jongle avec des installations antédiluviennes, s'arrachant les cheveux face aux pannes de courant à répétition. Les roues en caoutchouc du travelling sont presque en lambeaux et la caméra tressaute misérablement, la machine à faire le brouillard produit de telles vapeurs qu'on n'y voit pas à vingt centimètres... Tout est comme ça... Les Yougoslaves font ce qu'ils peuvent mais leur matériel est totalement vétuste. Malgré tout, Gance est d'une grande courtoisie envers les comédiens qui lui témoignent une véritable affection. Nous fêtons ses soixante et onze ans sur le plateau avec beaucoup d'émotion.

C'est un film sans moyens, sans argent, mais avec une distribution exceptionnelle autant par ses talents que sa diversité linguistique. Les acteurs sont de toutes origines, français, américains, russes, italiens, polonais. On entend toutes les langues sur ce plateau, ce qui fait perdre un temps fou, on est toujours en train de chercher un traducteur... La figuration est yougoslave, y compris dans les charges de cavalerie, où des étudiantes vêtues en hussards viennent là pour gagner quelques sous. Avec son film, Abel Gance a dû faire vivre Zagreb pendant six mois ! Le jour où Orson Welles doit jouer sa première scène, il entre dans le champ et voit la caméra prête à le filmer en contre-plongée. Là, il s'arrête et regarde Abel Gance, d'un air navré : « Oh, no !... » dit-il. Sous-entendu : ne me faites pas le coup de me faire entrer dans le film avec un plan « à la Welles » un peu trop typique... En une seconde, la caméra remonte à hauteur de son œil comme il le souhaite. Abel Gance s'incline. Par respect ou pour gagner du temps, je ne saurais le dire... J'ai la chance de dîner plusieurs soirs de suite avec Orson Welles, dîners au cours desquels je lui parle de *Citizen Kane*, comme une véritable groupie ; Maurice Teynac assure la traduction. Il rit beaucoup lorsque je lui raconte qu'à une présentation de son film *Macbeth*, non sous-titré, l'organisateur de la soirée m'avait prié de lire la traduction des dialogues anglais. J'étais dans une cabine avec un micro, face au film, et je lançais mes tirades en essayant sans succès d'être synchrone avec l'image, lorsque les sifflements exaspérés des spectateurs m'obligèrent à interrompre ma lamentable prestation. Des années plus tard, je retrouve Orson Welles sur le plateau de la cérémonie des césars qu'on m'a demandé de mettre en scène. L'acteur est âgé et pratiquement impotent. « Do you remember me ? I was Napoléon... », lui dis-je. Les yeux de monsieur Arcadine me fixent un long moment, comme s'ils me transperçaient et qu'il fouillait dans sa mémoire. « Oh, yeah, yeah... », murmure-t-il doucement. M'a-t-il vraiment reconnu ? Je n'aurai plus l'occasion de le lui demander...

Mais la plus remarquable des rencontres sur ce film est indiscutablement celle avec Michel Simon qui interprète le vieux grognard fidèle à l'empereur. Le soir, à l'hôtel, nous nous retrouvons autour d'une bouteille, et il y va de ses anecdotes sur le cinéma et de ses histoires toutes plus croustillantes les unes que les autres. A l'époque, il est en procès avec la société L'Oréal qu'il accuse de lui avoir massacré les cheveux avec une teinture qui, en plus, lui aurait fait perdre la mémoire ! Lui, en tout cas, a perdu le procès... Avant que je rejoigne ma chambre, il me montre des photos de ses petites amies, toutes des prostituées. « Vous voyez, Pierre, me dit-il en m'indiquant une de ses " conquêtes ", elle, elle est venue à l'enterrement de ma petite Zaza... » Zaza étant sa guenon adorée. Michel avait la particularité de vouvoyer tout le monde, sauf sa guenon, ce qui donnait une saveur particulière aux histoires grivoises qu'il ne se lassait pas de raconter. J'ai la chance de partager avec Michel l'une des plus belles scènes du film : la confrontation, dans la nuit, entre l'empereur et son grognard préféré. L'action se passe au bivouac où les soldats dorment éparpillés, à demi assis ou allongés. Après avoir failli se faire prendre dans une embuscade, Napoléon a laissé son aide de camp et les chevaux embourbés dans les marais et il rentre à pied au camp. Dans le noir, il tente d'éviter les corps affalés et bute par mégarde sur Michel Simon qui rouspète, se lève à moitié, enflamme un bouchon de paille pour éclairer le visage de celui qui a osé le piétiner et découvre... Napoléon. Stupéfaction de Michel-le grognard, qui s'écrie « Vive l'empereur ! », entraînant tout le camp dans une immense acclamation et l'embrasement de centaines de torches. C'est une scène à la fois spectaculaire et très émouvante. Après la répétition, avant de dire « Moteur ! », Abel Gance, qui n'a jamais donné aucune indication à Michel, s'approche de lui : « Tout va très bien, cher Michel, c'est vraiment parfait, parfait... mais peut-être, peut-être, prenez-vous un tout petit peu trop de temps pour reconnaître l'empereur... » Là-dessus, Abel tourne les talons et repart près du chef opérateur. Michel attend quelques secondes, il s'assied et commence à me raconter une histoire, toujours avec ce vouvoiement distingué et qui lui était parfaitement naturel : « Quand on rentrera à Paris, je vous donnerai l'adresse d'une maison rue Caumartin, vous m'en direz des nouvelles. Au premier étage, vous verrez la qualité de l'accueil, la soubrette qui vient ouvrir avec sa petite jupe courte, ses bas noirs... ravissante... Elle vous dit : attendez, c'est la maîtresse de maison qui va vous recevoir... » J'écoute, un peu surpris qu'au moment de refaire la scène Michel se lance dans une de ses nombreuses histoires, mais pourquoi pas ? « Vous verrez, continue-t-il, en plissant les yeux comme s'il imaginait la scène, vous ouvrez une porte, et là vous découvrez une femme qui s'occupe de trois messieurs en même temps, trois messieurs qui ont l'air d'y prendre un plaisir inouï... Tout d'un coup, elle lève la tête... c'est votre femme ! Vous prenez un temps, non ? » Je reste trois secondes ébahi et j'éclate de rire. Son œil malicieux s'allume, jamais je n'ai vu quelqu'un me piéger avec une telle jubilation !

Le matin de la bataille d'Austerlitz, réunion de tous les maréchaux en plumes blanches et bicornes autour de l'empereur. Abel Gance fait diffuser de la musique dans des haut-parleurs pour donner encore plus de solennité à la scène. Il sort même les *Mémoires* du comte de Ségur que joue Jean-Louis Trintignant, et il commence à lire le récit de la bataille. Cheveux blancs camouflés sous son petit bonnet de fourrure, lunettes sur le nez, Abel termine la lecture la voix étranglée, au bord des larmes. Autour de lui, c'est le silence total, nous sommes bouleversés. Il est parvenu à créer une atmosphère de recueillement. La caméra tourne déjà, il ne faut pas laisser passer une si belle émotion. « Action ! », crie Abel. Nous devons monter à cheval et partir à la bataille. Depuis le début du tournage, les acteurs mettent tellement de temps à se hisser sur leurs montures qu'un figurant en chasseur de la garde vient les aider. Et, là, est-ce l'émotion ou un excès de zèle, le figurant prend la botte de Jean-Marc Bory qui incarne le maréchal Soult, le soulève tellement fort que l'autre s'envole, passe par-dessus le cheval et va s'écraser de l'autre côté, dans un vacarme de sabre et d'éperons entremêlés, un boucan de batterie de cuisine ! En une seconde, tous les cavaliers tournent le dos à la caméra pour qu'on ne les voie pas se tordre tandis que, immobile, en bicorne et redingote grise, l'empereur pleure de rire. Au loin, Abel Gance à qui l'incident n'a pas échappé, hurle dans son mégaphone : « Continueeeeeez, j'ai des plans de couuuuupe ! » J'ai mis une demi-heure avant d'enchaîner la réplique historique : « Allez, messieurs... je vous regarde ! »

La scène du bain me donne des insomnies, tant je l'appréhende. Plongé dans une baignoire fumante, la tête entourée d'un turban, je discute avec mes conseillers (c'est historique, Napoléon adorait les bains brûlants...). Abel Gance me fait sortir torse nu, la serviette autour des reins et je dois marcher de long en large nerveusement... Ce passage me met extrêmement mal à l'aise. Moi qui viens du polar et du divertissement, si je commence ainsi à moitié nu, puis trichant sur ma petite taille en me haussant sur la pointe des pieds quand mon aide de camp me tend la toise, on va encore me prendre pour un comique. « Monsieur Gance, je vous en supplie, ne me faites pas tourner ainsi... » Il ne veut rien savoir. De l'émotion, de la fulgurance ; je dois être immense, même torse nu.

Le montage financier du film est un casse-tête infernal. On entend plus parler de l'argent du film que du film lui-même et, tous les mardis, acteurs et techniciens français pensent rentrer à Paris, faute de budget. Abel Gance n'a pas tourné depuis dix ans, il a perdu la confiance des financiers et le producteur, Misha Salkin, envoie son fils sillonner la Suisse et l'Italie pour boucler le financement. Je revois encore Misha faire tourner des billes d'agate dans ses doigts pour calmer son stress. Avec Abel Gance et Roger Richebé, le directeur de production, ils forment l'attelage infernal du film, surtout Richebé, célèbre dans le cinéma pour ses « cuirs », ou sa propension à employer un mot pour un autre. Un jour, alors que le tournage est interrompu pour des raisons techniques, il s'écrie : « Je perds des tombeaux de pellicule... » Il se plaindra à Abel Gance d'être traité comme un « beau commissaire » et de se retrouver souvent « entre le marteau et l'écluse... ». Henri Jeanson, qui le connaît bien, l'a surnommé « Pauvre C. ». C'est dire...

Tributaire des financiers, ce visionnaire du cinéma, cet immense poète n'aura pas eu les moyens de réaliser son rêve... Je sais que s'il avait pu, Abel aurait utilisé trois écrans avec des actions simultanées et une caméra mobile, mais la production n'a pas suivi. Beaucoup de très belles idées n'ont pas vu le jour faute de temps et d'argent. Parfois, il a l'air désorienté par cette course contre la montre, les coupes qu'on lui impose. Les derniers jours, Henri Alekan ne bouge presque plus la caméra pour ne pas avoir à changer la lumière et gagner du temps... Dans de telles conditions, les rapports entre acteurs, techniciens et metteur en scène se dégradent. Dans une lettre à ma mère, j'exprime mon amertume et mon scepticisme : « L'atmosphère du tournage est terrible et l'ambiance exécrable. Je ne peux pas mieux te dire : on tourne le passage de la mer Rouge dans l'atmosphère des pleureuses de Jérusalem ! La lenteur du travail (parfois un plan par jour) met en danger le bon fonctionnement ou la terminaison du film. Evidemment, il y a eu 2 500 mètres de pellicule tournés et il n'y aura que 350 mètres d'utilisables. On peut toujours garder son enthousiasme, mais avec une pointe de fatalisme pratique qui serait : attendons la fin et, surtout, pas tristement. C'est ce que je fais. Cela comporte pas mal de mutisme et une trouille intérieure intense quant au résultat. Naturellement on perd de l'exaltation. En tout cas, c'est ce qui m'est dévolu... Ma p'tite maman, j'ai la sensation encore une fois de travailler en ayant l'impression que je vais rester dans le vestibule... » Et quand je quitte ma mère de la plume, je me tourne vers celui à qui je pense dans les heures difficiles : mon père. Toutes les scènes importantes d'Austerlitz, je les joue avec sa photo sur moi, comme un talisman.

Dans son livre de souvenirs sur le film, *Les Sunlights d'Austerlitz*, sorte de journal de bord, Nelly Kaplan, assistante d'Abel Gance, décrit les conditions rocambolesques du tournage et elle rapporte les propos amers et désabusés du metteur en scène. « Le film est presque terminé. S'il reste 25 % du voltage initial sur la pellicule, c'est un triomphe du metteur en scène de sortir ainsi de l'enfer de difficultés qui le consumait de toutes parts. Mais le drame n'est pas fini. [...] Des avis contradictoires pleuvent et les amputations commencent. Le film saigne, les chirurgiens et les rebouteux sont rouges de sang. Le film malgré tout résiste mais, plumes arrachées à ses ailes, il ne pourra jamais voler plus haut que le regard des hommes d'affaires rivés à son chevet. » Ce texte bouleversant décrit très exactement la situation et l'atmosphère du tournage. Un peu plus loin, Nelly Kaplan écrit : « Gance passe une grande partie de son temps à chercher partout dans l'immense hall de Machinograd ses feuillets de notes techniques qu'il pose distraitement quelque part sans se rappeler ensuite où il les a laissés. Quand par malheur on ne les retrouve pas tout de suite, tout le plateau est en ébullition. On les récupère généralement dans les endroits les plus invraisemblables. Sur presque tous ses feuillets, je lis les mêmes mystérieuses initiales : NSAI. Je demande à Gance la traduction, il hésite puis se décide et me dit : “ Ne Subir Aucune Influence. ” C’était très exactement la couleur que donnait Abel Gance sur le plateau, à la fois fort, décidé, puis neurasthénique, totalement dépassé par l’incurie matérielle dans laquelle nous nous trouvions. Ce n’était plus Austerlitz mais Waterloo. »

Nelly Kaplan raconte la dernière scène tournée alors qu’il ne reste plus que quelques minutes avant que le courant nous soit coupé. Il s’agit d’un monologue de Napoléon tout en mouvement, où il dicte plusieurs lettres à différents secrétaires. « On a refusé à Abel Gance l’heure supplémentaire demandée. Les techniciens, solidaires du metteur en scène, réalisent l’impossible. On doit faire des coupures, modifier le texte à la dernière minute. Napoléon n’aura pas le temps matériel de l’apprendre. On lui met, pour la première fois, des tableaux noirs un peu partout. Il ne reste que dix minutes. On tourne sans répéter. Il [Nelly parle de moi] se trompe dans le texte, c’est raté. D’ici quatre minutes, on nous coupera le courant électrique. On recommence, désespérés, convaincus que cette scène à laquelle Gance tenait énormément et à laquelle les producteurs ne tenaient pas du tout ne sera jamais faite. Mais on ne compte pas avec le génie du désespoir. Gance commande “ Moteur ! ”, et jamais plateau n’aura été plus silencieux. On tourne. Pierre Mondy est formidable, la scène est réussie, et cela, aucun de nous ne le croyait possible trois minutes avant. Comme quoi, quelquefois, les plans désespérés sont les plans les plus beaux... »

Malgré tous les pépins techniques, ce tournage invraisemblable est terminé, le film est en boîte. « Je n’ai aucune idée de ce qui va sortir de tout cela..., dis-je à ma mère dans une lettre envoyée quelques jours après la fin. Beaucoup de scènes ont été supprimées, j'ignore lesquelles. En tout cas, il y aura de la synchro à faire... Que te dire? Les choses sont comme elles sont, il faut les prendre comme elles viennent, surtout si on ne peut changer quoi que ce soit... Ne t'inquiète pas pour ma santé, elle est très bonne. » Je sais que, à Paris, on m'attend déjà au tournant. Beaucoup ne croiront pas à mon personnage, parce qu'ils ne veulent me voir que dans *La Puce à l'oreille.* Pourtant entre le public russe à qui le film a été présenté et Napoléon-Pierre Mondy, il n'y a pas eu de problème d'étiquette, Mondy étant pour eux un parfait inconnu. Quand elle voit *Austerlitz*, Françoise Sagan, critique cinématographique au *Nouvel Observateur*, écrit : « Quelle drôle d'idée d'avoir pris un Napoléon aux yeux bleus ! » Or, l'empereur avait les yeux bleus, comme les miens. A moins qu'elle ait voulu dire : « Quelle drôle d'idée d'avoir choisi Pierre Mondy pour ce rôle ? » Ce qui aurait eu le mérite d'être plus franc...

La première du film a lieu à Ajaccio où je me rends avec Abel Gance et une flopée de journalistes. Une projection désastreuse où le projectionniste commence par la deuxième bobine du film. Je revois Abel bondir comme un ressort de son fauteuil et crier « Non ! Non ! Oh, non ! » en se prenant la tête dans les mains. Il faut recommencer. A la fin de la séance, beaucoup viennent lui serrer la main. Pendant le cocktail qui suit, un échotier que je connais m'interroge. « J'espère que t'as ton costume..., dit-il. – Non, pourquoi ? Tu ne t'imaginais pas que la porte de l'avion allait s'ouvrir et que j'allais apparaître en redingote grise, et en bicorne, si ? » Le journaliste a l'air complètement décontenancé. « Je pensais te photographier dans la ville en Napoléon, c'est tout... Qu'est-ce que tu veux que je raconte sur le film, moi ? C'est le travail d'un homme de soixante et onze ans que plus personne ne connaît... et toi, t'es tout de même pas une star ! Si je ne peux pas faire de photos, ça n'a aucun intérêt... » La moutarde me monte un peu au nez et la phrase de René Simon me revient : « Si vous n'êtes pas fabriqué pour recevoir ce genre de propos sans vous en émouvoir, laissez tomber le métier... » Bon Dieu, comme il avait raison !

A Paris, au cinéma Gaumont-Palace de la place Clichy, la production a fait les choses en grand. Quand maman arrive sur la place, elle aperçoit, au loin, un énorme Napoléon en contreplaqué sur toute la hauteur du bâtiment qu'elle regarde, ébahie. Oui, c'est bien moi, maman. Je crois que c'est à l'immensité de cette affiche qu'elle a mesuré le chemin parcouru par son Bibi... « Ta vie d'acteur va changer, tu verras... », m'affirme mon agent. Moi, j'en doute, même si l'accueil à Paris est excellent. Quoi qu'il en soit, on me demande de ne rien accepter comme contrat pour le moment, le film devant susciter des propositions très inattendues. En fait, ce sera un coup d'épée dans l'eau. L'expérience des autres m'a appris qu'un acteur ne tire jamais de bénéfice de ce genre de rôle très exceptionnel. Au mieux, on me proposera à nouveau le rôle de Napoléon, ou d'un psychotique qui se prend pour l'empereur ! (Richebé m'a d'ailleurs proposé le même rôle dans *Madame Sans-Gêne...*) C'est le côté « panurgien » de la profession : si je joue un curé, j'en ai pour trois ans de soutane ! Pendant des mois, je recevrai des lettres, des messages, des brochures d'associations d'admirateurs du Corse le plus connu de la planète. On m'invite à des soirées de spécialistes, on m'envoie des reproductions de l'empereur dans tous les événements qu'il a vécus, mais aussi des photos de son masque mortuaire... L'acteur Noël Noël m'appelle pour me proposer d'incarner Napoléon dans son film où le personnage principal remonte le temps et croise l'illustre empereur. Evidemment, je refuse. Trop, c'est trop, là, je dis stop. Basta !

La presse parlera de moi comme si je n'avais pas joué ce rôle, ce qui tendrait à prouver que certains cherchent à l'oublier et que les autres n'y pensent plus. Quand on me demande ce que le fait d'avoir joué Napoléon a changé dans ma vie, je réponds que je me sens comme un menuisier qui a travaillé et réalisé un fauteuil ; si les gens y sont bien assis, tant mieux, mais je ne peux pas dire que j'ai créé le style Empire ! Malgré tout, *Austerlitz* reste pour moi une aventure d'acteur unique et une belle expérience humaine. Au cours de sa carrière, un comédien doit essayer de jouer Napoléon, Jésus et Jeanne d'Arc (pour les filles), s'il en a l'opportunité. Il y a quelques mois, je croise Daniel Auteuil qui me tombe dans les bras. « Ça y est, me dit-il, je l'ai fait ! » Il venait d'achever un tournage dans lequel il jouait Napoléon à l'île d'Elbe.

Aujourd'hui, quand je revois Austerlitz par la magie des DVD, je suis incapable de juger cet homme qui me ressemble. Au final, certains penseront que je n'étais pas du tout le personnage : « Mondy dans Napoléon, c'est une rigolade ? », écrivit un journaliste tandis que Jean Dutourd dira que je suis « son Napoléon préféré ». Sur ces personnages historiques, il n'y a pas de vérité absolue. On correspond à un imaginaire ou pas. Avant moi, cinquante et un acteurs s'étaient frottés au rôle... En 2005, pour le bicentenaire de la victoire napoléonienne, la presse étrangère cinématographique a récompensé *Austerlitz* et Abel Gance, à titre posthume, et c'est Nelly Kaplan qui m'a remis le diplôme du « meilleur Napoléon du cinéma français ». Comme quoi, nul n'est prophète...

Boxe !

Du champ de bataille au ring de boxe, un jour empereur de l'Europe, le lendemain petit boxeur à la dérive, l'important dans ce métier de saltimbanque n'est-il pas de troquer une peau pour une autre ? C'est pour côtoyer ces univers et embrasser ces vies que je suis acteur. Comme on m'avait dessiné, façonné la tête de Napoléon, on me fabrique celle du boxeur : crâne rasé, oreilles postiches collées sur les miennes, quelques traces de coups ici et là, une cicatrice. Dans le miroir, Pierre disparaît et c'est Dick qui le regarde. J'interprète un môme de vingt-cinq ans alors que j'en ai déjà trente-cinq. Magie du cinéma qui se joue des années et du temps : jusqu'à l'âge de quarante ans, je jouerai indifféremment des hommes de vingt-cinq à cinquante-cinq ans... Ce rôle, j'ai bien failli ne pas l'avoir. Après m'avoir vu jouer Porphyre dans *Crime et châtiment* à la télévision et trouvé trop vieux pour le rôle de Dick le boxeur, Julien Duvivier me revoit dans *La terre est ronde* de Salacrou où je joue un personnage de soudard, jeune et plutôt sympathique. Du coup, il appelle le soir même mon agent : « Finalement, c'est bien lui... », lui dit-il. La télévision est le contraire d'un banc d'essai, me suis-je dit à l'époque, un peu dubitatif devant ce genre de mésaventure. A quoi cela tient, tout de même...

Dans *Boulevard*, tiré du roman de Robert Sabatier, mon personnage est un boxeur qui, de combats perdus en espoirs déçus, devra mettre fin à ses rêves de gloire. Pour m'imprégner du personnage de Dick, Duvivier me fait pénétrer dans le milieu de la boxe. Un milieu à la réputation sulfureuse alors qu'il semble plutôt sain par rapport à d'autres. Moi, j'y ai surtout vu des gens travailler d'arrache-pied. Plusieurs fois par semaine, je m'entraîne avec Germain Pérez, ex-champion de France poids plume, chez Bretonnel, le manager qui a formé Alain Delon pour *Rocco et ses frères*. C'est dur, très dur, et pourtant je me sens plus à l'aise sur le ring qu'à chevaucher mon canasson blanc le long des plaines d'Austerlitz... Après les heures d'entraînement quotidien, je m'écroule, mort, tandis qu'autour de moi les boxeurs continuent malgré la sueur qui dégouline sur leur visage, les jambes qui tremblent de fatigue, les bras tétanisés de crampes. Il faut avoir une volonté surhumaine pour boxer. Quand on reçoit de tels coups, on ne peut pas tricher. Comme eux, je me plie avec discipline au saut à la corde, au sac, aux petits combats pour acquérir une allure de boxeur, à défaut de véritable carrure. Mais moi, tous les soirs, après l'« entraînement », je suis K-O.

A contre-courant de la Nouvelle Vague qui réveille les épidermes en accomplissant allègrement son travail de fossoyeur, je découvre ce grand metteur en scène qu'est Julien Duvivier. J'avais toujours rêvé de travailler avec l'auteur de *Pépé le Moko*. Impressionnant d'élégance, toujours cravaté, perché sur sa chaise haute, collé à sa caméra, il mène son petit monde sans jamais élever la voix. Sauf une fois, mémorable. Mon partenaire, Jean-

Pierre Léaud, qui sort juste des *Quatre cents coups*, est un monument d'insolence, d'espièglerie et de charme... avec des habitudes assez cocasses. Au début de chaque scène, pour se débarrasser de sa salive, Jean-Pierre va cracher sans vergogne aux pieds de Duvivier. Une fois, deux fois, le metteur en scène le regarde sans un mot, abasourdi. Personne n'a jamais osé lui faire un coup pareil. A chaque prise, Léaud continue, sans se démonter, envoie une nouvelle salve, jusqu'à ce que Duvivier crie « Coupez ! » aux machinistes. « Mais t'es un petit dégueulasse ! », hurle-t-il. Silence de mort. Jean-Pierre sourit, un ange passe, puis le travail reprend. C'est juste ce qu'il fallait au môme pour qu'il cesse ses provocations. Sur le tournage, Léaud est comme une savonnette dans une baignoire : il vous glisse entre les doigts, il court partout. Comme son personnage dans le film, Jean-Pierre se promène seul à Pigalle, traîne dans les rues chaudes, fréquente les sex-shops, discute avec les prostituées... Jusqu'au moment où le producteur le boucle dans sa loge du studio de Boulogne, avec une télévision pour qu'il regarde les jeux Olympiques de Rome. Et interdiction formelle d'en sortir !

Le film est accueilli « gentiment », les uns reprochant à Duvivier de ne pas être allé au bout de son propos et de ne pas avoir poussé plus volontairement la peinture d'un milieu, les travailleurs, le peuple de Montmartre, qu'il connaît bien pour l'avoir abondamment filmé... *La Belle Equipe* en est le plus bel exemple. Ceux qui apprécient le film l'aiment pour cette qualité-là, justement, cette sympathie qu'il témoigne aux « petites gens » et la pureté des protagonistes.

Une authentique ordure

« Je commencerai mon cinéma quand vous aurez fini le vôtre... », jeta un jour Gabin à Claude Autant-Lara. Il ne fallait pas l'énerver, Jean, et les simagrées du metteur en scène, ça allait cinq minutes ! Il faut dire qu'Autant-Lara était un vrai phénomène : pour être plus près de ses acteurs lorsqu'ils jouaient, il rampait littéralement sous la caméra, faisant soupirer le cadreur : « Monsieur Lara, je vois votre casquette ! » Ou bien il murmurait toutes les répliques des acteurs, mais avec un temps de retard, ce qui était extrêmement perturbant. Je ne suis pas sûr qu'il s'en soit rendu compte... C'était un grand cinéaste et dès qu'il m'appelle, en 1961, pour jouer le rôle de Caderousse dans *Le Comte de Monte-Cristo*, j'arrive ventre à terre : je n'ai pas eu si souvent l'occasion de jouer une authentique, une magnifique ordure. Caderousse, c'est ce personnage infâme qui trahit et vend Edmond Dantès, un sale bonhomme coiffé d'une méchante perruque rousse. En revanche, je ne sais pas ce qui a pris à Claude Autant-Lara de me faire jouer « ave l'assen » marseillais qui ne m'est pas familier. Du coup, j'ai peur d'en faire trop... ou de l'oublier quand je dois me battre au couteau avec le jeune Yves Rénier. Un moment épouvantable, la peur de ma vie ! Au moment où Autant-Lara crie « Action ! » (cette fois, il reste à bonne distance), Yves me saute dessus avec sa fougue et sa jeunesse, et cherche à me planter son couteau avec tant d'ardeur que je m'attends à chaque seconde à prendre un coup. Il virevolte, me frôle et frappe. Je tombe terrassé, mais intact.

Le comédien qui incarne le comte de Monte-Cristo n'est autre que la nouvelle star française d'Hollywood, Louis Jourdan le magnifique, le prince charmant de *Gigi*. Louis, qui me voit sévèrement préoccupé par cette histoire d'accent lors de la première journée de tournage, se prend d'emblée d'affection pour moi. Le soir, il m'emmène boire un verre et nous discutons. Cet homme que l'on imagine en Don Juan et bourreau des cœurs est plutôt réservé. Mélomane, il aime passer des soirées, seul, à écouter des disques de musique classique. Notre amitié se renforçant, nous quittons nos chambres à l'hôtel pour louer un petit appartement sur le port de Villefranche-sur-Mer. A nous la vie bariolée de la Côte d'Azur à bord de sa Thunderbird noir et blanc qui va nous promener sur tout le littoral ! Pascale nous rejoint dès qu'elle le peut avec son maillot de bain et sa crème solaire. « Les palaces, le soleil, la mer bleue, toute la vie, toute la vie... », chante Nougaro... La vie de palace, j'en ai un léger aperçu grâce à Louis qui nous invite au sublime hôtel Eden Roc, lieu légendaire du cap d'Antibes, où les plus grandes stars ont séjourné et dont la magnificence inspira Francis Scott Fitzgerald pour son roman *Tendre est la nuit*... Louis a ses entrées partout, et pour cause : monsieur Gendre, son père, étant le directeur du Magestic à Cannes, tout le monde connaît le beau « Loulou Gendre » !

Les palaces, on le sait, sont souvent des lieux de travail pour les acteurs et les hommes d'affaires. Un soir, au Negresco de Nice, je croise Jean-Jacques Vital, le producteur du *Comte de Monte-Cristo*, qui m'invite à dîner et me confie avoir envie de produire une pièce de théâtre. Ce qui s'appelle faire d'une pierre deux coups ! « Qu'à cela ne tienne ! », lui dis-je, et je lui sors le texte de *Spéciale dernière*, une pièce que je cherche à monter depuis plusieurs mois et dont j'ai pris soin d'avoir toujours un exemplaire dans ma valise ! Il me promet de jeter un œil. A 7 heures du matin, mon téléphone sonne : Vital l'a lue dans la nuit et il veut la monter pour la prochaine rentrée.

« Spéciale dernière », ma première mise en scène

Cette pièce, on peut dire que je l'ai portée à bout de bras ! *Spéciale dernière* est ma première vraie mise en scène. Par amitié pour Philippe Nicaud et moi, et alors que nous n'avons même pas de théâtre, l'auteur Jacques Deval a adapté *Front Page* (littéralement « A la une »), la pièce américaine de Ben Hecht et Charlie MacArthur. L'histoire dépeint les mœurs de la presse américaine en 1929, en pleine Prohibition, à l'époque où Al Capone règne en maître sur les nuits de Chicago. *Spéciale dernière* se déroule dans la permanence de presse d'une prison, la nuit qui précède une exécution capitale. L'efficacité de la situation, des coups de théâtre font que j'y crois dur comme fer. Malgré l'enthousiasme du producteur Vital, la pièce va se heurter aux refus de nombreux théâtres. Comment les Français peuvent-ils se retrouver dans cette société américaine ? me demande-t-on, perplexe... Pour les convaincre, je vais démarcher comme un véritable VRP, faisant des lectures là où l'on semble vouloir m'écouter. Je lis intégralement le texte, les rôles des dix-sept personnages, j'imite le bruit des sonneries, des mitraillettes, tout. Quand j'arrive au bout, je n'ai plus de voix. « Avance, petit, avance... », me soufflait souvent Maurice Ducasse, ancien copain du cours Simon, devenu mon assistant à la mise en scène, lorsque je me décourageais. Depuis, c'est devenu ma devise...

Finalement, le théâtre de la Renaissance prend la pièce. A la première, Max Favalelli, qui publiera plusieurs articles pour louer le spectacle, écrit : « Il y a aujourd'hui à Paris trois ou quatre personnes qui doivent se mordre les phalanges jusqu'au sang. Ce sont les directeurs qui ont refusé *Spéciale dernière.* Aussi énorme que cela paraisse, il s'est trouvé trois ou quatre individus dont le métier consiste à diriger un théâtre et qui n'ont pas flairé cette mine d'or, qui n'on pas deviné que cette pièce serait un des plus gros succès de l'année ! » *Spéciale dernière* est une pièce « de troupe », et j'ai voulu que les comédiens aient du plaisir à jouer ensemble. J'ai donc réuni ceux que j'admire et que j'aime : Philippe Noiret, bien sûr, mais aussi Robert Dalban, Jean-Henri Chambois, Hubert de Lapparent, Jacques Ballutin... et Pascale Roberts qui joue Gina, la jeune prostituée au cœur tendre, Gina, la strip-teaseuse, mutine et généreuse, moulée dans son ciré noir, seule à apporter un peu d'air pur dans les effluves nauséabonds de cette rédaction. Pour ma première mise en scène, il fallait un air de jazz ! Pendant que Pascale, « belle à damner un saint... » comme l'écrit un journaliste, s'effeuille délicatement debout sur une table de presse et ondule en rythme, Paul Barrault, un des comédiens, guitariste à l'occasion, plaque quelques accords de « Saint Louis Blues », et les autres fredonnent autour de lui, en claquant des doigts. « Le succès récompense une équipe de copains bougrement sympathiques qui ont cru en leur affaire, se sont accrochés, ont travaillé dur », dira un critique. C'est exactement ce qui s'est passé.

Spéciale dernière marque un tournant dans ma vie professionnelle : à partir de ce moment, je porterai deux casquettes en alternance, celle d'acteur et celle de metteur en scène, ce qui va complètement changer ma façon d'être et d'appréhender le métier. Désormais, entre deux rôles au théâtre et au cinéma, je monterai des spectacles. Fini l'attente du désir des autres et l'angoisse du téléphone silencieux.

Montand-Signoret, dernier tour de piste

Justement, ce matin-là, le téléphone a sonné. « Oh, Pierrot ! Putaing, j'ai un beau rôle pour toi ! Tu ne veux pas jouer mon frère ? » Présenté ainsi, comment refuser ? Dix ans se sont pratiquement écoulés depuis *Les Sorcières de Salem*. La carrière de Simone est à son zénith, surtout depuis qu'elle a reçu l'oscar de la meilleure comédienne pour *Les Chemins de la haute ville*, tandis que Yves est en train de se faire gentiment sa place au soleil des projecteurs. Yves était littéralement aimanté par les sirènes du cinéma : pour lui, un artiste devait forcément passer par le septième art pour exister aux yeux du public. Je me souviens que, lorsque Serge Reggiani se lança dans la chanson après tous les films superbes qu'il avait tournés, Yves fut très surpris. « C'est un acteur fantastique, m'avait-il dit, qu'est-ce qui lui prend ?... » Reggiani était considéré comme un acteur maudit. Le cinéma le boudait. Dans les années 70, il a retrouvé provisoirement le chemin des studios grâce à Robert Enrico qui lui avait donné un rôle dans *Les Aventuriers* avec Delon et Ventura. Un soir, après un concert triomphal à Paris, Yves me rejoignit au restaurant où je dînais avec d'autres acteurs. « Ah ! voilà le chanteur ! », s'écria l'un de nous innocemment. Yves s'arrêta de sourire. Il détestait entendre cela. Il avait tourné *Le Salaire de la peur*, joué à Hollywood, mais la mèche ne prenait pas complètement. Malgré son incontestable succès au music-hall, il restait insatisfait. Il faudra les films de Costa-Gavras, de Lelouch et surtout de Claude Sautet pour qu'il se sente un « véritable » acteur.

Depuis *Les Sorcières de Salem*, il n'a rien fait au théâtre. Cette fois, il remonte sur scène dans une pièce américaine d'Herb Gardner, *Des clowns par milliers*, qui raconte le conflit entre un écrivain « nègre », joué par Yves, et l'animateur pour qui il travaille à la télévision. Raymond Rouleau assurant la mise en scène, la famille est à nouveau réunie. Yves a beaucoup insisté pour que je joue dans la pièce. Avec moi il est tranquille, on s'amusera en coulisses et pourquoi pas sur scène. Chaque fois qu'Yves, dont je joue le frère, me prend affectueusement le visage entre les mains, il en profite pour me boucher les oreilles fortement avec ses deux index. Je n'entends plus rien !

Dans la salle, Simone assiste aux répétitions et aux filages. Elle vient soutenir son homme et comme elle maîtrise parfaitement le parler new-yorkais, elle rectifie, de temps à autre, un mot, une expression qu'elle sait inexacts. Déjà, l'écriture la titille... Elle conseille Yves avec une patience, un bon sens qui sont autant de preuves de l'amour qu'elle lui porte. Elle voit toujours ce qui sera le mieux pour lui. Et lui ne fait rien sans elle. Dès qu'un manuscrit arrive pour Yves, c'est Simone qui le lit en premier. Il est vraisemblable que, lorsque le scénario du film *Le Milliardaire* est arrivé avec Marilyn Monroe comme partenaire, c'est Simone qui lui a conseillé de dire oui...

L'année suivante, Simone me demande de la mettre en scène dans *Les Petits Renards* de Lillian Hellman, pièce dont l'action se situe aux Etats-Unis, immédiatement après la guerre de Sécession. C'est une description au vitriol des mœurs de la petite bourgeoisie sudiste. On comprend pourquoi Simone a voulu la traduire, l'adapter et la jouer. *Les Petits Renards*, ce sont ces personnages arrivistes pour qui la fin justifie tous les moyens. Avide d'argent, impitoyable, inhumaine, Regina, qu'incarne Simone, est la pire de tous. Il lui importe peu de ternir son image, elle aime jouer ces personnages durs et sans scrupules pour mieux les dénoncer et les rendre encore plus odieux. Aux côtés de Simone, la distribution se tient à la hauteur : Suzanne Flon, Raymond Pellegrin, Bernard Blier et le jeune Claude Berri, formidable dans le rôle de la petite frappe. Darling Légitimus, la grand-mère de Pascal, joue la gouvernante, un clone de la « nanny » de Scarlett dans *Autant en emporte le vent.* Dans sa loge transformée en mini-temple vaudou, elle nous tire les cartes et prédit l'avenir. Les cartes ont parlé : ce spectacle sera un franc succès.

Elles n'avaient pas dû voir le premier pépin qui nous tombe dessus avant même de commencer : Bernard Blier nous lâche pour aller tourner un film. Simone me persuade que son copain, Marcel Bozzuffi, dont je connais les qualités, fera un excellent chef de clan, l'aîné de la famille. Certes, il n'a pas la carrure physique du rôle mais il en a la force mentale, pense-t-elle. Aux répétitions, je vois tout de suite qu'il y a un problème : trop jeune, trop mince, son talent n'est pas en cause mais il n'est pas le personnage. Manque de « bouteille ». Cela ne fonctionne pas. La mort dans l'âme, j'en parle à Simone. « D'accord, je comprends, me dit-elle. Je dîne avec Marcel et je lui parle. Tu n'as qu'à venir au café pour que tout soit bien clair. » Je les rejoins en fin de repas, commande un café à leur table et profite que Simone s'absente un instant pour expliquer à Marcel combien je suis désolé de ce malentendu. Pour ne pas le blesser et parce que je l'aime beaucoup, j'évoque l'âge, le poids que doit avoir ce personnage pour être crédible... Au fur et mesure que j'avance dans mon argumentation, il change de tête, devient pivoine. Il vient de comprendre que je me sépare de lui, et moi que Simone ne lui a rien dit ! L'horreur. S'ensuit une telle gêne que je fais machine arrière toute. « N'en parlons plus, Marcel, on continue comme on a commencé. Ça va aller... »

Je me suis dégonflé, par gentillesse, par faiblesse aussi, je le reconnais, et ce n'est pas un service à rendre à Marcel ni à la pièce. Mais c'est ainsi. Mes colères naissent et s'éteignent instantanément. Toute ma vie, j'ai été ainsi, incapable de « rentrer dans le lard », de faire de la peine, de décevoir. Je préfère botter en touche, garder ma colère en moi. Chaque fois que je dois refuser un projet, je le fais par écrit, pas par lâcheté, mais parce que inscrire noir sur blanc les raisons de mon refus me semble plus respectueux. Dans ces circonstances, je trouve le téléphone trop désinvolte. Je ne suis pas une grande gueule, je suis plutôt indulgent, même si ce n'est pas toujours une qualité. La dureté m'a toujours paralysé...

L'autre problème, et pas des moindres, vient de Simone qui, vocalement, est très en dessous de ce qu'elle devrait donner. Tête d'affiche de la pièce, il faut que sa voix porte pour imposer le caractère autoritaire qu'elle est censée incarner. Or elle ne passe pas le dixième rang. Son petit défaut de prononciation, ce « blaisement » si charmant à l'écran, n'a ici aucun effet. Dans l'immense salle du théâtre Sarah-Bernhardt, le regard gris bleu de Simone, si beau, si expressif au cinéma, se perd dans le décor. Nous sommes au pied du mur et il est trop tard pour résoudre le problème. J'essaie de me persuader que le jour de la représentation tout ira bien. Simone n'a-t-elle pas la beauté, l'allure, le talent... ? Berçons-nous.

La venue inopinée de l'auteur Lillian Hellman, qui débarque de New York pour les dernières répétitions, n'arrange rien à l'affaire. Aimable comme une porte de prison, elle s'installe au milieu de la salle dans un cliquetis de bijoux. Sachant qu'elle ne parle pas un mot de français, je demande à Gordon de faire venir son « compagnon », Lee, un intellectuel américain, et de s'asseoir près d'elle pour noter toutes les remarques qu'elle ne manquera pas de faire. Et en abondance, je le sens... Justement, Gordon fait l'ouverture du rideau dans le rôle du valet, dialoguant avec la gouvernante noire. Au bout d'une minute, Lillian Hellman se penche vers Lee : « Dire à Gordon de ne pas jouer pédé », lui chuchote-t-elle. Cela commence très fort ! A la fin de la répétition, le carnet de Lee est couvert d'indications, de remarques, d'exclamations désagréables. Une réunion s'impose et, là, Simone qui parle parfaitement anglais discute avec Lillian Hellman, « d'homme à homme ». Cette fois, pas besoin de traducteur. Chacune défend âprement son point de vue, évidemment diamétralement opposé. Personne ne réussit à les mettre d'accord et Lillian Hellman repart furieuse avec la sensation d'une immense trahison.

Les cartes se sont trompées, la pièce est un demi-échec. Certains accusent Simone d'avoir donné une traduction sans relief du texte, manqué d'audace, d'imagination pour en restituer l'esprit. Connaissant son exigence, son souci de bien faire, je ne crois pas que le problème se soit situé là. Simone était tout sauf une dilettante : je l'ai vue à la Colombe d'or rédiger son livre *La nostalgie n'est plus ce qu'elle était*. Elle ne quittait pas sa chambre, retournant sans cesse à sa copie comme une forcenée alors que tous ses amis l'appelaient pour quelle vienne se détendre. Tatillonne et perfectionniste, elle ne laissait rien passer. De même, lorsqu'on lui présenta la garde-robe de son personnage dans *Madame le juge*, elle contrôla tout – la qualité des tissus, la souplesse du cuir de ses souliers, des détails qui n'apparaissaient même pas à l'écran mais qui comptaient pour elle... Pour moi, le problème est ailleurs et surtout dans le choix de la salle. Il est des espaces dans lesquels les pièces et les acteurs se perdent. Le Gymnase, plus intime, aurait été parfait. Les raisons de ce semi-échec sont discutables, mais, sincèrement, je ne pense pas qu'il faille l'attribuer à un manque de rigueur de la part de Simone.

Il faut attendre la sortie des critiques dans la presse – et elles ne sont pas tendres – pour comprendre que le spectacle ne se relèvera pas. Le jour de la générale, Simone est applaudie alors que Suzanne Flon est acclamée, ce qui est profondément injuste pour Simone qui ne méritait pas ce traitement. La mort dans l'âme, nous nous arrêtons après cent cinquante représentations. A la dernière, sans prévenir Simone, Michel Piccoli qui était dans la salle passe par les coulisses, emprunte la livrée d'un domestique qui attendait d'entrer en scène et vient la saluer avant de quitter le plateau. Simone lève les yeux, reconnaît Michel et éclate de rire, suivie par tous les acteurs présents sur scène puis par le public. La bonne blague de dernière dans une atmosphère un peu lourde... Cette pièce gardera toujours pour moi un goût amer, un goût d'inachevé. Lorsque, plus tard, j'ai voulu remonter *Les Petits Renards*, je me suis adressé aux héritiers de Lillian Hellman. Leur réponse, que j'ai attendue longtemps, a été lapidaire et catégorique : « Non, si c'est l'adaptation de Simone Signoret. » Elle ne lui a jamais pardonné !

Simone et Yves. Yves et Simone. La vie, le travail nous ont éloignés, séparés. On se voyait un peu, beaucoup, passionnément, puis, un jour, plus du tout. C'est Yvette Etiévant, mon ancien agent, qui m'appellera des années plus tard pour me prévenir de l'aggravation de l'état de santé de Simone. Nous discutions parfois au téléphone mais Simone ne se plaignait jamais de quoi que ce soit et j'ignorais à quel point sa santé s'était détériorée. D'ailleurs, j'ai le sentiment que peu de proches étaient au courant. Suprême élégance de *Casque d'or*. Quant à Yves, je l'avais vu peu de temps avant sa mort quand il m'avait fait la surprise d'assister deux fois de suite à une représentation de *Rumeurs*, la pièce que je jouais avec Jean Poiret. Pour lui aussi, c'était son dernier tour de piste. Yves venait de terminer le film de Jean-Jacques Beineix, *IP 5*, et il tenait à retourner à Senlis pour refaire une scène qui manquait au film. Son cœur fatigué n'a pas supporté l'effort supplémentaire. Le soir de sa mort, je m'étais assoupi dans mon salon de la rue Singer, devant la télévision. Catherine, ma femme, vint me réveiller pour m'informer de la mauvaise nouvelle, en prenant d'infinies précautions sachant la peine que j'éprouverais.

Simone et Yves, Yves et Simone... Cette complicité amicale, à la fois légère et intense. Je n'ai jamais pu penser à l'un sans l'autre, même si je ne les ai pas aimés pour les mêmes raisons. Ils n'ont pas cessé de me manquer et comme pour toutes les personnalités fortes, les esprits singuliers, je me demande souvent ce que lui ou elle aurait pensé de tel ou tel événement. Plus jamais je ne retournerai à Auteuil. J'avais l'impression que notre seul souci à cette époque était de faire rire l'autre, tous les autres, pour les rendre heureux. D'être bien ensemble.

« Comment réussir dans les affaires sans vraiment se fatiguer »

La tension entre le producteur Lars Schmidt et moi est tout d'un coup montée d'un cran... Nous discutons depuis deux bonnes heures. « Alors ? Il faut se décider, Pierre..., s'impatiente-t-il. – J'hésite... Le public français a la réputation d'être fan d'opéra ou d'opérette, mais il est allergique à la comédie musicale, tu le sais bien... – Peut-être ne lui a-t-on proposé jusque ici que des sous-produits, des pièces mal ficelées... », insiste-t-il. Le challenge est aussi tentant qu'effrayant. « Accorde-moi, quelques jours de réflexion... », dis-je.

Comment un petit laveur de carreaux gravit les barreaux de l'échelle sociale en conquérant, étage par étage, tous les postes d'une grande société américaine pour en devenir le big boss, enlevant, au passage, la plus jolie des dactylos, voici ce qu'ont imaginé Frank Loesser et Abe Burrows, auteurs de la célèbre comédie musicale : *Comment réussir dans les affaires sans vraiment se fatiguer*. Après l'avoir vue en 1963 aux Etats-Unis, Lars Schmidt voudrait la produire dans son « jus » en gardant le rythme, les structures et la chorégraphie de Bob Fosse. Personne jusque-là n'avait osé s'attaquer à une comédie musicale « à l'américaine ». Et le metteur en scène auquel il a pensé pour la monter, c'est moi...

Je rappelle Lars. « C'est un gros morceau..., lui dis-je. – Alors c'est non ? – Je viens de te dire que c'est un gros morceau ! C'est OUI ! » Jamais je ne me suis lancé dans un projet d'une telle ampleur. C'est de la folie pure. Un travail colossal, démesuré avec, au bout... aucune certitude de succès.

Je vais voir trois fois la pièce à Londres, montée à l'identique de Broadway où elle se joue depuis cinq ans. C'est époustouflant, drôle, léger, inventif, impertinent, plein de fraîcheur, absolument prodigieux ! Lars et moi sommes d'accord pour l'adapter au cordeau et en garder l'esprit intact. Dale Moreda, l'assistant de Bob Fosse, est venu exprès de New York pour auditionner les danseurs français, régler les chorégraphies. Pendant un mois, il en verra plus de cinq cents et leur fera passer deux tests : fredonner *La Vie en rose* en chantant « la la la la » au public et exécuter un exercice de rythme en claquant des doigts. Douze d'entre eux seront retenus. A présent, l'équipe est au complet : trente-cinq comédiens, comédiennes, choristes, danseurs et un grand orchestre de vingt-deux musiciens. Dale s'occupe des danseurs, moi des comédiens, puis on permute. « Nous avons travaillé main dans la main, comme les Dolly Sisters ! », dira-t-il à la fin des répétitions.

« Jacques Duby n'est pas Gene Kelly », écrira un journaliste qui assiste aux répétitions... « Oui, mais je préfère son filet de voix aux orages d'un ténor, répond un autre. Il le joue avec malice, tact, il charme, il amuse, il attendrit... Je frémis en pensant à son rôle marianonisé ! » Même si Jacques Duby n'est pas chanteur et si certaines notes sont excessivement difficiles à tenir, il répond à la première exigence des Américains pour le rôle : il est petit, fluet, vif, exactement le personnage. Se sachant en difficulté, il s'entraîne mordicus, ne ménageant pas sa peine, compensant son manque de maîtrise du chant par une présence espiègle, virevoltante, toujours sur le fil comme un funambule... Si j'avais eu quelqu'un de la trempe d'un Thierry Le Luron pour jouer et chanter, le spectacle aurait été grandiose, mais nous n'avions pas sous la main le vivier qui nous aurait permis de trouver l'oiseau rare.

Les premiers jours de répétition sont, moralement, décourageants. La tâche paraît tellement immense... Martine Carol, que j'ai engagée pour jouer la secrétaire vamp façon Betty Boop en blonde, donne des signes de faiblesse. Martine est de bonne volonté, mais je la sens terriblement fragile pour tenir toute la durée du spectacle. Le chant et la danse n'étant pas non plus sa tasse de thé, elle jette l'éponge. La production lui organise une sortie digne de Lola Montès : on la photographie le pied bandé, elle déclare à la presse s'être blessée en répétant et le tour est joué. C'est la ravissante Arlette Didier, blonde et pétillante, qui la remplace. Il est vraiment des désistements qui tombent à pic : Arlette est LA comédienne que nous recherchions depuis le début : délurée, mutine, maîtrisant parfaitement toutes les ficelles du comique avec un « abattage » face à André Luguet, parfait dans le rôle du directeur qui tricote pour décompresser entre une partie de golf et ses rendez-vous galants. Chacune de ses reparties provoque des hurlements de rire parmi ceux qui assistent aux répétitions. Pour moi, c'est déjà bon signe.

Montage des décors, confection et essayage des costumes, réglage des lumières, répétition de l'orchestre et des ballets – j'ai cru qu'on n'arriverait jamais au premier filage. Depuis trois mois, je passe dix-huit heures par jour dans ce théâtre, en regardant ma montre et l'éphéméride avec effroi. Jamais nous ne seront prêts, me dis-je toutes les cinq minutes. J'ai eu les yeux plus gros que le ventre, et voilà, je vais me planter. Entre la première répétition et la générale, c'est simple, j'ai perdu cinq kilos. Lars Schmidt, qui tient ses comptes de près puisqu'il finance le spectacle, me révèle qu'il faudra cinq mois de salles pleines au Théâtre de Paris pour commencer à gagner de l'argent... Merci, Lars, j'avais bien besoin de ça ! Dans son article de *Paris Match*, Raymond Castans, qui adapte les lyriques du spectacle, remarque que j'emploie volontiers le langage du rugby en parlant des trois rôles principaux : « La tête de mêlée tiendra », dis-je. Il ignore la profondeur de mon angoisse et le fait que, disant cela, c'est moi que je tente de convaincre. Lui a suivi à la lettre les indications de l'auteur qui tient à certains détails : « Il est très important, dit Abe Burrows, que dans la phrase d'entrée de Hedy, la secrétaire pin-up, il y ait le son " crr ". A Broadway, c'est " Screw ", à Londres : " Scream ", à Paris " Ecrase ! ". »

Pour finir, la tête de mêlée tient ! Le résultat dépasse toutes nos espérances : le premier soir, les applaudissements sont proprement délirants, les rappels n'en finissent plus, le ballet est bissé. Pour une fois, les spectateurs et la critique sont unanimes. Et, récompense suprême, Jean Poiret vient voir le spectacle et me serre dans ses bras, plein d'enthousiasme : « Ah ! ça fait plaisir de voir ça ! » Venant d'un ami si exigeant, c'est le meilleur compliment qu'on puisse me faire. Le pari était risqué : « ... Adapter en français cette comédie musicale, c'était juste un peu plus difficile que de déraciner l'Empire State Building et de le jeter par-dessus le sommet de la tour Eiffel », écrira le *Time Magazine*, en nous félicitant. Je crois comprendre que c'est réussi.

Cocus, troufions, etc.

Les marginaux, les déjantés, les bas du front, les incontournables cocus... – j'ai pour ces personnages une réelle tendresse et je jubile à me glisser dans leur peau. Henri Verneuil l'a bien compris quand il m'engage, en 1960, dans *L'Affaire d'une nuit*, avec Roger Hanin et Pascale Petit. Une histoire totalement immorale et jouissive, pour interpréter un mari trompé, prof de dessin raté qui, chaque fois qu'on lui parle de son métier, se croit obligé de préciser « bon, évidemment, je ne suis pas Kandinsky... », et qui va ranimer la flamme à l'arc de Triomphe avec les anciens combattants pendant que sa femme se fait conter fleurette. Tout ce que j'aime : un con disert et fort en gueule. « Un dur à la cervelle molle, nostalgique de l'obéissance militaire passive. Attiré par la bagarre. Deux ou trois idées auxquelles il se cramponne parce qu'il ne se sent pas le courage d'en approfondir d'autres. N'est lui-même qu'avec des copains en uniforme. Adore défiler. Anticommuniste professionnel. Professeur de dessin par désœuvrement. Mais sans enthousiasme. Ira jusqu'à la laryngite aiguë pour gueuler : " Al-gé-rie fran-çai-se ". » Voilà le portrait qu'en fait un critique qui se délecte autant que moi du personnage, d'autant qu'avec les dialogues signés Henri Jeanson, même ce con-là est un con sublime.

Depuis *La Vache et le prisonnier*, *Un singe en hiver* et *Mélodie en sous-sol*, Verneuil est devenu LE grand réalisateur français des années 60. Après avoir mis le pied à l'étrier de Fernandel au cinéma, redonné, avec Jacques Becker, un second souffle à la carrière de Gabin, fait exploser Delon en lui façonnant ce personnage de truand magnifique et perdu, il donne à Belmondo la place qu'il méritait au cinéma avec ses personnages gouailleurs et insolents qui sont devenus sa deuxième peau. Une alchimie qui fonctionne grâce aussi au talent d'Audiard qui fut le dialoguiste fétiche et inspiré d'Henri. Je me réjouis de faire partie de la bande de ses acteurs préférés et de retrouver grâce à lui, en 1964, Belmondo, vedette de *Week-end à Zuydcoote*, d'après le roman de Robert Merle. Il y a un casting d'enfer : Catherine Spaak, bien sûr, mais surtout François Périer, Jean-Pierre Marielle et Georges Geret qui incarnent ces petits Français moyens venus d'univers différents et qui se retrouvent à Dunkerque, en juin 1940, dans une situation aussi confuse que dangereuse. Seul Belmondo attend en vain d'embarquer pour l'Angleterre. Le ton du film alterne gravité et humour, et Verneuil nous trouve avec mes petits camarades de jeu, insupportables et difficiles à gérer : « les quatre acteurs les plus rigolards du cinéma français ». *Week-end à Zuydcoote* est une grosse production, une énorme machine qui tient à le montrer : sur la plage balayée de long en large par les caméras, des centaines de figurants vêtus de kaki courent de droite à gauche, des avions barrent le ciel, des pneus brûlent en arrière-plan, des maisons, des voitures explosent, ça pète de partout. Et nous, pauvres troufions, cherchons nos repères dans ce vaste capharnaüm. Quatre Français dans la tourmente qui s'adaptent à toutes les situations, même les plus hasardeuses... Parfois, ça nous explose à la gueule. Pas très glorieux, mon personnage, qui s'effarouche d'un bobo à la main et s'écrie : « J'suis foutu ! j'suis foutu ! » Petit Français adepte du système D et du marché noir auquel Verneuil fait dire en substance : « Toi tu parles allemand, moi j'ai des pneus... Tu crois pas qu'on pourrait s'associer ? » Il y a de la tendresse et de la fragilité chez ces anti-antihéros que j'aime tellement incarner.

Chaque prise nécessite des heures de mise en place. Pour être historiquement très précis, Henri Verneuil ne laisse rien au hasard dans la reconstitution des lieux et des événements. La machine est si lourde que les incidents et les pépins techniques arrivent quand on ne les attend pas et se succèdent. Et on n'est pas facile à contrôler. Entre Jean-Paul, Jean-Pierre, François, Georges et moi, la foire aux blagues et aux plaisanteries est ouverte vingt-quatre heures sur vingt-quatre. Il faut bien meubler l'attente. « Il suffisait qu'ils se regardent et c'était reparti... », racontait Henri Verneuil, stoïque mais rongeant son frein. François Périer est le premier d'entre nous, un film dans le film à lui tout seul. Comme s'il était plus important de faire rire ses partenaires que de jouer la scène. C'était un peu l'état d'esprit de l'époque : on riait mais on travaillait dur quand même. J'en étais réduit à me mettre du coton dans les oreilles jusqu'au clap de début de scène pour ne plus l'entendre et éviter de me faire engueuler par ce pauvre Henri qui nous supportera jusqu'à... la Libération.

Tourner la page

Jacques Charon devait mettre en scène une comédie musicale, *La Cuisine des anges*, mais ses obligations l'en empêchent. On me propose de le faire à sa place. Elle est tirée d'une pièce d'Albert Husson qui a fait deux mille représentations à Paris. Roger Pierre et Jean-Marc Thibault viennent de l'adapter en musical. Lyriques de Charles Aznavour et musique de Gavarentz. Comme on dit au poker, je crois avoir une « énorme main ». La mise en œuvre de ce spectacle demande du temps et des moyens colossaux. Je les ai, mais l'enthousiasme retombe très vite quand je me rends compte de sa complexité : multiplicité des décors et des changements, et très nombreuses chorégraphies à intégrer aux lyriques... Mon Pierrot, dans quelle galère es-tu allé te fourrer ! Cette fois, j'ai sous-estimé les risques et j'ai beau y mettre toute mon énergie, je ne tiendrai pas les délais. Pour finir, la chorégraphe américaine Kathrin Dunam, totalement ingérable, met un temps fou à créer ses ballets. Au premier filage, Elvire Popesco, qui dirige le Théâtre de Paris où sera présentée la comédie musicale, s'exclame catastrophée : « Pierre, tu ne vas pas laisser passer ça ?! » Si, malheureusement, car il est trop tard pour rectifier le tir.

Malgré la bonne volonté de Roger Pierre et Jean-Marc Thibault, Roger Carrel, Evelyne Dandry, Pasquali, la sauce ne prend pas. Résultat : un bide. Après cinquante représentations, débordé par les frais, le spectacle s'arrête. Les Américains, plus malins, feront un film sans musique avec Bogart et ce sera un succès. Je sors de là éreinté, exsangue. « Tu es gris, mon petit... », me dit maman en m'observant d'un air inquiet. En fait, je suis tellement sonné que je ne veux plus entendre parler de théâtre. « Il faut encaisser les difficultés comme l'eau glisse sur les plumes d'un canard », disait René Simon. Sauf que je n'ai plus une plume.

Je dois avoir la mémoire courte ou la tête dure : par quelle aberration, moi qui avais pourtant juré qu'on ne m'y prendrait plus, ai-je accepté, un an après, une nouvelle comédie musicale ? La faiblesse, la bêtise... et mon incapacité à dire non à un ami... ? Raymond Castans qui adapte ces *Joies du forum*, bien mal nommées me propose d'en assurer le rôle principal : « Tu as fait *La Puce à l'oreille*, tu peux bien faire ça... », me dit-il. Le genre de phrase qui sent le plantage à plein nez. Mon instinct me dit de ne pas y aller, et j'y cours. Le spectacle, qui se passe dans la Rome antique, est d'un burlesque débridé et hilarant. Pour la mise en scène, Yves Robert est appelé en renfort et, par bravade, il se jette lui aussi dans la mêlée : « C'est quand même pas les Ricains qui vont nous apprendre à jouer Plaute et Molière ! », dit-il par défi. Plaute et Molière, peut-être pas, mon cher Yves, mais, en matière de comédie musicale, nous avons tout à apprendre d'eux... Les représentations débutent et, rebelote, la pièce qui avait fait un triomphe à New York et à Londres (les producteurs de Zero Mostel et le spectacle ont ramassé tous les Tony Awards à Broadway) connaît à Paris un four retentissant. Après trente jours, on ferme les portes.

François Périer, venu me voir par amitié, passe dans ma loge avec Colette. « Bon, ben, maintenant, mon Pierrot, t'as plus qu'à tourner la page..., me dit-il. – François ! », s'exclame Colette avec reproche. Et lui : « Ben, quoi ? Si on ne peut pas dire la vérité à son pote... » Nous sommes tous d'accord, le public, les critiques, les amis. J'arrête mes rêves de gosse, la comédie musicale, c'est fini pour moi. On imagine mon soulagement lorsque Jacques Charon m'appelle pour jouer dans *La Dame de chez Maxim* qu'il monte au Palais-Royal. Une pièce de Feydeau, montée par Charon, chez Rouzière, dont je connais l'excellente réputation, enfin !! Après m'être égaré, j'ai la sensation délicieuse de rentrer à la maison !

Boulevard !

Le théâtre du Palais-Royal, qui s'apprête à accueillir la Dame la plus célèbre de Feydeau, est dirigé par un homme rare, passionné comme jamais je n'en ai connu dans le métier. Cette rencontre avec Jean-Michel Rouzière, qui devient tout de suite un ami, va bouleverser ma vie. Lorsqu'il obtient la direction du Palais-Royal et, plus tard, celle du théâtre des Variétés, Jean-Michel commence par remettre à neuf les salles qui sont en piteux état : « Le Palais-Royal ressemblait à une reine qui aurait eu des malheurs... Sa robe était fatiguée, les tapis usés, les lumières insuffisantes, les ors éteints », raconte-t-il. Il rend aux théâtres leurs rouges et leurs fastes, en fait de magnifiques écrins à l'image de son appartement de style Napoléon III, avec sa profusion de tentures, de fauteuils et de guéridons précieux, de bibelots rares... Quand je venais chez lui, j'avais toujours peur de casser quelque chose ! Jean-Michel faisait partie de cette race de directeurs qui pouvaient dormir dans leur théâtre ou inspecter la salle avec le chef machiniste pour vérifier chaque embrasse de rideau et voir s'il y manquait un gland. Aujourd'hui, certains théâtres, toutes lumières allumées, me font l'effet de vieilles danseuses démaquillées à cinq heures du matin...

Entre 1972 et 1989, je monterai une vingtaine de pièces dans ses deux théâtres. Ces spectacles réalisés année après année et le trio que nous formerons bientôt avec Jean Poiret représentent les moments les plus exaltants et les plus heureux de ma carrière. De ma vie, même, car jamais je n'aurais imaginé collaboration plus parfaite entre directeur de salles, auteur et metteur en scène. Nous aimons et défendons sans honte et sans mystère le même théâtre de qualité et de divertissement. Le bon boulevard a très bonne presse chez nous. L'humour, le rire sont nos sésames. Nous monterons ensemble des classiques, des pièces qui ont fait leur preuve, et surtout des créations. Nous savons prendre des risques. Le seul critère, c'est la qualité et le plaisir. Là-dessus, le discours de Jean-Michel est très clair : « Beaucoup d'auteurs et d'acteurs de théâtre éprouvent une véritable honte à faire rire et ont mauvaise conscience quand ils jouent des divertissements. Pourtant le public veut rire, d'un rire profond qui se cherche loin dans le burlesque. C'est plus qu'une envie. C'est un besoin. » Cette pensée, je l'ai faite mienne toute ma vie. Quant à l'éternelle opposition entre théâtre privé et théâtre subventionné, il haussait les épaules : « On peut aimer la Lozère et l'Amazonie, la langouste et le petit salé... », disait-il.

Le Palais-Royal, c'est vraiment l'enfant de Jean-Michel, il l'a nourri, porté à bout de bras. Cet ancien comédien, régisseur, machiniste, metteur en scène et directeur de tournées a dépensé jusqu'à son dernier centime – emprunté – pour pouvoir l'acheter et le restaurer. « Une fois assis dans mon fauteuil directorial, je n'avais même plus de quoi me payer un sandwich ! », me racontait-il. Son génie sera de trouver les pièces qui vont ramener le public au théâtre. Dès lors, il enchaîne succès sur succès : *La Dame de chez Maxim*, *Jean de la*

Lune, *Désiré*, *Le Ciel de lit*, *Oscar*... la grande salle du Palais-Royal ne désemplit plus. Le journaliste Jean-Claude Mazeran a trouvé l'exacte définition de ce grand directeur de théâtre : « A croire que cet alchimiste du Boulevard a découvert le secret de la pièce philosophale et le pouvoir de changer la moindre réplique en or ! » Jean-Michel est un homme aussi fougueux que remarquable organisateur, il gère ses deux établissements comme des entreprises familiales, s'occupant autant de la gestion que des petits bobos des acteurs qu'il adore. Elégant, un peu précieux parfois, c'est un roc sur lequel on peut compter. En cas de coup dur, il répond toujours présent. Premier arrivé au théâtre, c'est lui qui ferme la boutique. « Un directeur doit veiller sur son théâtre comme un commerçant sur son magasin. Je veux que l'on dise du Palais-Royal que c'est une bonne maison, comme on le dit de Maxim's ou d'Hédiard... », dit-il.

Dans *La Dame de chez Maxim*, Jacques Charon me donne l'un des rôles principaux, l'inénarrable Monsieur Petypon qui n'en finit plus de se demander comment la Môme Crevette a atterri dans son lit ! La « Môme », c'est Zizi Jeanmaire, et Jean-Michel crée l'événement en confiant le rôle titre à une danseuse et non à une comédienne. Lorsque j'arrive au rendez-vous de notre première lecture, Zizi est déjà installée, discutant avec les autres acteurs, prête à donner de la voix et de la gambette. Et qui vois-je entrer dans la salle de répétition ? Claude Gensac qui va jouer Madame Petypon, ma femme ! Je ne l'attendais pas dans ce rôle un peu « musclé », elle qui excellait dans des emplois de blondes distinguées et cérébrales ou dans des rôles tragiques. Eh bien, je me trompe. La Madame Petypon qu'elle interprète, chignon serré, sourcils gommés à la pâte de maquillage et redessinés au crayon comme une bonne femme à la Faizant, fait une composition parfaite dans son premier rôle comique. Le virage ne fut pas simple à prendre. Claude le raconte dans son autobiographie : « En me sortant de mes habituels rôles tragiques, Jacques Charon et Jean-Michel Rouzière tenaient un scoop, et cela les rendait euphoriques ! Pas moi : j'étais outrée que ces deux êtres que j'adorais me fassent une vacherie pareille. Imaginez une dame genre grenouille de bénitier, moi qui avais les cheveux longs, blond roux, et des faux cils d'un kilomètre... J'en aurais pleuré. Le résultat et la transformation étaient stupéfiants. Je me regardais dans une glace. Je voyais ma tante paternelle. J'étais consternée. » Les critiques ne s'y tromperont pas, oubliant Zizi qui pourtant ne manque pas de gouaille et d'allure, pour ne parler que de Claude. « C'est elle qu'il faut aller voir. Enorme, émouvante, terrifiante et pitoyable, Claude Gensac est inoubliable. » Très vite, la pièce va trouver sa vitesse de croisière pour terminer à plus de six cents représentations. En vieux général pompeux et sublime ganache, Le Poulain recueille, lui aussi, tous les suffrages. « Il charge comme à Reischoffen toutes les scènes désamorcées qui ont pâli avec le temps », écrit un journaliste. Quand Charon montrait à Zizi le lever de jambe « Et allez-donc, c'est pas mon père ! », Le Poulain me chuchotait : « Mais pourquoi il ne joue pas le rôle ? » Dans ce triomphe, je dois dire qu'on s'est tous taillé un beau succès.

Claude Santelli est amoureux

J'allais pouvoir recycler l'immense énergie que je déployais sur scène à la télévision. Claude Santelli me rappelle à lui pour tourner *Histoire vraie*, inspirée d'une nouvelle de Maupassant, description clinique d'un milieu provincial étriqué. J'y joue le rôle d'un nobliau propriétaire terrien qui, sous des dehors paternalistes, abuse de ses jeunes bonnes et les rejette après les avoir engrossées. Santelli est sérieux, austère, chaleureux, souriant mais réservé. Je me garderai bien de me livrer avec lui à quelque débordement que ce soit. L'homme inspire la mesure et le respect. J'ai une profonde admiration pour tout ce qu'il réalise à la télévision où il joue un rôle considérable. En quelques années, les conditions de travail et les techniques de tournage se sont bien améliorées. Fini le bricolage, les incidents à répétition, les acrobaties sans filet. Désormais, tout s'organise : c'est l'époque où les réalisateurs ont leur chef opérateur, leur scripte, leur équipe, où la qualité est une nécessité et un impératif.

Le film, tourné en décors naturels, irradie littéralement de la blondeur et de la beauté de Marie-Christine Barrault, magnifiquement éclairée par Claude qui, selon toute apparence, est amoureux d'elle. Il a beau le cacher – et peut-être se le cache-t-il à lui même – cela transparaît à l'image. Mais motus. Pas de familiarité, pas de confidences... Etre dirigé par Claude Santelli n'est pas tâche aisée : sensible et perfectionniste, il ne laisse rien au hasard. Toutes les intentions de jeu, les mouvements, les respirations sont répétés à l'avance, que les scènes soient simples ou difficiles. Un tournage avec Claude Santelli, c'est beaucoup plus que cela, c'est la certitude d'une rencontre exceptionnelle avec un homme unique, d'une culture hors pair, un esprit fin et délicat, d'une grande droiture. Claude est un homme de convictions et, même s'il n'appartient à aucun parti, c'est un homme de gauche qui sera toujours fidèle à ses idées. Après *Histoire vraie*, nous nous retrouvons une dernière fois, en 1976, pour *La Vérité de madame Langlois*. Suzanne Flon est ma partenaire. Là aussi, comme avec Gabin, l'évidence de son jeu, ce naturel, ce sourire lumineux, ce timbre de voix, en un mot ce talent, comment l'oublier? Actrice rare, c'est une femme d'une simplicité, d'un charme, d'une finesse qui enchantent. En plus, elle est rieuse et drôle.

Je nous revois tous les deux dans une cuisine, moi assis sur une chaise, elle lavant sa vaisselle dans l'évier. La caméra ne la quitte pas, tandis qu'elle rince et essuie assiettes et verres, à la fois concentrée et décontractée. Les gestes sont précis, méticuleux, si naturels qu'à la fin de la scène je pousse un sifflement d'admiration. « En tout cas, on voit que tu aimes ça, faire la vaisselle ! lui dis-je en riant. – Tu ne crois pas si bien dire..., me répond-elle. S'il y a une chose que je ne supporte pas, c'est, le matin, retrouver la vaisselle du soir. Même très tard, il faut que je laisse l'évier impeccable... » Je la prends dans mes bras, rassurant. « Ma Suzon, je suis exactement comme toi : je peux avoir dix personnes à dîner chez moi, quand elles partent, quelle que soit l'heure, je lance la machine à laver. L'idée de boire mon café au-dessus de la sauce de blanquette collée dans les assiettes entassées me lève le cœur ! » Nous aussi, acteurs, nous avons des tics. Pour Suzon et moi : la cuisine rangée, la journée peut commencer !

Achard m'offre la Lune

En 1967, Marcel Achard me donne un dernier cadeau en me faisant endosser le rôle titre de *Jean de la Lune*, jamais repris depuis au théâtre Louis Jouvet. Jeff, mon personnage, a épousé une femme volage, Marcelline. Fleuriste et poète, ce mari innocent ne voit la vie qu'à travers son cœur et ses rêves. Feint-il ou ne feint-il pas de croire aux mensonges de sa femme qu'il accueille avec un calme olympien et bienveillant ? C'est toute la subtilité de la pièce. Lorsque je questionne Marcel Achard sur la psychologie du personnage, Marcel esquive ou répond évasivement, faisant mentir la célèbre réplique : « J'adore répondre. Je réponds même quand on ne me demande rien. » « De toute façon, me dit Juliette, sa femme, les yeux au ciel, Marcel ne peut pas répondre, Marcel, c'est pas Jeff. C'est Marcelline, la trompeuse ! » Marcel bat immédiatement en retraite. Apparemment, Juliette ne se faisait aucune illusion sur la fidélité très relative de son mari... « Mon garçon, ça suffit comme ça ! », lui retournait-elle sèchement quand il l'énervait. Dans *Jean de la Lune*, je retrouve Jean Le Poulain, Daniel Ceccaldi et la délicieuse Dany Robin. Avec Jean, le calvaire (si je puis dire...) des fous rires recommence. Sur scène de préférence. Dans les coulisses, j'aperçois Jean-Michel Rouzière qui me fixe d'un œil noir et surveille mes éventuels dérapages. Un rire : une fusillade. Les cartons rouges se succèdent.

Un soir, après la pièce, sur le tableau de service, Jean-Michel a agrafé une lettre à toute la troupe, disant que c'est une honte, que les spectateurs paient leur place, que les directeurs de théâtre devraient être informés du manque de sérieux de certains acteurs et ne plus les employer, etc. Moi qui ai la tête près du bonnet, je pique une colère, enlève ma chaussure, casse le tableau de service à coups de talon, arrache la lettre et lance au directeur de scène connu pour être un cafteur : « Demain, à trois heures dans le bureau de Jean-Michel ! », comme si je le convoquais à l'aube sur le champ d'honneur ! Sortie un peu théâtrale, par déformation professionnelle... J'essaie de conserver ma rogne intacte toute la nuit, ce qui n'est pas simple, la rancune étant un sentiment dont je ne m'embarrasse pas longtemps... Et le lendemain je grimpe les escaliers quatre à quatre jusqu'au bureau de Jean-Michel qui domine les jardins du Palais-Royal, j'ouvre la porte avec humeur, entre d'un pas décidé... et me retrouve devant un Jean-Michel qui me regarde comme du bon pain. Il secoue la tête avec un sourire désarmant. « Mais pourquoi prends-tu toujours tout pour toi ?... », dit-il doucement. Je fonds comme beurre au soleil.

Annie, la mère de mes enfants

Je suis en train de jouer *Jean de la Lune* lorsque mon vieux copain Maurice Ducasse me dit : « On dînera après le théâtre avec une amie et sa copine... » Et dire que j'ai failli refuser et rentrer à la maison ! Toute la soirée, j'ai été troublé par ce ravissant visage aux traits fins et à l'air enfantin et rêveur. D'ici, j'entends la voix de Marcel : « Pierrot de la Lune est en train de tomber amoureux, mes enfants, et pas qu'un peu... » Elle s'appelle Annie, elle a vingt-quatre ans. Je suis libre, elle aussi, et je dois dire que je ferais bien un bout de chemin avec elle. Contrairement à Claude, Pascale et à toutes les autres que j'ai fréquentées depuis, Annie n'appartient pas au sérail. C'est assez nouveau pour moi. Est-ce mieux pour l'équilibre du couple que nous allons former, je ne sais pas, il n'y a pas de règle en la matière... Mais, pour l'heure, c'est le bonheur et, six mois plus tard, nous nous marions.

Quand je repars en tournée, Annie m'accompagne. C'est ainsi que Laurent sera conçu pendant la tournée de *Drôle de couple* avec Robert Dhéry. Il lui arrive d'être mon assistante et mon attachée de presse, découpant et collant minutieusement tous les articles des pièces et des films auxquels je participe. C'est en partie grâce à elle que j'ai pu rédiger cet ouvrage, puisant certains souvenirs oubliés dans ses archives.

L'arrivée de mon fils Laurent est marquée par une véritable incertitude matérielle qui me mine : un acteur doit sans cesse penser au lendemain. Même avec le meilleur agent, on est continuellement en attente du prochain contrat et on doit être vigilant sur les choix qu'on fait. C'est un métier où l'on est très seul face aux responsabilités. Annie en souffre sûrement, mes enfants aussi car je ne suis pas toujours présent, mais je pensais surtout à leur offrir une vie confortable et à les tenir à l'abri. C'était ma façon d'aimer, peut-être pas la bonne. Annie et moi sommes restés mariés quinze ans, puis elle a cessé d'être madame Pierre Mondy. Pour les enfants, ce fut dur, même si, après des mois de séparation, ils se sont retrouvés et sont aujourd'hui soudés comme jamais. Si Annie avait pu réaliser ses ambitions, ses rêves, les choses se seraient peut-être passées différemment. Mais avec des si... Le plus important est que nous ayons eu de beaux enfants et que nous ayons toutes les raisons d'être fiers d'eux. Laurent et Caroline, ma belle-fille, nous ont donné deux petits-enfants, le choix du roi, Benjamin et Rebecca, surnommés Zim et Chouquette par mon fils ! Anne, ma fille, a agrandi le cercle de la famille avec Louna qui, du haut de ses deux ans, regarde de ses grands yeux étonnés son grand-père pratiquer un art qui n'est pas bien compliqué...

1968

Lorsque les premiers pavés s'envolent sur le boulevard Saint-Michel, je suis en tournée internationale avec Robert Dhéry et la pièce *Drôle de couple*, dans un périple qui nous emmène jusqu'en Afrique du Nord. C'est à Hassi-Messaoud, en plein désert, que nous sommes informés des événements du quartier Latin. De loin, cette agitation nous semble assez dérisoire. Dans le désert, tout paraît futile et vain. Au retour, Colette Brosset qui nous attend à Orly nous informe de l'évolution impressionnante de la situation et de la grève générale qui paralyse la France. Ebahis, nous l'écoutons nous raconter LA RÉVOLUTION. En toute honnêteté, je reconnais ne pas comprendre tout ce ramdam et la colère des jeunes en particulier. Même si j'adhère pleinement à l'époque aux problèmes des intermittents de notre profession, leurs revendications et les raisons profondes de cette exaspération à ce point exacerbées m'échappent. Jamais je ne me suis préoccupé de protection sociale, de chômage, du nombre d'heures à obtenir pour toucher « mes » assedic... Ceux de ma génération sont sortis de la guerre avec une envie de vivre, de s'amuser qui a rendu les choses plus évidentes. Nous avons reconstruit notre monde, débarrassés du superflu. Lorsque nous allions dîner chez Maria Pacôme avec Jean-Paul Belmondo et Guy Bedos, nous passions nos soirées et nos nuits à rire et blaguer. Nous ne nous souciions pas d'organiser une intervention à la cérémonie des césars ou des molières parce que nous n'avions pas nos cinq cent sept heures. Nous faisions ce métier par tous les moyens. Mais la période était bénie, il suffisait de vouloir, c'est vrai. Nous ne nous inquiétions pas de la précarité. La précarité, pour nous, c'était la guerre, et la guerre était derrière nous.

« Quelle chienlit ! », s'écrie ma mère qui suit les événements devant la télévision de la résidence d'Auteuil où elle vit désormais. « Je t'ai vu à la manif ! », dit-elle étonnée de me voir marcher derrière les banderoles entre Suzanne Flon et Roger Hanin, autour de la Maison de la Radio. Ce n'est pas dans mes habitudes, il est vrai. Si je soutiens mes amis comédiens, je ne cautionne aucune liste politique, aucun parti. C'est toujours Mondy qui défile, et Cuq qui met son bulletin dans l'urne. Et je ne signe pas de pétition, ça n'a pas changé. Dans *Le Nouvel Observateur*, Guy Dumur publie un article sur le thème : « Où en sont les acteurs dans cette crise ? », et dresse le tableau de la situation en regroupant les acteurs par catégories : qui soutient qui, qui pense quoi... Les deux photos illustrant le groupe des « corporatistes » que le journaliste traite avec un mépris absolu sont celles de François Périer et la mienne. « Mes enfants, vous allez encore porter le chapeau ! », s'écrie Colette Périer en lisant l'article à voix haute. Dumur nous accuse de nous soucier de nos petits intérêts personnels et d'oublier les grandes préoccupations politiques. La moutarde monte au nez de François qui décide d'aller trouver le journaliste. Celui-ci nous reçoit très fraîchement : « Vous endormez les gens en les faisant rire. Quand on est sur scène, à un mètre au-dessus du public, on a autre chose à proposer que du " théâtre digestif ", on doit avoir un message... – Y a la Poste pour ça... », réplique François en se levant pour mettre fin à l'entretien. Sur le chemin du retour, il ne décolère pas : « Quel con ! Mais quel con ! On est allés à Canossa et il n'a rien compris... »

Les événements de Mai 68 n'ont pas fait évoluer grand-chose dans notre profession. Je crois que l'ensemble des corps de métier a bénéficié des accords de Grenelle... sauf le nôtre. Dans les assemblées générales, on entendait tout et son contraire, des réflexions les plus saugrenues aux plus dramatiques. Je me souviens de ces réunions interminables où tout le monde parlait, où les plaisanteries et les vannes faisaient rire une partie de la salle et protester ceux qui voulaient écouter. Ça gueulait, ça gueulait... « Y en a marre, c'est toujours les mêmes en tête d'affiche ! Y en a MARRE maintenant ! », crie un jeune comédien au nez de Jean Le Poulain, sidéré. Ce dernier s'approche du jeune homme énervé et lui plaque un gros baiser sur le front, puis il sort. Il n'y avait rien d'autre à faire. « Oui, y en a marre ! renchérit un autre. Tout le monde doit jouer des premiers rôles... à tour de rôle ! » J'écoute silencieusement, effaré d'entendre autant d'inepties. A côté de moi, Jean-Pierre Marielle hoche la tête en riant sous cape. « T'inquiète pas. Un jour ou l'autre, ils seront forcés de prendre les meilleurs.... », me chuchote-t-il. En mai 1968, tout s'arrête. Seul le feuilleton radiophonique quotidien, *Noëlle aux quatre vents*, reprend à la demande des auditeurs. C'est une véritable institution; Rosy Varte et moi interprétions les parents de la jeune Noëlle. Nous serons les seuls comédiens à participer à l'adaptation télévisuelle de ce feuilleton culte adoré des Français.

La fin du printemps de Prague

Lors d'une tournée où nous emmenons en province avec Pascale Roberts la pièce *Piège pour un homme seul* de Robert Thomas, je reçois dans ma loge la visite du réalisateur de cinéma René Allio venu voir la pièce... « Je cherchais depuis longtemps un acteur pour le personnage de mon prochain film, *Pierre et Paul*, sans le trouver. C'est en feuilletant le Bellefaye [le célèbre annuaire des comédiens] que je me suis dit : et pourquoi pas Mondy? Voulez-vous lire le script? » La surprise précède l'enthousiasme. Après avoir lu le scénario, je dis oui, mille fois oui à Allio, même si le film est sombre et que je suis à des années-lumière de ce Pierre, conducteur de travaux, victime de la société de consommation et qui s'endette par amour. *Pierre et Paul* est à marquer d'une pierre blanche dans ma carrière. Allio m'emmène sur le terrain du social, assez éloigné de l'univers dans lequel les réalisateurs avaient l'habitude de me cantonner. Pas de déguisement, pas de marrade, pas de flic ou voyou, ou de petits Français moyens. Je ne sais pas si je parviendrai à donner tout ce que je veux à ce rôle, mais je sens bien ce qu'il y a de beau à essayer... Pour ce cadeau qu'il me fait, je l'aurais suivi les yeux fermés...

Dans ce film, Allio dénonce notre société d'abondance et montre comment mon personnage, qui vivait jusque-là une existence simple et modeste, va basculer pour les beaux yeux de Bulle Ogier, mon exquise partenaire que je rencontre pour la première fois, tant nos destins n'étaient pas faits pour se croiser. Pour son ange bleu, il acquiert un appartement, multiplie les crédits, change de voiture, achète des meubles... dont un réfrigérateur. Ah, la fameuse scène du frigo ! Il y avait longtemps que je ne m'étais pas fait engueuler comme ça... Bulle et moi sommes rue de Rivoli, dans un grand magasin d'appareils ménagers, c'est une scène sans dialogues et Allio n'a pas donné d'indications précises sur ce que nous sommes censés faire. Lui tourne à l'extérieur du magasin et nous filme derrière les vitrines. Nous déambulons donc à travers des cuisines aménagées, les bras ballants, un peu gauches. Brusquement, Allio surgit, blanc de rage. « Mais qu'est-ce que vous me faites, c'est n'importe quoi ! Qu'est-ce que vous attendez, là ? CHOISISSEZ VOTRE FRIGO, MERDE ! » En deux secondes, nous sommes retournés près des appareils et avons ouvert consciencieusement le bac à glaçons, les tiroirs des surgelés, le compartiment des légumes, on compare, on discute, bref... on choisit notre frigo ! René nous répétait toujours : « Tu y crois. Ne me le joue pas... » Il suffisait de le dire...

Pendant tout le tournage, je retrouve des émotions éprouvées lors des *Sorcières de Salem*. Je dois puiser au fond de moi des choses très intimes, faire remonter des sensations de douleur, de doute, d'épuisement. A la fin du film, touché par la mort de son père, criblé de dettes, ayant perdu son travail et la femme qu'il aimait, mon personnage s'enfonce dans une rage incontrôlée. Cette scène doit se tourner en un seul plan séquence.

Sortir le vieux fusil de mon père d'un placard, aller sur le balcon, l'armer, tirer en l'air, puis m'effondrer en larmes. Cette scène m'obsède, je n'en dors plus. J'ai peur de passer à côté, d'en faire trop ou pas assez, peur de « fabriquer » de l'émotion. Au théâtre on peut feindre la tristesse, s'essuyer des larmes qui ne coulent pas. Sous le regard d'Allio, impossible de tricher, je n'en ai pas envie d'ailleurs... Trois jours avant « la scène », René a demandé à Jean-Paul Schwartz, le chef opérateur que je connais depuis des années et avec qui je plaisante souvent, de ne plus m'adresser la parole. Allio va jusqu'à me priver de cantine, m'obligeant à manger seul dans mon coin. Tout ça pour me mettre en condition. Le jour J, j'ai apporté quelques lettres de mon père particulièrement belles et émouvantes. Avant de jouer, je les lis, mais l'émotion ne vient pas. J'attends, un peu perdu et, tout d'un coup, je vois René marcher vers moi, ses lunettes sur le bout du nez, très pâle. Il s'approche tout près, enlève ses lunettes et me murmure : « Alors, ça va, Pierre ? On va y aller ? On le fait ? On le fait ? » avec une telle tendresse dans la voix qu'il me cueille. C'est lui qui m'a ému. J'ai une grosse boule dans la gorge. La caméra m'attend, je n'ai plus qu'à aller vers elle. A la deuxième prise, René se contente de me serrer dans ses bras sans dire un mot. Il avait son film dans la tête et dans le cœur. Ce fut un tournage inoubliable et j'avoue que si je devais retenir un seul film de toute ma carrière, ce serait celui-là... avec le sentiment profond de ne pas avoir trahi son auteur.

Août 1968. Un matin, René arrive sur le tournage avec le journal *Combat* à la main. Le printemps de Prague vient d'être écrasé par les chars russes et sonne le glas des *Amours d'une blonde* de Milos Forman. René lit l'article qui relate les événements de la veille. Il le termine, les larmes aux yeux, et referme le journal. Sans un mot, nous nous mettons en place, la journée de travail commence. Jamais il n'y eut une telle communion silencieuse au sein de l'équipe. Quand le film *Pierre et Paul* sort en 1969, Jean-Louis Bory écrit dans *Le Nouvel Observateur* : « Allio s'est servi des événements de Mai 68 pour faire son film... », ce qui est faux. Son film, il l'avait écrit en 1967 ! René, qui aimait beaucoup Jean-Louis, fut meurtri qu'il ait pu le juger opportuniste.

Francis Veber et madame Dassault

Francis Veber, alors journaliste à RTL, tombe un jour sur une dépêche de l'AFP relatant le récit de l'enlèvement de madame Dassault, l'épouse du grand Marcel. Son imagination s'emballe. L'histoire, qui s'est bien terminée, lui donne l'idée d'une pièce dont l'intrigue rappelle très précisément la mésaventure de la femme de l'industriel. Celle-ci pouvant se reconnaître dans le tempérament peu commode de la victime, Marcel Dassault décide de la faire interdire. Effectivement, Francis n'a pas épargné la kidnappée : cette empoisonneuse de première se montre tellement pénible que les ravisseurs n'ont qu'une idée : restituer leur fardeau à son propriétaire. De plus, Marcel Dassault n'apprécie pas le caractère frondeur et quelque peu sarcastique de Francis qui compte appeler la pièce *C'était un mirage*. Eh oui, Francis Veber a de l'esprit à revendre : on n'est pas par hasard le petit neveu de Tristan Bernard...

L'affaire *C'était un mirage* ira jusqu'au tribunal. « Je pensais, dit Francis Veber dans la presse, que ni le juge d'instruction ni Marcel Dassault ne connaissaient la pièce... Et je la leur ai donnée à lire. Les attendus en forme de fous rires ont accordé l'acquittement sous réserve d'un changement de titre. » La pièce s'intitulera *L'Enlèvement* et elle se jouera au théâtre Edouard-VII. Les personnages sont tous aussi hauts en couleur les uns que les autres : Yvonne Clech, pécore mondaine et snob (je comprends que madame Dassault n'ait pas aimé), Jacques Fabbri, gangster un peu simplet, moi, chef d'un gang familial, avec Harry Max, mon père, vieille fripouille, et Patrick Préjean, mon fils – voilà la fine équipe de bras cassés. La pièce est drôle et les rares spectateurs qui se déplacent pour la voir le prouvent chaque soir. Pourquoi le public reste à la porte ? Je ne sais pas. Ce demi-échec me laissera éternellement songeur. Qu'est-ce qui fait qu'une pièce accroche ou pas ? Je n'ai pas la réponse. De même, je ne saurai jamais pourquoi Francis avait Marcel Dassault dans le collimateur. Il ne le lâchait plus ! Dans son premier film, *Le Jouet*, Michel Bouquet, chef d'entreprise omnipotent, ne supporte pas les barbus autour de lui et les envoie se raser. Exactement ce que faisait Dassault !

Dès la fin de la pièce, Francis commence l'adaptation de *L'Enlèvement* pour le cinéma sous le titre *Appelez-moi Mathilde*, qui restera ma grande et unique contribution au cinéma français en tant que réalisateur. La charité voudrait qu'on l'oubliât. Par manque d'expérience et sans doute trop d'assurance, Francis et moi nous sommes égarés. N'ayant aucune pratique de la réalisation, le film s'apparente à du théâtre filmé et souffre de manque de rythme, même si, autour de moi, j'ai réuni mes piliers habituels, Jacqueline Maillan, Michel Serrault, Guy Bedos, Robert Hirsch et Jacques Dufilho. Alors que Francis deviendra un champion du box-office au cinéma, j'en resterai là. Il m'avouera plus tard, après avoir comptabilisé des millions d'entrées : « Pierrot, si j'avais su ce que je sais maintenant, comment il faut adapter le théâtre pour le cinéma, j'aurais gardé quatre répliques de *L'Enlèvement* et j'aurais tout réécrit... »

Au théâtre, j'ai beaucoup fonctionné en tandem. Fidélité à des auteurs dont l'univers m'était familier et réciproquement – Marcel Achard, Francis Veber, Jean Poiret, Laurent Chalumeau, ou en trio avec Barillet et Grédy pour ne citer que les plus importants... Donc, Francis et moi sommes devenus inséparables et, l'année suivante, je monte sa deuxième pièce, *Le Contrat*, au théâtre du Gymnase. L'histoire est celle, totalement improbable, de deux hommes qui se retrouvent dans la même chambre d'hôtel, l'un, cocu, voulant mettre fin à ses jours, l'autre, tueur à gage, devant remplir un contrat à partir de la fenêtre de ladite chambre... par laquelle le cocu a décidé de se jeter pour en finir. Partant de là, Francis a imaginé une suite de quiproquos et de situations d'une grande cocasserie où Jean Le Poulain s'impose naturellement à moi dans le rôle du mari trompé. Je sais qu'il n'aura pas son pareil pour jouer les cocus larmoyants et crampons. Pour l'autre, je sèche. Consultée à ce sujet, Marie Bell, la directrice, ne m'est d'aucun secours. Pire, elle fait le mauvais choix, et nous allons tous le payer très cher. Raymond Pellegrin, elle n'en veut pas, et quand je lui propose Roger Hanin, elle me fait cette réponse sidérante : « Non, non, ça va se transformer en histoire d'OAS... » Elle confond tout ! Impossible de discuter avec cette femme attachante mais autocratique. Jusqu'au jour où elle me dit avoir passé la pièce à Raymond Jérôme qui accepte le rôle. Raymond Jérôme ? Dieu sait que j'aime cet acteur, mais il est tout sauf le personnage ! « Mais si, mais si, ce sera formidable ! Ça va être Jouvet dans *Hôtel du Nord* ! », insiste Marie Bell, totalement emballée. Je quitte son bureau consterné à l'idée de ce qui m'attend. Avec Le Poulain et Raymond

Jérôme, tous deux metteurs en scène de surcroît, les discussions, les tergiversations n'auront plus de fin. S'il se trouve face à une forte personnalité, Raymond, qui n'est pas très conciliant, va se braquer. Pour éviter les discussions stériles, je rédige un plan détaillé de la mise en scène, un quadrillage de leurs déplacements, scène après scène. Marie Bell qui ne doute de rien demande à Francis de modifier son texte pour mieux l'adapter à Raymond... ce qu'évidemment il ne fait pas. Les répétitions virent au cauchemar : rien de ce que j'ai imaginé ne fonctionne, tout fait faux, fabriqué. Jean Le Poulain s'en sort plutôt bien, mais Raymond est raide, faux dans ses déplacements et il ne mémorise pas le texte. Dans la salle, je vois Francis plonger la tête dans ses mains. Il ne reconnaît plus sa pièce. Je m'en veux d'avoir cédé à Marie ! Jamais je n'aurais dû me laisser imposer ce tandem qui, de toute évidence (sauf pour elle, apparemment...), ne peut pas fonctionner. Les deux comédiens ne s'entendent pas, ils se jalousent et s'enverront en scène quelques belles peaux de banane. Malgré le talent de Francis, le navire sombre sans que les secours arrivent. La pièce ne tient pas cent représentations. Jean-Jacques Gautier du *Figaro* qui fait la pluie et le beau temps au théâtre et Matthieu Galey dont j'attendais les quolibets en avaient pourtant fait l'éloge ! Francis tiendra sa revanche au cinéma. Rebaptisé *L'Emmerdeur*, avec Jacques Brel dans le rôle du pot de colle désespéré et Lino Ventura dans celui du tueur exaspéré, le film, réalisé par Edouard Molinaro en 1973, d'après le scénario de Veber, aura un succès considérable. Fort de ses expériences, Francis n'aura de cesse de faire naviguer ses histoires du cinéma au théâtre et vice versa. La reprise en 2006 à la Porte Saint-Martin avec Richard Berry et Patrick Timsit sera triomphale.

Raymond Rouleau, derniers rappels

Raymond Rouleau était plutôt avare de compliments, mais l'estime qu'il avait pour vous se manifestait par sa fidélité. En 1969, il monte *Le Prix*, la pièce d'Arthur Miller, avec Claude Dauphin, Jean Rochefort, Yvette Etiévant et moi. Une pièce dure et sans concession qui dresse le bilan de deux vies, celle d'un frère qui a réussi, l'autre pas, dans une riche famille new-yorkaise, ruinée par la banqueroute de 1929. Raymond est un bourreau de travail, méticuleux, précis, horriblement exigeant, qui peut devenir tyrannique sans même s'en rendre compte. Pendant une répétition, il donne des explications de jeu à Yvette Etiévant durant de longues minutes. Debout comme au garde-à-vous pendant tout ce temps, je passe d'une jambe sur l'autre, des fourmis dans les mollets. N'en pouvant plus, j'ai le malheur de vouloir m'asseoir. Rouleau se tourne instantanément vers moi. « Non ! Non, Pierre ! Lève-toi, je ne te vois pas... » Un peu de mauvaise foi sans doute de sa part, mais sûrement pour moi une hernie inguinale opérée dès la fin des représentations.

Jean-Jacques Gautier qui, en alternance, me loue ou m'éreinte, écrit vingt lignes sur Claude Dauphin, magistral il est vrai, une dizaine sur Jean Rochefort et une seule sur moi. « Le frère raté, c'est Pierre Mondy. » Deux mois de travail résumés en six mots. Et je ne quitte pas la scène du début à la fin de la pièce ! Quand vous lisez ce genre de choses, vous vous prenez un sacré coup à l'estomac. Si vous n'êtes pas blindé contre l'humiliation, « fabriqué » avec un mental, un caractère bien accroché, vous ne tenez pas la distance. Et si la mauvaise critique vous amoche chaque fois, le métier risque d'être très pénible ! Moi, j'ai pris le parti de toutes les lire. Heureusement, il y en eut d'autres, et d'excellentes...

Raymond Rouleau aura la même exigence, la même rectitude lorsqu'il montera en 1970, au théâtre de la Madeleine, *Une fille dans ma soupe* de Terence Frisby, avec Elisabeth Wiener. Cette comédie légère n'appartient pas à son répertoire mais, à l'époque, Raymond travaille peu et je veux l'aider. C'est moi qui propose son nom au directeur de la Madeleine qui n'y croit pas du tout et sera émerveillé du résultat. Le premier jour, Raymond nous annonce la venue d'un petit nouveau : « Je vais vous amener un jeune acteur, vous allez voir, c'est du sucre... », et il nous présente un grand gaillard blond au rire tonitruant, un peu gauche, qui va jouer le petit ami d'Elisabeth. Après la répétition, le jeune homme nous parle avec émotion de son fils Guillaume qui vient de naître. Il s'agit de Gérard Depardieu, Gérard qui dès les premières répliques casse la baraque de naturel et de santé... Dans *Une fille dans ma soupe*, j'incarne un chroniqueur culinaire, vedette de la télévision, sorte de Jean-Pierre Coffe britannique qui tombe sous le charme d'une jeune hippie jouée par Elisabeth, sauvageonne et gouailleuse à souhait. Je ne résiste pas à la description qu'en fit Jean-Jacques Gautier – encore lui, mais il est inénarrable – dans sa critique : « Une “ pop girl ”, sorte de hippie au regard lourd, aux yeux fumés, un peu brumeux, à la lippe dégoûtée, écœurée, traînant ses loques et ses colliers, ses haillons coûteux achetés aux Puces de luxe. [...] Vous voyez le style... Elle ferait rire un étudiant de Nanterre et le recteur de l'Université de Paris... » Visiblement, elle n'est pas son genre de jeune femme, même s'il lui reconnaît un talent comique ! *Une fille dans ma soupe*, « c'est le snack chez les snobs... », dit Raymond Rouleau pour résumer. Raymond, qui a le sens du détail, estime en m'observant qu'un expert en cuisine doit être plus habile que les autres. Pour le prouver, il me fait recommencer une omelette « face public » jusqu'à ce que je parvienne à casser un œuf d'une seule main sans le massacrer. J'ai dû en bousiller au moins une cinquantaine.

La pièce fait un tabac monumental : pas moins de dix rappels le soir de première ! (Et, en bonus, les éclats de rire de Fernand Raynaud présent dans la salle...) Un mois après le début du spectacle, Raymond Rouleau vient me voir dans ma loge, l'air un peu chagrin : « Pierre... Quel dommage que tu joues ainsi... C'est le public qui t'entraîne à faire ça. C'était beaucoup mieux avant, crois-moi, crois-moi... », me dit-il doucement. Je sais de quoi il parle. Le spectacle se « décale », comme on dit dans notre jargon, c'est-à-dire que les comédiens ont tendance à grossir le trait, à en « rajouter » quand le public rit et à accélérer dans les moments où l'on rit moins. Un travers dans lequel nous tombons tous, et que le metteur en scène doit rectifier. Un ou deux raccords, et tout rentre dans l'ordre. Parfois !

Jean Poiret, enfin

Quand vous entrez dans la loge-bureau de Marie Bell au théâtre du Gymnase, vous êtes d'abord étourdi par une entêtante odeur de fleurs. Il y en a partout, des pivoines, des roses, des lis, du jasmin (les langues de vipère la soupçonnent de se les envoyer elle-même...). Marie, qui organise la programmation de son théâtre, m'a convoqué de bon matin. Nous sommes en janvier 1971. « Pierre, me dit-elle, j'ai une pièce de Douglas Home, adaptée par Marc-Gilbert Sauvajon... Cela s'appelle *Le Canard à l'orange*. Un mari cocu qui décourage sa femme de le quitter en ridiculisant son rival, c'est formidable, vous verrez. Je voudrais que vous la mettiez en scène et que Jean Poiret la joue. Mais je préfère vous prévenir tout de suite... » Marie Bell est une grande dame du théâtre, un personnage fantasque, touchant et irritant, aux idées très arrêtées (l'épisode Raymond Jérôme me reste encore en travers de la gorge). Alors cette réserve ne me dit rien qui vaille. « ... Jean vient de commencer une histoire d'amour avec Caroline Cellier qui jouera cet été *Le Ciel de lit* avec Brialy. Donc il ne quittera pas Paris pendant la période des vacances, pour rester près d'elle. Je pense qu'il jouera *Le Canard à l'orange* jusqu'au Salon de l'auto, pas davantage. Alors, je vous le dis clairement : on ne fait pas de frais pour cette pièce. Je demande au chef machiniste de vous montrer les décors qu'on a en réserve et vous vous débrouillez avec ça... » Je l'écoute, perplexe devant cette perspective de « bricolage », mais sans être vraiment surpris : je savais Marie près de ses sous. Visiblement, elle veut y aller à l'économie. Dans la remise où l'on range tous les décors devenus inutiles, celui de l'acte II de *Madame Princesse* de Félicien Marceau est disponible et semble encore en bon état... Un peu sommaire, mais Charles Sévigné, extraordinaire décorateur d'intérieur, appelé à la rescousse, va mêler habilement quelques meubles modernes qu'il se fait prêter avec des meubles anglais... L'affaire est dans le sac.

Avec Jean Poiret, nous nous sommes souvent croisés au cabaret, au spectacle et nous avons déjà joué ensemble. Une chose est sûre, nous aimons le même théâtre. Le mettre en scène va être une révélation. Dans *Le Canard à l'orange*, Jean est élégant, tendre, espiègle, insupportable et irrésistible. Le diriger, c'est donner vie et prolongement à mon imaginaire. Tout ce que je lui propose, il l'assimile et le transcende. Jean a un comique très particulier : il fait vivre un univers mental en l'articulant avec un verbe aussi personnel que brillant. Ce « dérapage à l'anglaise », nul ne le manie mieux que lui. Chez Jean, la fantaisie est élevée au stade de l'excellence. Il est la grâce incarnée. Un toucher de balle tellement juste, léger, exact, que cela devient du grand art. Et cette drôlerie permanente sans jamais tomber dans la vulgarité ou la lourdeur, nourrie de boutades, de mots d'esprit, avec une faille, à peine perceptible, qui rend le personnage encore plus attachant. Nous nous comprenons au quart de seconde, rions ensemble des mêmes plaisanteries. Si je peux parler de « coup de foudre » avec Jean, c'est que notre entente professionnelle et amicale est aussi immédiate que parfaite. Jamais je n'ai eu un lien aussi fort et intime avec qui que ce soit.

Lorsque Jean habitait rue de Bénouville, juste à côté du président Giscard d'Estaing, comme il détestait conduire, je le raccompagnais souvent le soir, après avoir dîné à La Cagouille, lui comme moi ayant un peu abusé du cognac du patron. C'était notre cantine de nuit. Au restaurant, il fallait souvent se fâcher pour qu'il n'invite pas toute la tablée, lorsque nous étions plusieurs. Jean était la générosité personnifiée... Ensuite, comme deux mômes qui n'en finissaient plus de se quitter, nous restions des heures devant chez lui à discuter dans la voiture. Métier, amour, enfants, tout y passait. Parfois des rires aux larmes. Il arrivait que les gardiens de la paix qui faisaient des rondes dans le quartier, surveillant le domicile de son illustre voisin, se penchent vers nous et nous saluent. En rencontrant Jean, j'ai reconnu un frère, un alter ego. Nous allons travailler près d'un quart de siècle main dans la main, lui comme auteur, moi comme metteur en scène, les deux comme acteurs, moi reprenant souvent son rôle à Paris, quand il part en tournée et vice versa. Une collaboration qui se renforcera, dans le même climat de confiance et d'entente. Parce que c'était lui, parce que c'était moi.

Pendant toutes les répétitions, Jean est sur un petit nuage amoureux, détendu, heureux. Dès qu'il le peut et qu'elle ne joue pas de son côté, il court vers Caroline. Après Françoise Dorin et Nicole Courcel, il vient de rencontrer celle qui restera jusqu'à la fin le grand amour de sa vie. Cette pièce qu'il ne devait jouer que trois mois va faire un triomphe, à une époque de l'année, fin avril, où tous les spectacles s'essoufflent.

Jean la joue quatre cents fois et Jacques François, reprenant son rôle, les deux cents dernières. Six cents représentations, sans compter la tournée... « On rit souvent, on sourit toujours... L'esprit fuse et pétille », écrit Pierre Marcabru. Jean y contribue grandement en y injectant ses propres répliques. Il est le seul acteur qui enrichit un personnage en improvisant, alors que bien d'autres rajoutent au texte des touches personnelles. Dans mon souvenir, René Simon les appelait des cabotins.

Désormais, nos activités professionnelles sont liées. Après *Le Canard à l'orange*, nous enchaînons, lui à l'écriture, moi à la mise en scène, avec la pièce qui sera notre plus grand succès et installera définitivement notre notoriété : *La Cage aux folles*. A cette époque, mon emploi du temps relève d'une telle frénésie que mon agenda ressemble à un album de coloriage : crayon vert si je joue au théâtre, rouge si j'assure la mise en scène ; crayon bleu pour le cinéma et noir pour la télévision. Avec, quand même, quelques petites touches roses qui me rappellent, si besoin est, d'être auprès d'Annie et des enfants. Je ne les oublie pas, même si je cours partout (« comme un hamster dans sa roue », dit un de mes amis), mais j'adore ça et je m'ennuie quand je n'ai qu'un rendez-vous dans la journée. De toute façon, le métier l'exige, il faut sans cesse initier des projets. A moins de jouir d'une situation exceptionnelle au cinéma (ce qui n'est pas mon cas), on ne peut se cantonner dans une seule discipline professionnelle.

« La Cage aux folles »

L'idée de *La Cage aux folles* est venue à Jean Poiret après avoir assisté à une représentation de *L'Escalier* [1] dans laquelle Paul Meurisse et Daniel Ivernel formaient un couple de garçons. Il commence par écrire un sketch sur deux antiquaires un peu « précieux » avec son complice de toujours, Michel Serrault. Déjà, le profil de ses personnages se dessine. Jean va les affiner, tailler du « sur mesure », jusqu'à en faire de la haute couture... Quand Jean-Michel Rouzière, toujours à la recherche d'une pièce pour sa programmation, demande à Jean si, par hasard, il n'aurait pas quelque chose « qui traîne dans un tiroir », Jean évoque ce couple d'homosexuels, dont le profil a encore évolué puisque l'un tient un cabaret où l'autre se produit... Le célèbre titre n'existe pas encore, mais Jean-Michel a déjà saisi, avec sa paire d'antennes, l'intérêt de cette histoire. Il tanne Jean pour qu'il finisse de l'écrire. Le sujet est délicat, on est sans arrêt sur le fil du rasoir, il ne veut pas risquer de tomber dans le mauvais goût ou la caricature blessante. Rouzière attendra le temps qu'il faut. Son « pif » lui dit de ne pas brusquer les choses,

1. Pièce de l'Anglais Charles Dyer.

que cette pièce fera un malheur et qu'il vaut mieux patienter que tout gâcher. Plusieurs mois s'écoulent. Quand il découvre le texte de *La Cage aux folles*, Rouzière est fou de joie : « Jean Poiret frise le génie comique ! Imaginer des gens atypiques dans une situation normale, voilà le coup de génie ! » Dès les premières répliques, la pièce part à une vitesse étourdissante, « un rythme de bombardement », dit Michel Serrault. Pour donner un maximum de chances à cette *Cage* à laquelle il croit tant, Jean-Michel met à notre disposition tous les moyens possibles et imaginables. André Levasseur, costumier et décorateur (un artiste merveilleux qui vient de disparaître au moment où j'écris ses lignes...), ainsi que tous les corps de métier du théâtre sont sur le pied de guerre. En excellent professionnel, Jean-Michel a senti qu'il tenait là le spectacle de l'année.

La distribution est bouclée, toutes les maquettes du décor et des costumes ont été vérifiées, approuvées, les répétitions peuvent commencer. Dans un premier temps, les acteurs portent leurs propres vêtements, les tenues de Michel et les costumes des shows ne devant arriver qu'à la fin, avec les strass, les plumes et les paillettes. Les problèmes se règlent les uns après les autres, mais la question de l'affiche n'a toujours pas été évoquée. Un matin, Jean-Michel nous appelle dans son bureau et pose un regard grave sur nous : « Mes enfants, je vous demande de réfléchir à ça : est-ce que vous ne pensez pas que ce titre... – *La Cage aux folles*... LA CAGE AUX FOLLES ! ICI ! – c'est un peu tendre le cou pour se le faire couper ? » Silence. Gros silence. Sans s'exhiber, Jean-Michel n'a jamais caché son homosexualité, il en parle sans problème. Là, il semble redouter une provocation. Nous nous regardons tous les trois et, tout d'un coup, Jean lève les bras dans un signe d'impuissance et fixe notre directeur : « Qu'est-ce que vous voulez que je vous dise, Jean-Michel... Comment voulez-vous qu'on appelle ça ?... " Prout " ? » Ça, c'est du Jean tout craché ! Je m'esclaffe, évidemment. « Arrête, Pierre, ne ris pas ! C'est sérieux, bon sang ! », crie Jean-Michel, énervé. La discussion reprend. Jean défend son titre parce que, dit-il, *La Cage aux folles* est un excellent nom pour une boîte de travestis, il n'en veut pas d'autre. Jean-Michel s'incline, un peu sceptique. Cette fois, les dés sont jetés...

A la répétition prévue pour les photographes, ils sont au moins une cinquantaine ! Pendant la scène « culte » où Jean apprend à Michel à beurrer sa biscotte « comme un homme », on n'entend pas un déclic, pas un flash. Les photographes ont posé leurs appareils, ils écoutent, pliés en deux ! Au quatrième tableau, Jean entre vêtu en femme. Déshabillé rose, boa en guise d'écharpe, pendentifs, etc. Et là, le silence. Plus de rires, et à chacune de ses apparitions, même topo. Apparemment, quelque chose ne colle pas dans le personnage de Georges. Autant Serrault est pleinement Zaza Napoli, épanoui en robe rouge pailletée et chaussures à talons hauts, autant Poiret habillé en femme dérange. Sans public ou regards extérieurs, nous ne nous en sommes pas rendu compte. Réunion de crise au théâtre. Il faut repenser son allure générale et même revoir toute la fin du personnage. A partir de ce moment-là, Jean va réécrire son rôle, parfois chez moi, toute la nuit, jusqu'à sept heures du matin, gommant ce qui faisait référence à son apparence féminine et lui donnant une nouvelle personnalité. Le quatrième tableau est modifié pendant les représentations. Navigation à vue ! Un spectateur venu tous les soirs au théâtre n'aurait jamais vu la même fin, la troupe « raccordant » l'après-midi. Dans ces heures difficiles, Jean-

Michel est là, il nous soutient : il accepte sans broncher que l'on coupe vingt minutes de la pièce sacrifiant, de facto, des milliers de francs de costumes qui ne servent plus à rien.

1er février 1973. Première parisienne de *La Cage aux folles*. La salle est comble et les rires au rendez-vous. Le public réagit à chaque réplique au quart de tour, il y a longtemps que je n'avais pas assisté à un triomphe aussi joyeux et manifeste. La réussite de cette pièce tient au texte, très évidemment, Jean excellant à faire se démener ces deux agités qui tentent de se sortir de situations inextricables. Et il y a cette osmose entre Jean et Michel... Jean « embarque » littéralement l'improvisation et cet immense Auguste qu'est Michel suit formidablement parce qu'ils se connaissent par cœur. Les deux revisitent leurs textes, prolongent, étirent, inventent sans se concerter. Et ils retombent toujours sur leurs pattes... Ils ne donnent pas la même pièce deux soirs de suite, jouant les prolongations pour le plus grand bonheur du public qui en prend parfois pour trois heures d'un délire incontrôlé. Le plaisir des spectateurs vient en grande partie de celui de Jean qui s'est beaucoup amusé en écrivant la pièce.

Tout se passe merveilleusement bien jusqu'au quatrième soir. Drame dans la loge de Michel Serrault : sa perruque, un chignon serré et austère, qui rappelle la coiffure d'Yvonne de Gaulle, disparaît et il est obligé d'entrer en scène, tel quel, cheveux courts, maquillé comme une danseuse du Lido. Evidemment, la perte de rires est très sensible. Michel pique une crise après la représentation. « De toute façon, ça n'allait pas cette perruque, elle était trop classique, il faut frapper plus fort ! » Dans la journée, Dédé Levasseur lui dégote une perruque blonde bouclée, style Harpo Marx, qui plaît à

Michel. Un cabas transparent bourré de pelotes de laine aux teintes criardes à la main, il fait une entrée en scène fracassante, la voix haut perchée, très « folle » : « Hou, hou ! C'est maman ! » Jean, qui a dû accepter ces changements, est crucifié sur place. Si la famille Dieulafoi voit entrer cette créature sans rien dire, c'est qu'elle est aveugle ou complètement abrutie, pense-t-il. Entre-temps, l'ancienne perruque a réapparu, mais Michel n'en veut pas. Pendant deux jours, Jean ne dit rien. Puis il me téléphone : « Il faut en sortir, me dit-il, tant pis, je vais mettre notre amitié de vingt ans dans la balance, mais il faut qu'il remette la perruque de tante Yvonne... » Il n'aura pas à aller jusque-là : le bon sens a parlé et Michel se rallie à lui.

Jean-Jacques Gautier vient voir la pièce le vendredi avant la générale et, comme on pouvait s'y attendre, écrit un papier « du bout des lèvres ». Il critique tout, le décor, les costumes, évoque les personnages d'un ton dégoûté. Cette histoire de travestis en quête de reconnaissance et de respect lui reste en travers de la gorge... Je revois Jean-Michel Rouzière arpenter la rue Montpensier, follement inquiet de la sentence du journaliste qui n'a souri qu'à deux reprises pendant le spectacle... Pour une fois, on ne tiendra pas compte de son avis : la majorité des critiques a adoré... donnant raison au public qui se rue pour voir la pièce. Résultat : nous jouons à guichets fermés. Rouzière avait vu juste : *La Cage aux folles* sera le succès de la décennie, joué pendant sept ans, repris en comédie musicale et au cinéma dans le monde entier. Au-delà de toutes les péripéties comiques de Georges et d'Albin, le public sera sensible au fait que ces deux touchants foldingues risquent de sacrifier leur amour pour le bonheur d'un enfant. Lors des dernières représentations, on voit venir des familles entières au théâtre avec leurs enfants pour applaudir leurs péripéties. On relève le siège pour que les plus petits ne ratent rien du spectacle de Zaza, le travesti !

La plus belle critique qui a été faite de notre spectacle, nous la devons à Pierre Marcabru. « On s'étonne que *La Cage aux folles* ait rempli, mille fois et plus, la salle du Palais-Royal. Il n'y a pas de mystère. C'est qu'on y rit sans arrière-pensée, et d'un rire si parfaitement immédiat qu'il ne laisse pas à la cervelle le temps de le prendre en charge. Cette instantanéité suffit à tout. Le divertissement est à ce prix. C'est une délectation physique, comme la natation ou l'amour. J'entends qu'il n'y a point ici ni d'avenir ni de passé, seulement un présent, fugitif, et dont on jouit sans malice. »

C'est Francis Veber qui adaptera avec finesse et dans l'esprit de son auteur *La Cage aux folles* au cinéma, Jean étant trop imprégné des dialogues de sa propre pièce pour transformer l'essai sur grand écran. Christian Fechner, patron de l'Alcazar et producteur de la série des Charlots, m'a littéralement tanné pour produire *La Cage aux folles* au cinéma mais Jean n'était pas d'accord. Il craignait la confusion. « Si c'est pour faire *Les Dégourdis de la 11e* ou *Deux folles sous les drapeaux* disait-il, faisant référence aux films joués par les Charlots, ce n'est pas la peine... » Finalement, les droits furent achetés par un producteur italien, monsieur Danone, et Jean n'intervint en aucune façon dans la version filmée. Il est vraisemblable que Danone imposa Ugo Tognazzi...

Quant à la pièce, elle poursuivra sa carrière au théâtre des Variétés, avec Michel Roux dans le rôle de Jean, appelé au cinéma. Jean-Michel Rouzière et moi étions persuadés que ce remplacement plairait à Serrault. Pas du tout. « Vous avez toujours les mêmes idées, merde !! », s'énerve-t-il. Il n'exprimait que son chagrin et sa frustration d'avoir perdu son camarade de jeu, sa moitié de pomme. Et il faisait de la résistance à tout autre candidat. L'acteur Henri Garcin reprendra le rôle de Jean un moment, le temps que Michel se calme et nous demande de rappeler Michel Roux qui est, très évidemment, le mieux à même de remplacer Jean Poiret...

Mais perdre un partenaire sur scène n'est rien par rapport au drame épouvantable qui frappe Michel Serrault en septembre 1977. Des gamins brûlent un feu rouge et percutent violemment la voiture de Caroline, sa fille de dix-neuf ans, la tuant sur le coup. Jean-Michel interrompt immédiatement les répétitions pour permettre à Michel de se réfugier auprès des siens. Pendant dix jours, il disparaît, c'est le silence. Je n'ose même pas lui téléphoner. Pour lui dire quoi ? Il est injoignable de toute façon, hors d'atteinte. Puis il appelle Rouzière, se disant prêt à reprendre la pièce. « Vous êtes sûr ? demande Jean-Michel. Si c'est au-dessus de vos forces, je comprendrais tellement bien... » Non, il y tient. Plus tard, il dira qu'il n'a pas voulu laisser le désespoir l'embarquer. Au théâtre, jamais il n'évoque son deuil, il ne dit rien, pas un mot. Dix fois, vingt fois par jour, on voudrait l'aider, lui demander si ça va, ce qu'on peut faire pour atténuer sa douleur. Son visage reste impassible, il est comme enfermé en lui-même. Parfois, sa voix tremble un peu, alors il tousse un bon coup, il vocalise comme un chanteur d'opéra et il replonge dans Zaza. Nous rions, mais tous, nous ne pensons qu'à ça... Le premier soir de la reprise, quand Michel, de dos avec sa perruque flamboyante, tourne son visage pailleté vers le public en poussant un cri aigu et joyeux, j'ai un coup à l'estomac. Comment fait-il ?

Les mois passent, Michel retourne au cinéma où une deuxième carrière l'attend, laissant derrière lui la comédie délirante. On le voit à la télévision où il fait le pitre, dans les interviews mais, malgré ses excès, ses faux vrais dérapages, il a sûrement perdu sa légèreté d'antan. Les réalisateurs ont compris la faille. Il s'épanouit dans le drame où il excelle dans l'ambiguïté, *Garde à vue*, *Mortelle randonnée*, *Nelly et Monsieur Arnaud*.

Beaucoup de spectateurs qui ont vu la pièce à la création désireront revoir Jean Poiret et Michel Serrault jouer ensemble. En vain. Accaparés l'un et l'autre par le cinéma, ils ne retourneront jamais sur scène pour la jouer. Nous en serons quittes pour replonger dans nos souvenirs car il n'existe pas de captation de la pièce, hormis la scène de « la biscotte ». A cette époque, les captations de pièces de théâtre étaient faites par la télévision publique et les maisons de production indépendantes commençaient à peine à exister. Jean Poiret aurait adoré qu'il restât une trace de *La Cage aux folles*. En 1991, lorsque nous jouions *Rumeurs*, il me le disait : « Michel est d'accord pour la rejouer. Faisons cent représentations exceptionnelles et filmons-en une. On est tous les trois producteurs et on exploitera la VHS... » Il ne perdait pas le nord, Jean ! Nous fûmes pris de court, et le destin en décida autrement...

« Mais où est donc passée la 7e compagnie ? »

Robert Lamoureux disait toujours que 1940 avait été une période très amusante dans sa vie... en s'excusant que cela n'ait pas été le cas pour énormément de monde ! Je connais Robert depuis toujours. Nous nous sommes croisés dans les cabarets de nos débuts et il fut le partenaire de ma femme, Claude Gensac, dans la pièce de Jacques Deval, *Ombre chère*. Et, en 1967, je le mets en scène dans *Frédéric*, pièce dont il est l'auteur. Cinq ans plus tard, il me fait sergent-chef dans l'inénarrable *Mais où est donc passée la 7e compagnie ?* et place deux autres zigues à ma botte, Jean Lefebvre et Aldo Maccione.

Auteur et acteur populaire, Robert est dans le creux de la vague. Il a écrit un scénario sur un sujet qui lui trotte dans la tête depuis quelque temps, qui raconterait « la débâcle dans la rigolade », et il le présente à Alain Poiré, patron de la Gaumont, avec déjà son casting en tête.

« De quoi s'agit-il ? », demandé-je à Alain qui m'invite à le rejoindre pour découvrir le texte avec l'auteur. « Les péripéties d'une patrouille égarée pendant la débâcle et qui tente de rejoindre son unité. Tu verras, c'est tordant... » Sur place, je retrouve Robert, Jean

Lefebvre et Jean-Marie, le fils d'Alain, qui sera coscénariste sur les deux opus suivants. Robert commence à lire le scénario à haute voix. C'est toujours intéressant de participer à la naissance d'un film : chacun visualise sa scène, son personnage; au fil des répliques, les acteurs entrent dans leurs rôles... Les effets comiques fonctionnent à plein. Lamoureux emporte l'affaire et nous faisons la sienne. Nous passons le reste de la journée à plaisanter sur les tribulations de cette rocambolesque patrouille, heureux à la perspective du prochain tournage qui s'annonce très gai. Lorsque Aldo Maccione nous rejoint, l'équipe des Pieds Nickelés est au complet : Lefebvre-Pithiviers, Maccione-Tassin et moi, le sergent-chef Chaudard. Je suis loin de me douter que ce « Chaudard » va me coller comme une seconde peau. Si bien que les gens dans la rue m'appellent encore ainsi aujourd'hui.

Premiers jours de tournage. Ceux qui ne connaissent pas Robert découvrent son caractère un peu soupe au lait : il sait exactement ce qu'il veut et, quand il ne l'obtient pas d'emblée, il s'énerve. Entre deux scènes, Aldo s'amuse, il roule des mécaniques, fait « Aldo la classe », bref, rejoue *L'aventure, c'est l'aventure* sous l'œil noir de Lamoureux qui le remet à sa place de sans-grade : « Hé, attention, c'est du sérieux, ici ! » Personne ne l'avait remarqué... sauf Aldo qui boude mais finira par s'acclimater à la rigidité de Robert. Ensuite, c'est Jean Lefebvre qu'il faut rappeler à l'ordre pour ses retards permanents : attendu à neuf heures du matin au maquillage, il arrive tranquillement à midi. Ses justifications vaseuses devraient figurer dans le livre des records ! Des inventions de gosse. La meilleure : « J'ai failli avoir un accident mortel... », explique-t-il le plus sérieusement du monde, alors que nous connaissons sa passion pour la nuit, les femmes et le casino. Il suffit de voir ses yeux éteints pour comprendre qu'il a joué jusqu'à l'aube... Robert le regarde silencieusement, puis secoue la tête comme s'il chassait une idée de meurtre : « Bon... allez... on avance... pressons, pressons ! » Avec Jean, il valait mieux lâcher prise tout de suite...

Nous avions bien ri en lisant le scénario, confortablement installés dans les canapés d'Alain Poiré, mais, sur « le champ de bataille », c'est une autre histoire. Je me dis souvent : « C'est dingue, je ne vais pas faire ça... », puis j'entends le mot « action », et j'y vais, les autres derrière moi. Il y a chez Robert une propension au sadisme à nous faire barboter dans la flotte glacée, torrents, rivières ou mer, mais on s'y plie sagement en troufions obéissant aux ordres du général Lamoureux. Le clou a été de nous faire tourner à l'intérieur de la roue d'un moulin à eau. On boit tous la tasse, mais c'est le prix du gag. Pas de répit entre les scènes mouillées : on sort de l'eau, on se sèche, on se change et c'est reparti. On carbure au rythme des idées de Robert et il en a trois à la seconde. Les répétitions finies, il voudrait qu'on tourne dans l'instant, ignorant délibérément les questions techniques. Il tape du pied, râle, tempête, cette attente le rend fou. Et quand Robert n'est pas content, il appelle tout le monde « mon lapin ». Le soir, entre nous, on comptabilise le nombre de « lapins » que nous avons obtenus. Je crois qu'au score, Jean Lefebvre était loin devant !

Robert impose une rigueur de jeu, jusqu'aux dialogues que nous devons respecter le doigt sur la couture du pantalon. Pas question d'improviser. Lui qui a fait tant de cabaret connaît par cœur les ressorts du comique : si on déplace un adjectif, la phrase ne fonctionne plus. Comme chez Michel Audiard, il y a une musique dans ses répliques, et à partir du moment où Robert n'entend pas son texte de façon « théâtrale » comme il l'a imaginé en l'écrivant, ça ne va pas. Henri Guybet en fait les frais, dans le deuxième volet de *La 7e Compagnie* en redisant la même réplique trente-cinq fois d'affilée ! L'intonation n'était jamais la bonne. « Pas capitaine, commandant ! Pas capitaine, commandant ! », répète-t-il, excédé, face à Robert jamais content. « Il me fait chier, là, ou quoi ? murmure Guybet, en me regardant du coin de l'œil. – Oui, je crois... », je lui réponds. Lui, ça ne l'amuse pas. Le soir même, Henri va trouver Robert. « Si quelque chose ne va pas, Robert, dis-le tout de suite. On se quitte maintenant, je ne te ferai pas de procès. Mais si tu m'emmerdes comme ça, ça va pas aller... – Ça ira, mon lapin, ça ira, t'inquiète pas... », lui répond Robert en lui tapant sur l'épaule. S'il voulait tester sa résistance, c'est réussi. Parfois, il avait besoin de montrer qui était le chef...

Ces problèmes d'intonation et de voix l'obsédaient. Il ne supportait pas le ton, qu'il trouvait trop haut perché, de Gérard Jugnot, présent dans le troisième volet, *La 7e Compagnie au clair de lune.* Robert prétendait à chaque prise qu'il ne l'entendait pas, obligeant l'autre à hurler : « Je n'entends pas ! Dis-le plus fort ! Plus fort ! », criait Robert. Chaque fois, le pauvre Gérard nous regardait, éberlué : « C'est vrai ? On ne m'entend pas ? – Fais pas attention, lui répondait Guybet, tu le connais... » Et quand il téléphonait à Gérard, Robert enfonçait le clou : « Allô, bonjour, madame, puis-je parler à Gérard ? – Mais c'est moi..., répond Gérard. – Ah... Bravo, tu es très bien sur les rushes. On t'entend bien. Alors, à demain ?... Au revoir, madame ! »

Dès la sortie du film, là où nous attendions un succès honnête, ce fut un raz de marée, un carton magnifique. « On rit de bon cœur et on n'a pas envie de demander pardon d'avoir ri... », dit François Chalais, sur Europe 1. Comme d'habitude, deux ou trois journaux firent la fine bouche. J'ai cru que Robert allait mettre une claque à cette journaliste, qui lui demanda innocemment : « Vous ne trouvez pas que c'est un peu facile ces films de " tourlourous " ? » Je crois que c'est l'adjectif *facile* qui lui a fait monter la moutarde au nez.

Le second volet *On a retrouvé la 7e compagnie!* fait presque autant d'entrées que le premier. Aldo Maccione, en désaccord avec la production pour des raisons de salaire, quitte le film et Henri Guybet le remplace. « N'oublie pas qu'avec nous, tu es dans le corridor du vedettariat... », lui dit Poiré pour le payer au rabais. Henri s'en moque, ravi de côtoyer Pierre Tornade, Jacques Monod, Robert Dalban, Bernard Dhéran et Hubert Deschamps. S'ils sont tous là, pense-t-il, c'est que ce doit être un bon plan... « J'étais persuadé de tourner la " bidasserie " annuelle... Si j'avais pu imaginer... », disait-il. A l'époque, seuls Delon, Belmondo, de Funès et quelques anciens comme Gabin, Ventura ou Blier faisaient autant d'entrées au cinéma. Nous, nous n'avions pas l'âge d'être des héros, et surtout pas le physique. Mais le public s'enticha de petits gars bien sympathiques avec la gueule de monsieur Tout-le-Monde. Des antihéros pas ordinaires dans lesquels les Français se reconnaissaient, comme Astérix et Obélix.

Sur *La 7e Compagnie au clair de lune*, l'inspiration n'est plus au rendez-vous. Robert s'essouffle, les trouvailles scénaristiques sont moins drôles. « Quand Lamoureux dit " Moteur ! ", ça repose les commissures... », me chuchotait Guybet que toutes nos répliques pliaient en quatre. Mais, jusqu'au bout, la magie, le charme ont opéré. Aujourd'hui, des enfants, des adolescents me parlent encore du film en se remémorant des scènes entières. Peut-être parce que les situations comiques sont destinées plus aux jeunes qu'aux adultes, que les poursuites fonctionnent comme des dessins animés et que cet esprit potache se transmet sans qu'il y ait rien à expliquer, à comprendre... Les films sont devenus « cultes » comme *Les Bronzés* ou *Le Père Noël est une ordure*, avec des répliques fameuses : « Faut groupir ! », l'inoubliable « j'ai glissé, chef ! » de Lefebvre et « le fil rouge sur le bouton vert, le fil bleu sur le bouton rouge » que serinait Robert Lamoureux en maniant des explosifs et en faisant sauter tout ce qui se trouvait sur son chemin, et dont nous étions les victimes toutes désignées. Après sa dixième diffusion, *La 7e Compagnie...* fait toujours un tabac à la télévision et près de dix millions de spectateurs l'ont regardé lors de sa dernière programmation.

Trente ans ont passé, et le sergent-chef Chaudard se rappelle toujours à ma mémoire. C'est en tournée, quand, à la fin d'un spectacle, on vient me tendre des DVD de *La 7e Compagnie* ou un simple papier, en me demandant de bien vouloir signer « Sergent-chef Chaudard ». Ou à l'aéroport de Nice, ce type d'une quarantaine d'années, cadre dynamique, qui attend près de moi au tapis roulant pour récupérer son bagage. Il attrape la bandoulière de son sac, la pend à son épaule, me regarde et s'éloigne en imitant la nage à l'indienne que Chaudard a rendue célèbre... « Ma jeunesse... », me dit-il d'un air entendu. C'est tout, pas un mot de plus... J'ai compris. Ces petits instants de la vie me touchent infiniment. Et même si à certains moments, j'en avais par-dessus la tête de ce sergent-chef, j'aurais été le dernier des ingrats de renier toutes les satisfactions que m'a apportées cette reconnaissance populaire...

Un dernier mot sur Robert Lamoureux et cette anecdote qui explique pourquoi j'aime tant les comédiens. Quand je le mets en scène avec Jacques Marin dans *Frédéric*, il interprète un génie doué d'une mémoire monstrueuse, accusé d'intelligence avec l'ennemi et qui risque d'être fusillé. Robert trouve que Jacques a une approche un peu légère de la situation et que, dans ses répliques, son ton est trop badin. Lors d'une répétition, il s'arrête et fixe Jacques durement : « Attends... attends... Tu oublies que je vais peut-être me prendre le poteau d'exécution demain à cinq heures du matin ! » Jacques le regarde, puis me jette un œil inquiet, complètement décontenancé car, là, ce n'est plus le personnage qui parle mais Robert qui s'identifie au rôle. J'interviens en souriant : « Ecoute, Robert, je pense que les gens qui viendront te voir dans *Frédéric* ne pensent pas une seconde que tu puisses être mort à la fin de cette pièce... » Je lui décoche un clin d'œil, mais lui ne rit pas, bouleversé par le sort qui l'attend... et qu'il s'est écrit ! Voilà ce que j'aime et qui est beau chez les acteurs. Jean Poiret était ainsi, il pouvait avoir cette réaction excessive quand un acteur s'endormait sur une de ses répliques... Il ne faisait plus la part entre la fiction et la réalité. Et cela me frappe encore plus depuis que je mets en scène : les acteurs jouent comme si leur vie en dépendait. « Sérieux comme des enfants qui jouent », dit-on... « Les acteurs sont de vieux bébés avec ce que cela comporte de méchanceté, de narcissisme, d'égoïsme, mais aussi de générosité. Ils pleurent et rient comme des enfants. Passent de film en film comme d'une classe à l'autre... Mais quelle jouissance ! » *Dixit* Pascale Roberts.

Cinéma, télévision, mise en scène, voilà trois ans que je n'ai pas pris de vacances. Un défaut majeur que j'ai :

je ne sais pas organiser mes loisirs. Tout se précipite, tout s'enchaîne. A cette époque, je suis à l'affiche de quatre spectacles en même temps ! Et lorsque Jacqueline Cormier m'appelle pour me faire part de son nouveau projet, je fonce et j'en reprends pour six mois. Après *La Cage aux folles*... la cage aux fous !

Folie, fête et fin

Coup de foudre. Après avoir assisté à la représentation de *Vol au-dessus d'un nid de coucou* off Broadway, Jean-Michel Rouzière et la productrice Jacqueline Cormier décident aussitôt d'acheter les droits de la pièce à Dale Wasserman, l'auteur de *L'Homme de la Mancha*, pour la monter à Paris. L'adaptation est confiée à Jacques Sigurd, qui habite New York. Jacques, pour ceux qui l'auraient oublié, c'est le scénariste-dialoguiste des films noirs d'Yves Allégret, *Manèges*, *Une si jolie petite plage*, des films où l'on pleure sous la pluie, et où toutes les misères du monde semblent s'être abattues en même temps sur le héros qui meurt d'une tuberculose quand il ne se suicide pas à la fin ! Bref, un grand spécialiste du lugubre et du désespérant (un homme tout à fait charmant, par ailleurs). Quand on lui apprend que Pierre Mondy, metteur en scène de *La Cage aux folles*, va diriger des acteurs jouant le rôle d'aliénés mentaux dans l'univers étouffant d'un hôpital psychiatrique, il est effaré. Jacqueline tente de le rassurer : « Tu verras, lui dit-elle, si ça ne va pas, on changera... » Mais elle sait bien qu'il n'y aura pas de problème. Il faudra attendre la première représentation pour qu'il m'écrive une charmante lettre dans laquelle il reconnaît avoir douté de moi et s'être trompé.

Le coup de génie de Jacqueline et de Jean-Michel, c'est d'avoir pensé à Johnny Hallyday pour le rôle de Patrick McMurphy (que jouera Jack Nicholson au cinéma), et qu'il ait dit oui ! « Il faut créer l'événement théâtral ! », disait Jacqueline. Johnny se révèle parfait dans ce rôle : une vraie présence, une force, beaucoup d'aisance à se déplacer sur scène (on voit qu'il a l'habitude), une voix qui porte sans qu'il ait à appuyer, je suis comblé. Malheureusement, après une semaine de répétition au théâtre Antoine, Johnny est obligé d'arrêter. Le rythme de travail est tel qu'il ne peut pas, à la fois, chanter le soir – il était en tournée – et tenir le rôle principal. Johnny nous quitte, mais il le regrette amèrement : « Je suis très déçu par moi-même, m'écrit-il, je ne comprends pas ce qui a pu m'arriver. Peut-être n'aurais-je pas dû faire cette tournée d'été, je ne sais pas. Vous avez tous eu tellement de gentillesse à mon égard et j'aurais tellement voulu ne pas vous décevoir. Pierre, tu es un homme formidable et je regrette sincèrement de ne pas travailler avec toi. Je veux que tu saches que ma maison est la tienne ainsi qu'à ta famille. J'espère te revoir bientôt... » Si Johnny n'a pas donné suite à la carrière théâtrale qui s'ouvrait à lui, il s'est révélé un excellent acteur de cinéma, d'un cinéma plutôt intimiste, juste et sobre, à mille lieues de ses prestations de scène. Il faut l'avoir vu dans *L'Homme du train* de Patrice Leconte, face à l'immense talent de Jean Rochefort qui n'a pas eu à rougir de l'avoir comme partenaire, pour s'en rendre compte.

C'est Michel Creton qui le remplace et campe un McMurphy, fort en gueule, jeune fauve en blouson noir et au cœur tendre, très à l'aise dans son rôle. Tous les acteurs, dont Maurice Barrier, Michel Auclair, le jeune Patrick Bouchitey, Françoise Christophe, dans le rôle de l'infirmière chef, l'horrible Miss Ratched, sont exceptionnels. René Simon disait qu'une pièce bien distribuée a 80 % de chances de réussir, mais, là, cela ne se vérifie pas... Autant les critiques sont dithyrambiques sur l'interprétation, autant la pièce et l'univers psychiatrique vu comme un miroir de la société sont extrêmement controversés. On aime ou on déteste. « Malades et spectateurs sont les dindons de la farce ! », écrit le critique Michel Cournot, reprochant à l'auteur d'avoir manipulé les spectateurs comme des cobayes. De mon point de vue, c'est un peu excessif, mais tant mieux si le spectacle provoque ce genre de réactions. Rien n'est pire que le robinet d'eau tiède ! Le journaliste Dominique Jamet nous prédit « cinq cents, mille représentations... et ce sera justice pour le spectacle le plus réussi de la saison... » Il n'y en aura que quatre-vingt-dix. Encore une fois, je ne saurai jamais pourquoi les spectateurs ont boudé la pièce portée aux nues de l'autre côté de l'Atlantique. L'univers de la folie les aura effrayés... Ce demi-échec m'attriste, j'y croyais beaucoup et le prix Dominique de la mise en scène m'arrive comme un lot de consolation. « Le plus beau travail de sa carrière... », écrit Jamet. Belle récompense, oui, mais le plus important est d'avoir, à cette occasion, rencontré Jacqueline Cormier.

Jacqueline Cormier est une grande amoureuse du théâtre, aussi passionnée que Jean-Michel. Dynamique, sportive, le sourire aux lèvres en permanence, elle fut longtemps assistante de Roger Hart et Donald Cardwell, les célèbres « décors et costumes » du légendaire *Au théâtre ce soir*, avant de produire la première pièce du couple théâtral Barillet et Grédy, *Une rose au petit déjeuner*. Non seulement productrice, elle dirigera le théâtre Edouard-VII et la Comédie des Champs-

Elysées. Avec Jean Poiret et Caroline Cellier, que je lui ai présentés, nous faisons partie de son clan. Un clan très large. Chaque année, nous nous retrouvons tous dans sa sublime villa La Santoline, près de Saint-Tropez, avec son mari Christian, très pince-sans-rire, qui n'a pas une folle sympathie pour les comédiens qu'il considère aussi vains les uns que les autres (après tout, il a peut-être raison). Seuls les plus intellectuels de la bande trouvent grâce à ses yeux et, aux repas, on les place toujours près de lui, en bout de table, pour qu'il ne s'ennuie pas, bien qu'on ait réussi à le dérider plus d'une fois... Les vacances chez Jacqueline font partie des moments les plus gais de mon existence. J'y ai vu passer tout ce que la scène française compte de comédiens prestigieux et comiques car, à La Santoline, les neurasthéniques sont *persona non grata*. Au bord de la piscine, le soir sur la terrasse, nous discutons jusqu'à plus soif, et au petit matin, jouant, nous singeant les uns les autres, commentant les derniers potins parisiens. Comme dans ces comédies américaines, de Lubitsch à Cukor, qui ont bercé notre enfance et qui correspondaient sans doute à une vision que nous avions de l'avenir.

« Le Téléphone rose »

La vie vous mène où elle veut, et souvent malgré vous... On pense maîtriser sa carrière et diriger le cours des choses ; mais il arrive que les réalisateurs, les directeurs de casting et le public décident aussi pour vous du chemin à prendre, choisissant celui qui mène le plus sûrement à Rome. C'est ce qui m'est arrivé. *Le Téléphone rose*, que Francis Veber m'écrit « sur mesure » en 1975, aurait pu être une formidable opportunité de varier mon registre, renouveler les plaisirs en m'éloignant un peu des personnages de tueur, de flic « véreux », d'ordures et de sergents-chefs. Aurait pu, mais... voilà.

A cette époque, on parle beaucoup de réseaux de prostituées de luxe, des très belles filles de Madame Claude, un fait de société qui inspire à Francis une histoire propice aux rebondissements. Les mésaventures de Benoît Castejac, petit industriel de province obligé d'abandonner ses parts à un groupe américain qui, se rendant à Paris pour négocier la vente avec ses nouveaux patrons, se voit offrir une suite dans un palace et une jolie fille en prime. Un peu naïf, fleur bleue, dépassé par son époque et ignorant ces pratiques, Castejac s'amourache de la jeune femme, une call-girl chargée de l'amadouer et de l'amener à un maximum de conciliation. Malgré ses velléités, sa candeur, son orgueil et sa lâcheté, j'ai une grande tendresse pour ce personnage qui se débat pour garder la tête haute. D'abord effondré et raillé, il se relève peu à peu et, par sa détermination, impose son amour. Et comme l'amour finit toujours par payer (enfin, presque), la call-girl et lui repartent ensemble... Peut-être lui collera-t-elle une paire de gifles après le générique de fin, mais ça...

La superbe créature qui va faire tomber ce gros benêt dans les mailles de ses bas résille, c'est Mireille Darc, Mireille et sa blondeur qui traverse les films d'Audiard et de Lautner en faisant plus de ravages autour d'elle que les flingues d'André Pousse et de Ventura réunis. Mireille, son rire, sa voix mutine, adorable et secrète, avec qui je sais d'avance que je vais bien m'entendre. Parce qu'on se connaît déjà et que nos routes se sont croisées, dix ans plus tôt, sur une scène de théâtre. C'était en 1965. Neil Simon, le jeune auteur américain, tête d'affiche théâtrale de Broadway, à l'humour ciselé et qui décrit si bien les relations de couple, m'a fait l'honneur de venir voir ma mise en scène de *Pieds nus dans le parc* qu'adapte André Roussin : « Cette pièce, c'est le jeu de l'amour et de l'humour », dit-il. Jean-Pierre Cassel, mon vieux copain de cours, et Mireille en sont les interprètes. Un peu timide, les cheveux châtains (le blond, elle n'a pas encore osé...), elle débute, formidablement facile à diriger et animée d'une folle envie de me convaincre. Elle y parvient sans problème, et je tombe sous son charme. Je sais déjà ce qui me plaît dans son jeu, dans ce qu'elle donne et dans ce qui lui échappe, et que les spectateurs aimeront. Elle allie le caractère et la douceur, la séduction et le naturel. Et tout son jeu s'en ressent.

Je me réjouis donc de retrouver Mireille, mais la production semble rechigner à me prendre pour ce rôle. « Il y a un souci, me dit Veber. A la Gaumont, ils te jugent un peu léger pour être le premier sur l'affiche... » Apparemment, Pierre Mondy-personnage principal pose problème. La production appelle Lino Ventura qui refuse le rôle en disant qu'il n'est pas question pour lui de se faire avoir par une call-girl. « Moi, une fille qui me roule dans la farine, je lui retourne une baffe et on n'en parle plus... » Quant à Yves Montand, il se trouve beaucoup trop séduisant pour que Mireille ne lui tombe pas directement dans les bras. Finalement, quatre mois plus tard, après bien des circonvolutions, et l'insistance de Francis qui me veut absolument pour Castejac, les producteurs acceptent. L'affiche du film me rappelle, si je l'avais oublié, que je ne suis qu'un acteur de second plan qui passe au premier. J'arrive derrière Daniel Ceccaldi et Michael Lonsdale qui sont dix fois moins présents à l'écran que moi ! Peu importe, c'est la règle du jeu, je la connais...

Edouard Molinaro réalise le film et dirige avec calme, gentillesse et un extrême professionnalisme. Nous tournons pendant deux semaines près de Toulouse où j'ai l'impression de retrouver mes racines, d'autant que Castejac entraîne l'équipe de rugby de l'entreprise. Mes souvenirs d'enfance reviennent en rafales. Puis nous remontons à Paris, à l'hôtel George-V où l'on tourne la fameuse scène du lit. « Amoureux nu dans un lit » ne fait pas partie de mes emplois. C'est un début et je ne l'appréhende pas. Mireille me taquine, le regard en coin : « Allez, Pierre, détends-toi... Tu ne vas pas garder ton slip dans le lit, si ? » Elle a l'air d'oublier qu'elle a gardé le sien ! Et après ? Ce n'est que du cinéma.

A l'époque, Mireille partageait sa vie entre son métier... et Alain Delon. Et à mon avis c'était plutôt l'inverse. Elle l'entoure, s'occupe de leur maison dans le Loiret, de leur confort, veille à tout pour qu'il soit bien. Rien ne l'intéresse autant que sa campagne, ses plantes et ses chiens. Heureuse et sereine, elle reste très secrète sur cet amour qui occupe toutes ses pensées. Un jour, sur le tournage, je la vois pendue des heures durant au téléphone avec un entrepreneur qui a piétiné la pelouse de leur grande propriété de Douchy en faisant des travaux dans la piscine. Alain doit arriver le soir même avec des amis. Je pense qu'il se serait contenté de virer l'entrepreneur. Mireille ne vit plus. Il n'est pas si grand méchant loup, Alain et ma Mimi n'est tout de même pas le Petit Chaperon rouge !

Lorsque *Le Téléphone rose* sort sur les écrans, les journalistes saluent l'originalité du film et nos prestations, en soulignant la bonne surprise de me voir dans un rôle inattendu. Le couple improbable que nous formons dans le film, la désinvolture de Mireille, ses talons aiguilles qui la font culminer à vingt centimètres au-dessus de moi, sa féminité débordante, et moi, trottinant derrière elle, menton en l'air pour attirer son attention, amusent et fonctionnent. Toute la profession est là le soir de la présentation à la presse. François Chalais me complimente et parle de moi avec tant de chaleur que j'ai l'impression qu'il me découvre. Peut-être lui non plus ne m'imaginait-il pas dans ce registre... Gérard Oury arrive doucement derrière moi, m'entoure de ses bras et, très gentiment, me souffle à l'oreille : « Profites-en, ça ne dure que quinze jours... » Je suis prévenu et la suite lui donnera raison.

Lorsque, en 1982, Claude Vital tente de reformer notre couple de guingois dans *Si elle dit oui, je dis pas non*, une comédie facilement oubliable, nous traversons Mireille et moi un tunnel sentimental. Mireille et Alain se quittent, tandis que la mère de mes enfants et moi nous séparons. Lorsque la caméra tourne, les apparences sont sauves, mais à l'intérieur le cœur n'y est pas. Un regard suffit pour que l'on se comprenne. Nous garderons ensemble, comme un secret intime et partagé, le souvenir de nos ruptures réciproques et de ces grandes cassures dans nos vies.

L'eau a coulé sous les ponts, les plaies se sont refermées et Mireille a eu la bonne idée de tomber amoureuse et d'épouser un passionné de jazz. Je salue Pascal en passant.

La mort de maman

Au mois de janvier 1976, maman tombe malade et elle meurt à la fin du mois de février. Emportée en quelques semaines. Je n'ai rien compris, je n'ai rien vu. Assis à son chevet le matin de son agonie, il m'a fallu la quitter pour aller au théâtre, sachant que je ne la reverrais plus vivante. Comment décrire ce sentiment absurde d'aller jouer quand ma mère se meurt sous mes yeux, alors que je voudrais la serrer dans mes bras jusqu'à son dernier souffle... Et cette horloge que je voudrais arrêter, ces heures qui tournent et qui m'obligent à m'éloigner d'elle. J'embrasse maman, son visage, ses yeux, ses mains, et je me sauve. « Elle n'aurait pas aimé que j'abandonne mon travail... » Voilà ce que je me répète en roulant vers le théâtre. Comment vais-je faire pour tenir jusqu'au bout de la représentation ? Sans compter que *Simon le bienheureux*, la pièce dans laquelle je joue, me donne bien du souci et peu de satisfaction. Mais je me dois d'y aller, au moins pour maman. Arrivé au Gymnase, j'apprends qu'une des actrices est souffrante et la représentation annulée. Elles sont étranges, ces coïncidences... Je respire, je ne m'en serais pas senti la force. Dieu m'a entendu, il m'épargne un peu dans mon malheur, tout en m'enlevant l'être qui m'est le plus cher au monde. Car maman n'est plus. Discrète comme toujours, elle a profité que je détourne le regard pour partir...

J'ai beau m'être préparé à sa disparition, elle avait tout de même quatre-vingt-sept ans, le choc me dévaste. Nous nous voyions beaucoup plus depuis qu'elle vivait en région parisienne. Elle se sentait bien dans cette résidence d'Auteuil et moi j'étais heureux de la savoir à deux pas. Je pouvais mieux veiller sur elle. J'avais vingt-cinq ans quand mon père nous a quittés et la douleur liée au choc brutal fut terrible. Là, j'en ai cinquante, mais je suis comme un môme. Cette peine... c'est trop... il n'y a pas de mots. Je suis un homme, j'assume mes responsabilités de père de famille, mais si je repense à ma mère, les défenses tombent, je me sens complètement perdu. Aujourd'hui encore, lorsque j'évoque sa mémoire, l'émotion qui n'a rien à voir avec les rapports très joyeux que j'entretenais avec elle me submerge. J'étais son « Bibi-chou ». C'est ainsi qu'elle s'adresse à moi dans toutes ses lettres que je relis au compte-gouttes, pour la retrouver de temps en temps. La douleur ne s'atténue pas. Le manque est toujours aussi cruel. Je resterai éternellement orphelin de cette tendresse, et de cet amour qui n'a jamais failli.

Après l'enterrement, avant de repartir pour Nancy, mon frère me serre dans ses bras à m'à étouffer : « Elle nous aimait tellement... », souffle-t-il. Lui seul sait quelle mère incomparable nous perdons. « C'était une personne " hors série ", m'écrit un ami proche de mes parents. La vie ne lui a pas donné l'occasion de faire tout ce dont elle était capable, c'est pourquoi ta réussite et ton succès lui faisaient tant de joie. Parce qu'elle avait le sentiment profond que tu réalisais ses rêves. Non pas sur la scène seulement mais dans la vie. Parce que tu es capable de faire de grandes choses ; parce que tu les as faites, elle pensait les avoir à travers toi accomplies et réussies. Que de confidences nous avons échangées sur vous deux dont elle était si justement fière ! Vous ne l'avez pas déçue, c'est là l'essentiel. »

Ma plus grande satisfaction est de savoir que maman est partie rassurée sur notre sort : « Quand je fermerai les yeux sur ce monde, je veux que mes enfants soient tirés d'affaire », disait-elle souvent. « Tirés d'affaire », c'était son souci constant, inquiétude qu'elle m'a transmise, la peur de manquer de travail étant la raison de mon hyperactivité. Dans ses écrits à mon père disparu, elle prie tout haut pour que j'aie de nouveaux contrats, que tel entretien marche, pour que je tourne. Et elle lui demande d'intercéder auprès de Dieu pour que ses prières soient entendues... La foi était un ciment dans notre famille. Mon père n'aura connu que mes débuts, mais maman qui a vu l'évolution heureuse de ma carrière n'a pas manqué de l'en informer. Croire au ciel, c'est parfois s'offrir la lune.

Le cadeau après la mauvaise passe

Après le coup au cœur, le coup sur la tête. Cette pièce anglaise de Simon Gray, pour laquelle j'ai dû m'arracher de l'hôpital, est un nouveau bide. C'est Pierre le triste... dans *Simon le bienheureux*... Je savais qu'elle n'était pas pour moi, cette pièce ! Même le titre n'est pas bon. Pourtant, à Londres, mise en scène par ce génie d'Harold Pinter et interprétée magistralement par Alan Bates, c'était du grand art. Quand j'ai décidé de la jouer à Paris, j'ai omis un léger détail : dans cette composition d'homosexuel équivoque et trouble à souhait, Alan Bates est inégalable. Avec mon physique de taureau, je ne suis pas crédible, et je n'arrive pas à rendre cette ambiguïté indispensable au rôle. Je veux y croire ? Je m'enferre. Les répétitions sont un cauchemar, je n'y crois pas, je simule. Et le public décroche inexorablement. Après trente représentations, on décide d'arrêter le massacre. *Simon le bienheureux* est l'un de mes plus gros échecs. Tout m'a filé entre les doigts. Et les critiques en embuscade ne me loupent pas. « Le talent de l'acteur n'est pas en cause, mais Mondy n'a pas d'ombre [...] il est clair comme de l'eau de roche. Il est tout sauf le rôle. Sa seule présence fait tout basculer. Jamais contre-emploi n'a été plus fatal à une comédie... », écrit Pierre Marcabru dans un article qu'il titre « Quand l'acteur fait la pièce ». N'en jetez plus, par pitié ! *Mea culpa.* J'ai beau être d'accord, c'est tout de même très dur à lire !

Les échecs sont-ils plus constructifs que les réussites ? Echecs ou succès, j'ai toujours pris la sanction de mon travail avec recul et philosophie, considérant que rien n'est jamais acquis, tout est à recommencer, à refaire... Il faut être blindé pour lire, vivre et digérer les critiques. Elles servent à se positionner dans le métier et parfois dans la vie. Quand je lis le petit mot d'un spectateur venu me voir dans *Une fille dans ma soupe* : « Comment pouvez-vous gâcher votre réputation dans cette connerie ? », je me dis aussi que j'ai bonne réputation ! Au-delà d'un jugement à l'emporte-pièce, il y a dans les mauvaises critiques deux ou trois remarques qui permettent de mieux définir votre personnage. Certaines paroles vous restent toute la vie et j'ai toujours aimé ces « petites phrases » qui éclairent la route. Autrefois, dans mes semainiers, j'intercalais celles qui pourraient me soutenir. « L'expérience est une petite lanterne qu'on porte accrochée dans le dos, mais qui n'éclaire, hélas, que le chemin parcouru... », de Confucius, est toujours restée dans un coin de ma tête. Elle m'a aidé à appréhender l'existence avec lucidité.

Mes tentatives pour aller vers des personnages plus graves, comme ce pauvre Simon, et aborder un autre cinéma ont échoué. La seule erreur de distribution impardonnable est celle du metteur en scène. Comédien, on a le droit à l'erreur. L'échec vous sert à faire le point de navigation. J'entame une nouvelle série de films divertissants. *Le beaujolais nouveau est arrivé*, *Vas-y, maman*, *Retour en force*, *Le Cadeau*, tous des succès populaires, sans oublier *Le Braconnier de Dieu*, le seul film que réalisera mon ami Jean-Pierre Darras en 1982. Je le fais pour lui, parce que Jean-Pierre est un frère, un copain très cher. C'est un film modeste qui a surtout pour ambition de réunir quelques amis au soleil, autour d'une bonne bouteille... Dans ces comédies sans prétention qui ont égayé la fin des années 70, j'ai quand même eu la chance inouïe de croiser quelques grandes et BELLES comédiennes : Dany Carrel, Martine Carol, Magali Noël, Annie Girardot, Nicole Calfan, Pascale Petit, Bernadette Laffont. Sans oublier Claudia Cardinale et Clio Goldsmith dans le film de Michel Lang *Le Cadeau*, en 1981...

Le Cadeau était encore une histoire de call-girl dont mon personnnage tombait amoureux. Tout le charme du film tenait à celui de l'exquise et ravissante Clio Goldsmith. Clio était une fille adorable, la fille des sixties par excellence, sans tabou, profitant de sa jeunesse dorée, éprise de liberté, la joie de vivre incarnée. Comète brune dans le ciel du cinéma, le métier et ses contraintes n'étaient pas faits pour elle. Amoureuse d'un amant très passionné, elle arrivait toujours en retard le matin, et nous fîmes, un jour, semblant de ne pas remarquer le coquard qui cernait son œil bleu : la maquilleuse sortit l'anticerne sans un mot... Clio la sauvageonne, avec laquelle je suis resté en contact, m'a envoyé, après le film, une photo avec sa fille, sa « bestiolina », comme elle l'appelle. La vagabonde de la vie avait posé son sac.

Michel Lang avait prévu une scène de danse « à la manière de » Fred Astaire et Ginger Rogers. C'est l'un de mes plus chers souvenirs de tournage. Michel Legrand nous concocta une musique qui rappelait les comédies musicales d'avant guerre. Pour moi, c'était le cadeau dans *Le Cadeau*, et je précise que je ne suis pas doublé dans le passage des claquettes.

Brunes ou blondes, je les ai toutes tenues dans mes bras, fait valser... ou menacées de mon revolver ! Je me souviens de la réflexion d'un spectateur à la sortie du *Cadeau* : « Vous n'avez pas dû vous ennuyer dans votre métier, vous ! Mireille Darc... et maintenant Clio Goldsmith... », comme si les plateaux de cinéma étaient systématiquement des terrains de chasse. La réalité est plus aride. La plupart du temps, on est tellement crevé par la journée de travail qu'on rentre gentiment à l'hôtel, on se fait monter un plateau, un bon bain et au lit. Car, le lendemain, la journée recommence à six heures. Enfin, je parle pour moi.

Le tout pour le tout avec Michèle Morgan

Quand mon ami Jean-Michel Rouzière avait quelque chose en tête, rien ne pouvait l'en distraire... Son obsession du moment : faire monter sur les planches Michèle Morgan. Il fait écrire, sur mesure pour la star, par Françoise Dorin, *Le Tout pour le tout.* Il lui reste à faire craquer Michèle. Tous les matins, il l'appelle au petit déjeuner pour la persuader d'accepter. Michèle hésite, c'est une expérience nouvelle pour elle, un peu comme faire du saut à l'élastique. Mais, devant la détermination de Jean-Michel, elle finit par donner son accord. Il me propose d'être son partenaire. « Je crois que ton expérience et ta présence la rassureraient... », me dit Rouzière. Comme un voltigeur qui serait sécurisé d'avoir un bon porteur, en quelque sorte... Soit. J'accepte immédiatement. Jouer avec elle, quel homme de ma génération n'en a pas rêvé ?

Dans la pièce, elle joue le rôle d'une sculptrice, et moi de son confident, secrètement amoureux d'elle. Lorsque le fringuant Jean-Pierre Bouvier déboule dans sa vie et lui fait la cour, elle est troublée et, à force de me confier son désarroi, elle me tombe dans les bras. Sur scène, elle se laisse diriger par Raymond Jérôme avec une grande souplesse et beaucoup de professionnalisme. Elle est une partenaire idéale. Pendant les répétitions, elle se révèle très amicale et extrêmement réceptive. Et cette voix tellement touchante qui semble se casser à chaque détour de phrase et vous rappelle la magie d'un cinéma disparu... D'une sensibilité aiguë, elle pleure à la moindre émotion, de tristesse ou de joie. Au tout début de la pièce, je devais surgir sur la scène par une trappe. Relevée, elle était presque verticale et, un soir, au moment d'apparaître au public, elle s'est refermée sur ma tête et je suis redescendu direct dans les dessous, en m'écorchant les genoux au passage. Michèle, qui avait tout entendu des coulisses, a eu un mal de chien à entrer en scène en gardant son sérieux, tandis que j'émergeais un peu sonné... Son texte restait coincé dans la gorge. Le public a compris et l'a applaudie à tout rompre. La pièce eut un immense succès et Michèle en fut presque surprise. Comme si elle avait douté de son talent et de l'impact de sa notoriété ! Le public venait voir un monstre sacré en chair et en os. Jusqu'ici – nous étions en 1978 et elle avait commencé sa carrière en 1935 – il ne l'avait vue que sur pellicule.

Ma délicieuse Michèle est aussi une belle gaffeuse. Je me souviens que, lors d'un hommage à Henri Langlois au palais de Chaillot, je la vis tout d'un coup arriver vers moi, le rimmel qui coulait, secouée de rires. « Pierre, je suis la reine de la gaffe, me dit-elle en hoquetant. Je viens d'en faire une... énoooorme ! Figure-toi que je suis allée trouver quelqu'un que j'ai pris pour l'acteur Christian Barbier. Et je lui ai dit : je vous ai adoré dans *L'Homme du Picardie*. Et tu ne sais pas ce qu'il m'a répondu ? “ Venant de vous, madame, que j'ai toujours aimée, dont j'ai vu tous les films, c'est un honneur... Mais, moi, je suis Michel Guy, le ministre de la Culture... ” »

Les Joies du Forum (1964). Comédie musicale mise en scène par Yves Robert. Je savais bien que le spectacle allait être un four, et que les jupettes de Spartacus n'étaient pas pour moi ! Dans ma loge, François Périer me dit gentiment : « Allez, tu oublies... tu tournes la page... ». © Agence Bernand

Jean de la Lune de Marcel Achard (1967), mise en scène de Jean Piat, avec Dany Robin et Jean Le Poulain. Achard m'offre la lune avec le très beau rôle de Jeff, fleuriste et poète, un rôle tout en subtilité. © Lipnitzki/Roger-Viollet

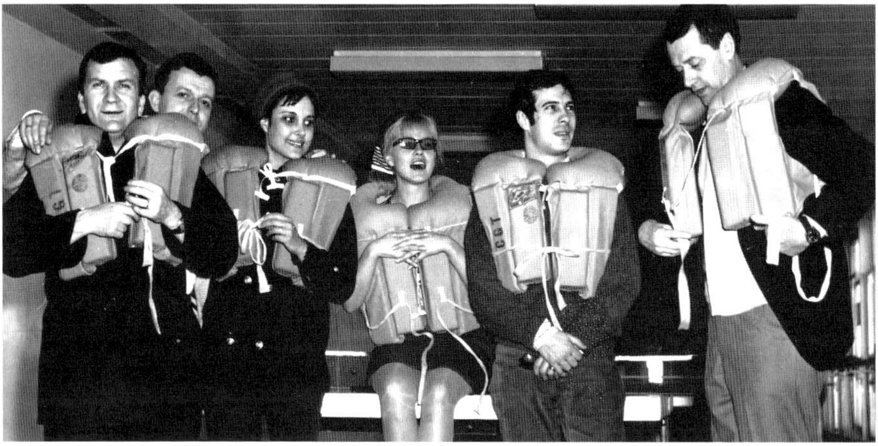

Tournée sur la dernière croisière du paquebot *France. Feu la mère de Madame* (Feydeau) avec Pascale Roberts, Sophie Daumier et Guy Bedos. José Arthur et Georges de Caunes assurent l'animation. La croisière s'est bien amusée…

Christian Fechner m'invitait régulièrement à l'Alcazar pour me convaincre de produire *La Cage aux folles* au cinéma. Poiret avait refusé car Fechner était le producteur des Charlots (1972).

Mais où est donc passée la 7e compagnie ? réalisé par Robert Lamoureux (1973). Chaudard et sa troupe de Pieds-Nickelés. « Rester groupir » et « J'ai glissé, chef ! » deviennent cultes, comme le film. *De gauche à droite,* Robert Lamoureux, Jean Lefebvre, Pierre Tornade et Aldo Maccione.

Avec Annie, la mère de nos enfants, Anne et Laurent (1975).

Le Téléphone rose d'Edouard Molinaro (1975). Ma belle et délicieuse complice Mireille Darc que je retrouverai plusieurs fois au cinéma et sur les planches. Le film fait un carton au box-office. © Rue des Archives

La Vérité de Madame Langlois de Claude Santelli pour la télévision avec Suzanne Flon (1976). Suzon en fée du logis. Nous nous sommes découvert une passion commune pour la vaisselle propre et les cuisines bien rangées ! © Annemiek Veldman/Kipa/Corbis

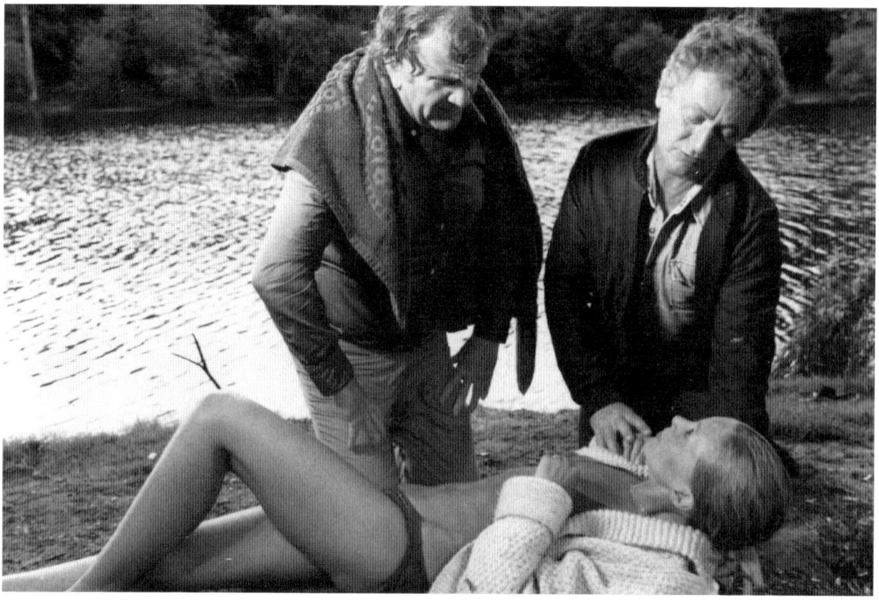

Sacré farceur, téléfilm de Jacques Rouland (1978). La jolie noyée, c'est Catherine Allary ma future femme, à qui je dois faire le bouche à bouche. Notre baiser ne s'est jamais interrompu.

Le Tout pour le tout de Françoise Dorin, mise en scène de Raymond Gérôme (1978). Avec Michèle Morgan pour ses débuts sur la scène du Palais-Royal. Un bonheur de partenaire.

La Cage aux folles de Jean Poiret (1972). Je ne me doute pas quand je la mets en scène que la pièce sera jouée pendant sept ans à guichets fermés. Lever de rideau sur Serrault-Albin et Poiret-Georges, totalement irrésistibles.
© Lipnitzki/Roger-Viollet

La Cage aux folles de Jean Poiret (1980). J'ai repris le rôle de Jean Poiret et Jean-Jacques celui de Michel Serrault. Tutu, plume d'autruche et talons hauts, sept ans plus tard, je fais atterir ce triomphe. (*à gauche*, Claude Gensac). © Photographie Gérard Neveu

Le Cadeau de Michel Lang (1981) avec Claudia Cardinale et Clio Goldsmith. Je ne pouvais rêver meilleures partenaires féminines. Beaucoup d'hommes m'ont envié sur ce film qui fut un succès.
© Fabian Cevallos/Corbis

La Fille sur la banquette arrière de Bernard Slade que je mets en scène avec Anny Duperey et Jean-Pierre Cassel (1983). Ici avec le directeur du théâtre du Palais-Royal et des Variétés, mon ami Jean-Michel Rouzière, venu prendre la température d'une répétition. © Photographie François Darras

C'est encore mieux l'après-midi de Ray Cooney, adaptation de Jean Poiret (1987). Après des années de cinéma, Jacques Villeret revient à ses amours, le théâtre. Je le mets en scène et joue avec lui. Ses grands yeux étonnés s'ouvrent devant une standing ovation d'un public conquis. © Agence Bernand

Jean Poiret, mon ami, mon frère, au travail, dans la vie, en vacances, partout. Là, nous jouons à « qui a les gambettes les plus bronzées… » (milieu des années 80).

Fantômes sur l'oreiller que je réalise pour la télévision en 1989 avec Christian Clavier, Marie-Anne Chazel, Michel Aumont, Agnès Soral et Philippe Khorsand. Je considère Clavier comme mon fils de théâtre.

L'Amant de ma sœur (1989) que je réalise pour la télévision avec Karin Viard, Philippe Caroit et Olivia Brunaux, trois excellents comédiens. Ils sortent du lot, on ne voit qu'eux…

Les Cordier, juge et flic (1992). Pilote réalisé par Alain Bonnot, avec Bruno Madinier dans le rôle du fiston. L'aventure commence… et c'est parti pour dix ans.

Le Dîner de cons de Francis Veber (1993). Claude Brasseur, Jacques Villeret et toute la troupe réunie au théâtre des Variétés, la maison de Bébél.

Panique au Plazza de Ray Cooney, adaptation de Jean-Marie Poiré et Christian Clavier (1995). C'est la cinquième fois que je mets Christian en scène. Il prolonge ma pensée, il anticipe ma volonté. Bref, il me reçoit 5 sur 5.

Joseph, téléfilm de Marc Angelo (2004). Je reprends le rôle du vieux paysan bourru joué par Gabin dans *La Horse* pour TF1. Le téléfilm est un succès.

Papi Bibi heu-reux ! Avec mes petits-enfants, Rebecca, Louna dans mes bras et Benjamin (été 2005).

Quinze jours par an, je réunis ma petite famille en vacances dans le Sud de la France. *De gauche à droite* : Anne ma fille, Laurent mon fils, Catherine, Caroline ma belle-fille et Julien, le fils de Catherine. Belote… et rebelote ! Ils ne savaient pas que j'ai été champion de la spécialité.

Catherine et moi en vacances à Biarritz.

J'ai beau connaître Rouzière depuis des années, ses pratiques me surprennent toujours. Sur l'affiche de la pièce, il a prévu d'écrire « MICHÈLE MORGAN » en haut et en grosses lettres, « ... ET PIERRE MONDY, en dessous et beaucoup plus petit. Je ne comprends pas. « Je ne veux pas être la feuille de salade sous la tranche de colin... », dis-je à Jean-Michel, sachant qu'il aime les métaphores. « Si tu veux mettre Michèle en avant, dans ce cas inscris mon nom « à l'américaine », c'est-à-dire en dessous avec tous les autres. Là, je veux bien. » Il sourit, tique un peu, dit qu'il va y réfléchir. L'agent de Michèle Morgan m'appelle pour me rappeler la notoriété de la comédienne, comme si je l'avais oubliée... C'est grotesque et, finalement, je laisse tomber. Je monte au créneau par principe, mais ces usages m'indiffèrent. Que la salle soit pleine et les gens heureux, c'est tout ce qui m'importe. Finalement, Jean-Michel fait imprimer les affiches avec nos noms de la même taille... mais il se débrouille pour colorer l'affiche en orangé et blanc autour du nom de Michèle Morgan pour qu'il ressorte mieux !

Catherine, ma femme

Ne vous imaginez pas que c'est une femme de l'ombre. Non ! Mais c'est vrai qu'elle est plus à l'aise avec mes amis d'Albi qu'à une première parisienne. Ancienne élève du cours Simon, actrice, elle fut la complice pendant des années de Jacques Rouland et de Jacques Legras dans *La Caméra invisible*... Nous nous sommes mariés le 10 juin 1991, à Cannes, un jour de relâche de *Rumeurs*, la pièce de l'Américain Neil Simon, que je joue avec Jean Poiret. Evidemment, Jean est mon témoin et Caroline Cellier, sa femme, l'accompagne. La journée est ensoleillée et elle se termine dans la suite nuptiale du Carlton.

Assistante à ma mise en scène de *Knock*, Catherine devient celle, pendant plusieurs années, de Bernard Murat. Elle met en scène et adapte avec Claire Nadeau *Mariage et conséquences* d'Alan Ayckbourn. Elle a connu du beau monde, Catherine – Vialatte, Blondin... Si le théâtre et la littérature nous réunissent, elle est passionnée de musique classique alors que j'adore le jazz. Néanmoins, Trenet, Brassens et l'accordéon musette trouvent en nous deux grands fans... L'amour de la table et du bon vin nous réunit également : quand je m'assieds devant mon assiette,

Catherine, fin cordon-bleu, y convoque le Tarn et toute la Corrèze.

Ces quinze années ont passé comme un éclair... Notre plus grande réussite est d'être parvenus à recomposer une famille. Les premières approches entre enfants furent hésitantes, mais le temps arrange tout. Et, aujourd'hui, notre plaisir à tous est de nous retrouver, chaque année, à l'ombre d'un mas dans le Sud. Casanier – c'est le seul moment de l'année où je me pose vraiment –, mon bonheur est de m'allonger dans un transat avec un bon polar en écoutant du jazz, dans ma bulle, ou en laissant traîner une oreille quand Laurent et Julien, nos grands garçons respectifs, discutent sur la terrasse, rivalisant d'humour, d'esprit, d'imagination. Ou de regarder Anne et Louna, ma fille et ma petite-fille, jouer dans la piscine en poussant des cris, bientôt imitées par Caroline et Rebecca. Un peu plus loin, Benjamin tape dans le ballon. C'est le seul moment où je peux me détendre avec tous mes enfants. Ensuite, chacun reprendra sa vie.

A une époque, je travaillais tellement que Robert Dhéry me comparait au petit âne de la noria. « Fais gaffe, me disait-il, à force de tourner autour du puits, tu vas finir par faire une tranchée, on ne verra plus que les oreilles. » Mon copain Henri Guybet me disait souvent : « Il y a trois sortes d'acteurs : ceux qui sont heureux quand on leur dit " Moteur ! ", ceux qui le sont quand on leur dit " Coupez ! ", et il y a ceux qui n'arrêtent jamais. » Moi, en vacances, j'arrête tout, je lève le pied. Et je me livre à mon occupation préférée : faire le marché. Et même si les gens me saluent d'un amical « Salut, commissaire ! » ou « sergent-chef ! », je peux avoir le sentiment de vivre une vie normale. Ou à peu près. « Monsieur Ventura, je vous adore ! s'est écriée une dame en me voyant au supermarché. – Mais... Lino Ventura, il est mort ! – Ça n'fait rien. J'vous adore quand même ! » Lino, si tu t'ennuies au ciel, ici on n'a pas fini de rigoler. L'été dernier, j'étais à Loupiac dans le Tarn, je faisais le marché avec ma fille quand je me suis éloigné d'elle quelques instants. Elle remarqua alors qu'un homme m'avait reconnu et observé jusqu'à ce que je disparaisse derrière un étal. M'ayant perdu de vue, agacé, il s'écria : « Mais où il est, ce con ? » Ma fille me l'a raconté. Je l'aurais embrassé, le bonhomme. Il était tendre ce « con »-là. Ils sont comme ça, les gens de mon pays.

A propos, Catherine, ma femme, c'est plus de quinze ans de bonheur et d'amour.

« Joyeuses Pâques », la poule aux œufs d'or

A l'orée des années 80, les propositions de films se raréfient. Lorsque je m'étonne de ne plus tourner, mon agent me répond comme une évidence : « ... Mais, Pierrot, pour les gens de cinéma, tu es un homme de théâtre, tu n'es pas libre... » J'avoue que j'ai du mal à l'avaler. J'ai l'impression d'un grand malentendu et que le cinéma m'a oublié. Il est vrai que depuis près de deux ans, avec *Le Canard à l'orange*, *Oscar*, *La Cage aux folles*, et *Vol au-dessus d'un nid de coucou*, la scène m'accapare. Si le cinéma avait voulu de moi en 1980, j'aurais dû décliner toute proposition. Jean Poiret vient d'achever *Joyeuses Pâques*, une pièce que Jean-Michel Rouzière veut monter toutes affaires cessantes. « Mondy, tu te mets aux fourneaux. »

Jean adore faire vivre les personnages acculés à mentir effrontément pour se sortir d'affaire. *Joyeuses Pâques* raconte l'histoire d'un homme marié qui, se trouvant seul à Paris pour le week-end de Pâques, ramène une jeune fille chez lui. Sa femme revient à l'improviste à la maison et, pour se justifier, son mari balance la première excuse qui lui vient en tête : « C'est ma fille ! » A partir de cette énormité, tout le talent de Jean va se mettre en mouvement...

Pour une fois, Jean avait réussi à convaincre Caroline de jouer dans sa pièce. Elle avait toujours refusé d'être « une femme de Guitry » – « Je ne veux pas faire ma carrière à travers mon mari... », répétait-elle. Pourtant, dès les premières heures de travail, je sens que quelque chose coince : elle est tendue, conteste les réactions de son personnage, ne se laisse pas diriger, on dirait qu'elle avance à reculons... Quelque chose me dit qu'elle va nous claquer entre les doigts. Effectivement : après s'être absentée une journée pour synchroniser une télévision à Lille, elle appelle Jean et l'informe qu'elle arrête. Jean est catastrophé. « Je la connais, elle ne changera pas d'avis... », me dit-il avec un soupçon de fierté dans le regard. Nous voilà repartis à la chasse et Nicole Calfan va arriver à point nommé pour donner la réplique à Maria Pacôme.

Jean n'a pas encore écrit la fin de la pièce qu'on commence déjà à répéter. Il hésite entre différentes chutes et c'est Maria Pacôme qui lui glisse l'idée géniale de la pirouette finale. Un prêté pour un rendu : quand le mari rentre à l'improviste et qu'il trouve sa femme en compagnie d'un charmant jeune homme, elle déclare que c'est son fils ! La boucle est bouclée, Jean est ravi. Première publique en janvier 1980. *Joyeuses Pâques* est l'exemple type de la pièce qui trouve son public dès le départ. Et, c'est le cas de le dire, la presse est unanime et immédiate. « Le bonheur s'installe avant que les retardataires aient cessé de tousser... », écrit très joliment François Chalais qui avoue avoir attendu Jean « au tournant » après l'énorme « carton » de *La Cage aux folles*. « Si vous n'aimez point ces lames de fond, changez de théâtre. Ici, on plonge, on est ailleurs, on oublie tout », renchérit Marcabru. Jean a visé juste. Il met la salle dans sa poche. Après cinq cent quarante représentations, il s'arrête et il me passe le relais jusqu'à la fin de la saison. Nous avons fait cela toute notre vie. Pendant le spectacle, je ne résiste pas à glisser un air de Cole Porter orchestré par Michel Legrand. Au milieu des notes de jazz, on entend des cloches qui sonnent... Les cloches de Pâques qui nous ont porté chance.

La pièce a été adaptée au cinéma par Georges Lautner. Quand Jean me l'annonce, je ne suis pas convaincu par le choix de Jean-Paul Belmondo pour jouer le personnage qu'il a interprété au théâtre. Je ne le trouvais pas crédible en petit cinquantenaire plutôt timoré, vite dépassé par la situation. Dans ses films, Jean-Paul incarne toujours la jouissance, mais aussi un courage de tête brûlée – *Le Guignolo*, *Le Magnifique*, oui. Mais, bon, quand on met Jean-Paul sur une affiche, ce sont des millions d'entrées assurées. Il n'y a rien à dire. Comme pour *La Cage aux folles*, selon moi, Jean était irremplaçable...

Christian Clavier, fils de Cuq

Ma vie a été parsemée de rencontres inattendues avec des acteurs, venus d'univers aux antipodes du mien. Jamais, par exemple, je n'aurais imaginé être si proche de Louis Jourdan ! Ou de James Coburn, qui ne passait pas par Paris sans venir dîner avec sa femme à la maison. Dieu sait que je parle anglais comme une vache espagnole, mais lui et moi nous comprenions très bien ! Il m'appelait « Kid »... Peut-être à cause de ma petite taille à côté de lui qui mesurait près de deux mètres. Dans ce métier, les rapports humains échappent à toute logique : l'intimité peut être immédiate, la sympathie réelle et l'on reste dix ans sans se voir ni se parler. Mais lorsqu'on se retrouve, le contact se renoue en quelques secondes... L'affection profonde, la confiance réciproque sont plus rares, c'est pourtant les deux sentiments qui nous lient, Christian Clavier et moi.

C'est en voyant mes enfants pliés de rire devant *Le Père Noël est une ordure* que j'ai découvert cette drôle d'équipe du Splendid, une famille d'actrices et d'acteurs au service du rire. Avec une vraie marque de fabrique, comme les Branquignols, les Nuls, les

Inconnus. L'étiquette de comiques de café-théâtre, ils allaient vite lui donner une autre signification, un autre relief. Tous sont de vrais comédiens à part entière. Avec un registre extraordinaire. Ajoutant, pour certains, l'écriture et la mise en scène. Sur la petite lucarne, leur univers est désopilant, décalé et joyeusement féroce, comme je les aime. L'occasion fait le larron, Christian joue dans *Ma vedette américaine*, au théâtre Saint-Georges avec Martin Lamotte, que je mets en scène en 1983. Première expérience commune à oublier très vite : elle ne restera à l'affiche qu'un mois. Gros échec d'un côté, mais formidable réussite de l'autre, car Christian et moi faisons la paire. Nous avons en commun d'aimer incarner des personnages un peu lâches, ramenards, pitoyables, mais toujours avec une grande tendresse à leur égard. On ne glorifie pas forcément les humains, mais on les représente tels qu'on les voit, avec leurs gros et leurs petits défauts.

Lorsque Jean-Loup Dabadie me propose deux ans plus tard de monter *Double mixte* chez Jacques Crépineau à la Michodière, avec Marie-Anne Chazel et Christian, j'accepte, aussi curieux qu'enthousiaste à l'idée de les diriger ensemble. *Double mixte*, la pièce de Ray Cooney, sans doute le plus grand vaudevilliste anglais, est un vrai casse-tête car elle nécessite un décor qui sert pour deux lieux différents. Christian joue un chauffeur de taxi bigame, à la vie bien réglée entre ses deux foyers. Jusqu'au jour où la machine bien huilée se dérègle... C'est un ballet, un pas de deux dans lequel Christian et Marie-Anne, pour la première fois têtes d'affiche dans un théâtre parisien, sont époustouflants, accompagnés de Gérard Rinaldi définitivement en rupture de Charlots, épatant en rocker pique-assiette. Avec Christian, nous avons la même approche du comique, mais il doute encore de sa capacité singulière à déclencher l'hilarité : « Dès que tu entres sur scène, tu dégages quelque chose qui fait que les gens sourient... », lui dis-je. Je pensais que Christian en avait conscience, mais non. A partir de *Double mixte*, sa carrière change. Il enchaîne les rôles au cinéma et devient une énorme vedette. Christian s'éloignera des personnages exclusivement burlesques pour aborder des registres qui mettent en valeur toute la palette de son talent.

Qu'il s'agisse de *Double Mixte*, de *Panique au Plazza* de Ray Cooney, du *Fil à la patte* de Feydeau ou de *Même heure l'année prochaine* de Bernard Slade, il se produit quelque chose d'étrange quand je mets Christian en scène : je me projette comme si je m'exprimais à travers lui. Nous nous comprenons au quart de tour, toujours synchrones. « On fait des kilomètres avec toi ! », me dit-il chaque fois – je n'ai pas l'habitude de planter mes acteurs sur scène comme des arbres... Je retrouve une complicité identique à celle qui m'unissait à Jean Poiret. Il est devenu mon « fils de théâtre ». Et quelque chose me touche aussi chez lui : son visage me rappelle celui de François Périer quand il était jeune...

Je savais que Christian guettait l'occasion que nous tournions ensemble. Quand, en 2002, son frère Stéphane réalise *Lovely Rita* d'après le roman de Benjamin Legrand, il me dit, mi-figue, mi-raisin : « Ça y est, j'ai un personnage pour toi... » Le rôle qu'il me réserve est celui d'un vieux type crasseux, collant, libidineux. Cette perspective de casser l'image du très « comme il faut » commissaire Cordier le comble. « Les spectateurs français ont un vrai manque de curiosité, dit-il souvent. Ils vous mettent dans des compartiments, et quand vous êtes casé quelque part, on vous envie d'avoir réussi en même temps qu'on vous le reproche ! Mais surtout, on ne vous laisse plus en sortir. » Ce Marcel, un marginal aux cheveux longs (on m'a rajouté une tignasse *ad hoc*), vit dans un gourbi rempli de chats, avec une harpie qui ne s'adresse à lui qu'en le traitant de « vieux cul », et qu'il rêve de supprimer. L'idée de voir le commissaire Cordier tituber avec un vieux flingue dans une main et une bière dans l'autre enchante Christian. Moi, je n'attendais que ça...

Dans *Lovely Rita*, l'attelage Eddy Mitchell-Arielle Dombasle vaut également le détour. Deux personnalités aussi cocasses lâchées en pleine nature mériteraient un film dans le film. Je me souviens d'une scène où nous étions tous les trois dans une voiture, attendant que les techniciens soient prêts à tourner. Il était très tard et tout le monde n'avait qu'une envie : retrouver son oreiller ! Pour meubler l'attente, Arielle propose de « faire une italienne », c'est-à-dire répéter le texte sans intonation, histoire de ne pas avoir de trou de mémoire au moment de jouer. Eddy somnole déjà à moitié. « Alors, on s'la fait cette petite italienne ? », insiste-t-elle, un peu anxieuse. Avachi dans le siège avant, Eddie la regarde d'un œil éteint : « J'vais t'dire, moi, c'que j'me f'rai bien à c't'heure... C'est une groooosse Sénégalaise ! » Un éléphant, Mitchell, dans le magasin de porcelaine d'Arielle dont le regard à cet instant cherche en vain une connexion qui pourrait la relier à sa distinction naturelle. « J'attends mon ange... », disait-elle en fin de journée avant que Bernard-Henry vienne la chercher. Effectivement, c'est un autre monde.

Daniel Auteuil

En 1979, je propose à Daniel Auteuil de jouer le rôle de Ted dans *Coup de chapeau*, la pièce de l'auteur canadien Bernard Slade, adaptée par Barillet et Grédy. Une ancienne vedette du petit écran, amateur de tous les plaisirs de la vie, Arthur, joué par François Périer, et son fils Ted, de tempérament plus raisonnable, se retrouvent après deux ans de séparation et d'incompréhension mutuelle. Au fil des conversations, les deux hommes vont s'affronter, se redécouvrir et finir par s'aimer. Auteuil a déjà à son actif une jolie carrière au théâtre et au cinéma, mais son registre est plutôt celui de la comédie et du divertissement. Pour moi, c'est un pari de l'imposer dans un rôle dramatique. Pour Daniel, l'enjeu est double : apparaître crédible et ne pas disparaître devant l'écrasante personnalité de François Périer. Je fais confiance à François pour lui faciliter la tâche. Il le prend sous sa coupe avec une attention, une tendresse qui donne à leur interprétation une dimension exceptionnelle. « Auteuil est un fils de théâtre digne d'un tel père... », écrit Robert Kanters. Tous les critiques salueront sa prestation, en s'étonnant de découvrir chez lui tant de profondeur et de sensibilité. Et il recevra le prix Gérard Philipe.

Avant de monter *Coup de chapeau*, François et moi nous envolons pour Los Angeles voir la pièce dans laquelle Jack Lemon joue le rôle que va interpréter François. Il nous reçoit comme des rois, nous, acteurs français, totalement inconnus là-bas. Dans la journée, François et moi déjeunons à la Tour d'argent, un restaurant fréquenté par le Tout-Hollywood. J'aurais aimé que quelqu'un filme nos têtes ébahies devant le défilé des célébrités américaines... Quand Shirley MacLaine entre, nous restons carrément bouche bée. Elle pose ses affaires puis se lève, virevolte de table en table (sauf la nôtre), s'arrête un instant ici, salue là-bas, revient et repart... Charmante. Très mobile, surtout... Le soir, après le spectacle, Jack Lemon nous invite à souper dans un endroit « branché » de la ville. Jean-Marie Périer, le fils de François, qui maîtrise parfaitement l'anglais, nous accompagne et traduit. Jack Lemon choisit le meilleur vin de Bordeaux de l'établissement et nous parlons de la pièce et de notre première journée à Los Angeles. « A propos, lance François, très mondain, nous avons vu votre amie Shirley MacLaine tout à l'heure... », et, entre ses dents, il marmonne à mon attention : « ... qui faisait les tables pour chercher du boulot... » C'est tellement inattendu que j'éclate de rire, un rire soudain, que rien ne justifie aux yeux de Jack Lemon qui, un poil étonné, se demande ce qui se passe. Jean-Marie, bon fils de son père, prend le relais et invente au fur et à mesure qu'il parle une histoire improbable, se noyant dans des explications vaseuses, et concluant que nous sommes des acteurs « très divertissants »...

Après la représentation de *Coup de chapeau*, François Chalais écrit : « François Périer, riche non seulement de sa science du théâtre, mais de toutes les expériences accumulées par ceux dont il est peut-être le dernier héritier, les Guitry, les Meurisse, les Michel Simon, les Claude Dauphin, [...] les Fresnay, qui savaient comme lui fabriquer des larmes avec de l'ombre, du rire avec de la lumière, de la mort avec du silence et de l'amour avec les battements de leur propre cœur. » Existe-t-il une plus jolie définition du comédien que celle-là ?

Je retrouve Daniel Auteuil à un moment charnière de sa vie de comédien. Nous sommes en 1986. Après avoir joué le rôle d'Ugolin dans *Jean de Florette* de Claude Berri, Daniel sent bien que quelque chose bouge autour de lui, qu'il risque d'y avoir un avant et un après Ugolin. Un nouveau Daniel Auteuil est en train de naître, espérant les propositions de metteurs en scène qui l'ignoraient jusque-là. Après *Jean de Florette*, il cesse de tourner, attend. Pendant cette pause au cinéma, il remonte sur les planches pour jouer *L'Amuse-gueule* de Gérard Lauzier que je mets en scène. La pièce trouve son public rapidement, nous nous acheminons vers un beau succès, jusqu'à la fameuse cérémonie des césars. Acclamé par la profession, encensé par l'ensemble des critiques y compris ceux qui, jusque-là, faisaient la fine bouche lorsqu'ils étaient obligés de reconnaître son talent, il remporte le césar du meilleur acteur pour Ugolin. Tourneboulé par cette nouvelle reconnaissance, Daniel « lâche un peu les boulons » sur *L'Amuse-gueule*, et je suis obligé de le remplacer par Marc Jolivet qui embraye avec brio. « Pardon, Pierre, pardon... », me dit Daniel chaque fois qu'il me voit. Comment lui en voudrais-je ? Ce qui lui arrive est merveilleux. Il l'a entièrement mérité. Le nom de Daniel Auteuil devient l'incarnation de la qualité, de l'excellence. Il aura suffi d'un rôle pour que tout bascule. « On a fait un beau truc avec Berri, m'avait dit Montand juste avant que le film sorte. Je joue le Papet. Le petit Ugolin, il est bien, mais à la fin, c'est moi qui ai le dernier mot... » Dans le film peut-être, Yves, mais Ugolin est sorti de l'écran et il a déployé ses ailes de géant...

Depuis *Coup de chapeau*, j'ai gardé une immense tendresse pour lui. Le croisant par hasard dans une soirée, il me chuchote à l'oreille : « Pierrot, qu'est-ce que tu penses de *La Cage aux folles* pour Christian Clavier et moi ? » Je pense : « Banco ! » Mais Christian ne veut pas entendre parler de théâtre ni de ses contraintes. C'est bien, bien dommage...

Ce sont des comédiens comme Daniel qui m'attirent encore vers la mise en scène. Je les « renifle » bien, tous ces jeunes talents. Comme un entraîneur de chevaux dans un haras, je repère le bon cheval. Comme Audrey Tautou et Natacha Régnier qui passèrent en coup de vent dans un épisode des *Cordier*. Elles sortaient du lot, on voyait immédiatement leur potentiel. Je pense à Catherine Frot qui jouait ma fille dans un téléfilm, *Le Roseau pensant*, en 1980. J'ai su qu'elle ferait une carrière... Ou Isabelle Mergault que j'avais dirigée il y a vingt-cinq ans, dans *Le Divan* de Remo Forlani. Mais aussi Karine Viard, Roschdy Zem, Frédéric Diefenthal, Valérie Lemercier que j'avais appelée pour jouer *Le Fil à la patte*, après l'avoir remarquée, en 1989, dans *Palace*, la série de Jean-Michel Ribes, où elle incarnait la pétaradante Lady Palace, et qui accepta de faire partie de ma distribution si je la libérais à temps pour qu'elle présente son premier one-woman show. Tous des acteurs exceptionnels. La relève est assurée.

La comédie qui grince

Mais que fait cette limace sur cette rose? C'est le sentiment qu'exprimaient dans leur regard certains sociétaires de la Comédie-Française depuis que j'avais foulé le sol de leur auguste maison pour mettre en scène *Monsieur de Pourceaugnac* et *La Poudre aux yeux*, à la demande de leur administrateur général Jean Le Poulain.

Je n'ai jamais regretté d'avoir suivi les conseils de René Simon en ne tentant pas le concours du Conservatoire, mais j'ai encore un pincement au cœur en pensant aux grands classiques du répertoire que je n'aurais abordés qu'en scènes de travail. En revanche, j'ai eu en 1987 un avant-goût de ce qui m'aurait attendu si j'étais au Français.

Dès le début, j'aurais dû sentir le malaise. Le simple fait d'aller dans le beau bureau de Jean, d'entendre la secrétaire dire « Monsieur l'administrateur, c'est monsieur Mondy, votre rendez-vous... » m'a laissé rêveur. Lui que je connais depuis si longtemps, avec qui j'ai tellement ri sur scène, le retrouver assis dans ce fauteuil et dans ces ors, c'est encore du théâtre. Mais un vaudeville qui ne m'amuse plus, quand Jean m'explique le fonctionnement de la « maison » et, surtout, ce qui va m'être imposé. Jacques Sereys fait partie du conseil d'administration. C'est décidé, il jouera Pourceaugnac et je suis obligé de m'incliner. C'est un immense acteur, nous sommes d'accord, mais pas du tout le personnage. Autant Jacques Charon jouait admirablement ce petit magistrat de province qui débarque à Paris avec cet œil de gallinacé ahuri qu'il pouvait prendre, autant Jacques a du mal à restituer la naïveté. Il a tout sauf l'air de quelqu'un qu'on va rouler dans la farine ! En revanche, moi j'ai la pénible sensation qu'on me savonne la planche, et ce qui aurait pu être une formidable occasion pour moi va tourner court. La presse, toujours très exigeante pour les spectacles du Français, aura une critique à peine polie, me faisant porter le chapeau de ce demi-échec... Heureusement, *La Poudre aux yeux* aura un bien meilleur accueil.

Ce passage éclair a balayé mes derniers regrets d'appartenir à l'illustre maison. Je n'aurais pas eu la patience, les griffes, ni même la politesse, pour m'y épanouir. Un gamin en roller dans la galerie des Glaces, voilà ce que j'étais. Jean Piat m'a raconté comment la vie se déroulait au Français à son époque : c'était le couvent, les acteurs y vivaient en parfaite autarcie et, au foyer des comédiens, les pensionnaires étaient debout, les sociétaires assis et ils les vouvoyaient. Lui disait s'y sentir comme un poisson dans l'eau... Le Poulain n'était pas plus apprécié que je ne l'ai été moi-même en ces lieux, bien qu'il y fût d'abord pensionnaire puis sociétaire. Cela n'engage que moi, mais je pense qu'il a payé très cher, chaque jour et chaque heure, cette ambition de jeune homme d'appartenir un jour au Français. Mais le diriger, c'était une autre affaire.

« Rumeurs » avec Jean

Quand je monte sur les planches du théâtre, au Palais-Royal, je suis loin de me douter que *Rumeurs* est la dernière pièce que Jean et moi jouerons ensemble. La première et la dernière car, étonnamment, nous n'avons jamais été partenaires sur scène. Ici, quatre couples se retrouvent au souper d'anniversaire de mariage d'un homme politique. Mais la fête est perturbée, car leur hôte s'est tiré une balle dans la tête. Il s'est raté, la blessure n'est que légère, mais sa femme a disparu. Rumeurs et scandale enflent avec l'arrivée des invités. Les portes claquent, affrontements, tensions, quelques vérités qu'on se jette à la tête, jusqu'à l'irruption de la police qui va devoir faire toute la lumière sur cette vilaine farce.

Après l'avoir tant de fois mis en scène, je découvre le plaisir de jouer avec lui, sans cesse renouvelé. Et pour cause. A chaque représentation, il m'oblige à faire face à ses improvisations et ses trouvailles inopinées. Et comme il me connaît par cœur, il accélère le train. Un soir, alors que nous sommes censés nous cacher sur scène pour échapper à une descente de police, au lieu de se dissimuler comme prévu derrière un fauteuil, il se coiffe d'un abat-jour et attend. Quand je me retourne et que je le vois ainsi, je suis stupéfait et je crois mourir. Enchaîner ? Comment, avec le rire étranglé dans ma gorge ? Seule la salle en délire devant les inventions de Jean me sauve.

Jean adorait déstabiliser ses partenaires parce que c'est un ressort comique extraordinaire quand vous avez des partenaires à la hauteur. Dans une scène où il fait le récit de ce coup de feu qu'il a reçu, il devait dire : « Ma femme a eu un geste que seules les femmes peuvent avoir... et le coup est parti. » Un soir, Jean lance : « Ma femme a eu un geste que seules les femmes peuvent avoir... » et là, il s'arrête, s'assied et regarde Jean-Pierre Castaldi qui joue l'inspecteur de police. Pris de court, Jean-Pierre bredouille : « Heu, oui... lequel ? » Et là, Jean enchaîne sans se démonter : « Ah, ça, c'est à vous de le deviner ! C'est vous qui êtes de la police, pas moi ! Sinon, faudra me donner votre paie... » Castaldi bafouille, sidéré. Le public y croit. Et Jean : « Le coup est parti. Ah, faut tout vous dire, alors... » Castaldi respire. Il faut avoir vécu ces moments pour savoir ce que c'est qu'être en danger sur scène avec des acteurs comme Jean Poiret, Jean Le Poulain ou Louis de Funès. Avec eux, le métier de comédien devenait de l'acrobatie, de la haute voltige. Et c'était merveilleux.

L'antihéros

« Pierre Mondy, remarquable dans le rôle de cet antihéros qui se découvre des ressources et un courage insoupçonné... » Antihéros... « Héros de la vie quotidienne », devrait-on dire de ce retraité communiste de la SNCF que j'incarne pour la télévision, un homme énergique et désespéré qui a sacrifié sa vie au travail tout en rêvant à des lendemains qui chantent. « Le grand soir », comme ils disaient... C'est un très beau rôle, un personnage proche de celui que j'ai eu à jouer avec René Allio, sur *Pierre et Paul*. Un cadeau que peut encore réserver la télévision quand elle nous offre ce qu'elle a de meilleur. Pourtant, lorsque Daniel Vigne, le réalisateur, me rencontre pour la première fois, je vois bien que quelque chose coince. Il ne veut pas de moi, c'est flagrant. « Il ne te voit pas dans le personnage..., m'avoue Quentin Raspail, le producteur, qui le premier a pensé à moi. Je crois que l'intérieur un peu cossu de ton appartement parisien l'a décontenancé... », ajoute-t-il en riant. Non... sérieux? Je regrette ce rôle, vraiment. Mais voilà, dame Chance n'a pas dit son dernier mot... Pour des raisons de budget, Daniel Vigne est débarqué du projet et remplacé par Philippe Monnier qui me connaît bien et qui me rappelle tout de suite. Et je n'ai pas eu à descendre dans le métro pour qu'il m'imagine dans la peau d'un militant en canadienne !

L'action du film se passe en Roumanie, mais, pour des raisons évidentes, après les Ceausescu, nous tournons en Slovaquie devenue indépendante depuis peu. Les tensions, les espoirs et les craintes de mes partenaires slovaques, je les ressens avec d'autant plus de force que je joue ce vieux communiste. Jamais réalité et fiction n'auront été si intimement mêlées. « Maintenant, il va me falloir un passeport pour aller voir mes grands-parents... », se désole un acteur. La nouvelle donne politique afflige tout le monde autour de moi, et beaucoup viennent me parler de leur situation. Le film est magnifique : derrière les personnages, Philippe Monnier a su saisir le drame de chacun. Lors de la diffusion, je reçois des lettres de téléspectateurs émus : « Je ne pensais pas que vous puissiez jouer des rôles dramatiques ; votre prestation m'a bouleversé... » Cela me touche, surtout pour ceux qui sont restés là-bas. Et parce qu'un bonheur n'arrive jamais seul, on m'informe que le pilote du nouveau feuilleton de TF1, *Les Cordier, juge et flic* que j'ai tourné avant de partir, vient de faire huit millions de téléspectateurs...

Adieu, Jean

Les années noires dans un mouchoir de poche. Mes meilleurs amis s'en sont allés sans voir le siècle passer, sauf François Périer. Chez tous, le cœur a lâché, sauf François. C'est la belle mort que chacun peut se souhaiter, et puis si symbolique. Mais, quand même, c'était prématuré. C'est fou ce que, les années filant, on accélère alors qu'il faut freiner. Freiner nos appétits indomptables. L'œil pétille toujours, mais ça use à l'intérieur. Ils ont eu la belle vie. Ceux qui restent pleurent. A part François, qui pleurait déjà depuis la mort de son fils. François, tu n'as rien fait comme tout le monde. Tu ne nous as pas claqué dans les doigts, tu t'es douloureusement éteint.

Le 14 février 1989, Jean-Michel Rouzière tire sa révérence, terrassé par une crise cardiaque en sortant du centre de cardiologie après une série de tests d'efforts (le cas n'est pas rare...). Jean-Michel meurt dans la voiture qui le ramenait au théâtre. Il n'avait que soixante ans. Par fidélité, Jean et moi poursuivons quelque temps la programmation de ses deux salles. C'est ainsi que, en cherchant de nouveaux talents, nous tombons, à Nancy, sur trois petits jeunes dont on commence à parler et qui nous emballent. « Il nous les faut ! », s'écrie Jean très enthousiaste. On les fait embaucher dès notre retour par les nouveaux directeurs du Palais-Royal. Il s'agit des Inconnus qui, après avoir tourné dans toute la France, viennent se produire au Palais-Royal où ils font un véritable tabac. La suite, on la connaît...

Après *Rumeurs*, Jean Poiret se lance dans l'adaptation de *Sans rancune* que je mets en scène pour le Palais-Royal. Depuis longtemps Jean-Michel lui avait proposé de l'adapter, mais Jean faisait la moue : « Je ne vois pas ce qu'on peut faire avec ça... », disait-il. Il faudra que Dominique Deschamps, directeur de scène du Palais-Royal, ait l'idée de faire jouer Roland Giraud pour qu'il ait envie de s'y coller. Jean trouve qu'il véhicule parfaitement le côté macho du personnage, le type qui n'arrive pas à comprendre que sa femme, Nicole Calfan, le quitte pour un serveur de pizzeria, Eric Métayer, et ne s'en remettra jamais. Comme à son habitude, Jean modifie complètement la pièce, réinvente les personnages, les situations, réécrit carrément le troisième acte. « Le gang du rire a encore frappé ! », écrit un journaliste du *Canard enchaîné* en parlant de Jean et moi à la première de *Sans rancune*. Hélas, ce sera la dernière fois...

Jean travaille depuis quelque temps à la réalisation du *Zèbre*, son premier film, d'après le roman d'Alexandre Jardin. Un beau projet qui aura juste le temps d'aboutir avant ce terrible mois de mars 1992 où Jean disparaît. Le film sort en juin. La première est un immense moment d'émotion, d'autant plus émouvant que *Le Zèbre* est une pure déclaration d'amour à sa femme, sous les traits de Thierry Lhermitte. Jean avait enfin obtenu ce qu'il attendait depuis leur première rencontre : Caroline jouait la comédie pour lui.

Personne n'a vu arriver le drame... ou n'a pas voulu le voir. Pourtant, à certaines représentations de *Rumeurs*, Jean s'essoufflait, il était en nage : il se savait atteint d'une malformation cardiaque mais il ne levait pas le pied pour autant. Depuis longtemps, Jean aurait dû passer entre les mains d'un chirurgien, mais craignait plus que tout cette opération à laquelle il s'était enfin résolu. Les interventions chirurgicales et les voyages en avion étaient ses deux bêtes noires. L'avant-veille de sa mort, nous avions déjeuné avec ma femme Catherine et Caroline Cellier. Celle-ci sentait qu'on l'avait laissé sortir trop tôt de l'hôpital après des examens, même si on avait conseillé à Jean de revenir au plus vite. Jean savourait sa joie d'être parmi nous. « Ça, je peux en manger ? », demandait-il en lui montrant le plat qu'on venait de lui servir. Il souriait gentiment, amoureusement, à Caroline qui essayait de lui rendre son sourire, mais avait du mal à cacher son inquiétude. Comment arrêter Jean dans son insatiable appétit de vivre ?

Jean et moi gardions toujours un œil sur nos vies respectives. Nos conquêtes amoureuses étaient presque synchrones et nous les partagions en confidence. Son amour pour Caroline était tel qu'il pouvait déclencher chez lui des crises de jalousie totalement inattendues. Je me souviens du tournage du film *L'Année des méduses* de Christopher Franck, dont une grande partie se passait à Saint-Tropez, sur une plage où Caroline se promenait en maillot de bain, superbe. Nous étions tous chez Jacqueline Cormier. Jean avait beau faire de l'humour, les scènes avec Bernard Giraudeau ne l'enchantaient pas du tout. Il faisait de l'autodérision mais ça grinçait. Parfois, à table, les disputes entre Jean et Caroline s'enflammaient comme une mèche, un mot, une intonation un peu sèche et ça partait. Deux lions qui s'exaltaient, défendant leurs idées (politiques, surtout) toutes griffes dehors. Pour finir, Caroline haussait les épaules et passait à autre chose. Et puis, il suffisait de voir l'œil de Jean posé sur elle pour mesurer l'immensité de l'amour qu'il lui témoignait.

Le plus dur lorsqu'on prend de l'âge est de perdre ses amis au fil des ans. Il ne se passe pas une journée sans que je pense à Jean et je continue au fond de moi de le prendre à témoin. Il avait une sensibilité excessive... Toujours à fleur de peau, j'ai vu Jean l'œil humide parce que nous avions dû refuser un rôle à la comédienne Bunny Godillot, ce qui arrive sans arrêt lorsqu'un metteur en scène distribue les personnages. Devant la déception de Bunny, Jean me dit : « Tu te rends compte, la compétition à laquelle ces mômes sont soumis ? » Il pensait à sa fille Sylvie qui était dans le métier, et il s'inquiétait pour elle.

Comme moi, Jean avait une sainte horreur des récompenses, et nous ne votions pas pour les Molières, pensant, comme René Simon, qu'il n'y a pas de concours en art... De toute façon, le théâtre de divertissement qui remplit pourtant les salles de spectacle n'est jamais récompensé. En France, le succès populaire n'a pas bonne presse, on le sait... Chaque année, nous regardions la cérémonie des Molières à la télévision, chez Jean en général, entourés d'amis bien en verve, Gérard Hernandez, Roger Carel. Le verre à la main, on se moquait gentiment ou férocement de certains moments de la soirée qui ne manquaient pas de sel... Notre grand regret est que la pièce *La Présidente* ait obtenu un molière deux mois après la mort de Jean-Michel Rouzière qui aurait été fou de joie d'être récompensé pour « le meilleur spectacle comique de l'année »... Les années précédentes, la catégorie n'existait pas. Pour une fois, Jean et moi étions montés ensemble sur scène, au Châtelet, et lui avions rendu hommage, à deux voix, sur le mode humoristique, sans larmoiements.

Adieu, Jacqueline

Série noire. Jacqueline Maillan s'en va deux mois après Jean. Son cœur a lâché. La disparition de mes deux meilleurs amis crée en moi un vide abominable. Pendant des semaines, je suis assommé. La voix de Jacqueline résonne dans ma tête : « Vous venez manger un p'tit potauf à la maison ? » Jean, Caroline, les copains et moi y courions après les représentations ; nous étions en famille. Jacqueline avait des problèmes de santé qu'elle négligeait, elle aussi, par peur de l'hospitalisation : « Mon cœur ne fait plus boum. » Mais elle s'inquiétait pour les autres. Quelques jours avant sa mort, elle m'avait appelé. « Pierrot, j'espère que tu te fais bien suivre, tu sais, il faut faire attention. » Un conseil qu'elle aurait dû mettre en pratique.

Jacqueline, c'est presque cinquante ans d'amitié. Une amitié née au cours Simon, tricotée serré pendant toutes ces années de cabaret et de théâtre. Toute une vie. Elle n'était pas la femme extravagante et extravertie que beaucoup imaginent. Elle était calme, parfois silencieuse, très cliente des blagues des copains, mais qui gardait toujours une certaine réserve. Elle écoutait, elle observait, et elle n'avait pas la repartie à jet continu de Jean Poiret ou Michel Serrault, par exemple. Elle réservait son exubérance pour la scène. Elle pouvait arriver à une soirée, boire un verre et rester silencieuse jusqu'à ce qu'on vienne l'aborder. Quand elle est devenue « LA Maillan », elle a encore gagné en gravité. On aurait dit que le poids du vedettariat lui pesait un peu. Comme Louis de Funès.

Jacqueline Maillan est l'actrice fétiche de Pierre Barillet et Jean-Pierre Grédy comme Sophie Desmarets qui a porté *Fleur de cactus* et *Peau de vache* au triomphe. Pierre et Jean-Pierre, avec qui je travaille depuis longtemps puisqu'ils sont les adaptateurs de *Même heure l'année prochaine* avec Jean Piat et Nicole Courcel, et de *Coup de chapeau* avec François Périer et Daniel Auteuil. J'ai pour eux une énorme estime : eux aussi ont promu un théâtre de divertissement et de qualité. Très vite Jacqueline devient pour eux une source d'inspiration. Pour elle, ils adapteront *Le Pont japonais* et lui écriront du « sur mesure » avec *Potiche* et *Lily et Lily*, trois grands succès du théâtre Antoine, une maison où Jacqueline se sentait heureuse, choyée par ses directeurs. Mais son vrai triomphe, celui qui dépasse de loin toutes ses autres prestations, restera le personnage de *Folle Amanda* avec lequel elle embrasa les Bouffes-Parisiens.

En 1977, je monte *Féfé de Broadway*, une comédie musicale écrite par Jean Poiret avec une distribution qui comprend Michel Roux et Roger Carel. Jacqueline joue le rôle d'une directrice de théâtre qui, parvenue au faîte de sa carrière, s'imagine en Féfé, reine de music-hall, version new-look de *Phèdre* de Racine. Cette satire féroce du monde des théâtreux est un spectacle musical très lourd à monter : scènes et décors pivotants, déploiement de lumières, costumes scintillants, André Levasseur avait sorti l'artillerie lourde. En fourreau pailleté, robe espagnole brodée de fleurs rouges, robe nacrée bleu ciel lacée sur le côté, chapeau de plumes d'autruche et de coq, Jacqueline était une Féfé très convaincante... à un détail près : malgré des qualités vocales certaines, elle ne s'était jamais mise à la danse, comme elle l'avait promis. Cela dit avec toute la tendresse que j'ai pour elle... « Si vous voulez, prenez quelqu'un d'autre... », nous lâche-t-elle un jour où elle sent qu'il va falloir qu'elle s'attelle à la barre. Malgré Arthur Plasschaert, le grand chorégraphe des années 70, qui règle les ballets, Jacqueline jette l'éponge avec la mauvaise foi des acteurs qui savent pourtant que le rôle a été écrit pour eux... Elle ne lèvera pas la jambe et c'est Michel Roux qui fera le numéro de claquettes qui lui était destiné...

Elle n'était pas toujours aussi rétive et pouvait répéter avec une grande rigueur... et le lendemain manger des chouquettes sur scène en répondant, lointaine, à mes indications : « Mouiii, faut voir... » Si elle n'avait pas envie d'apprendre un texte (un pensum pour elle), inutile d'insister. Je n'étais pas inquiet, à la première, elle le savait. Ne me demandez pas comment. Ce qu'elle n'osait pas sur le coup, elle le donnait le moment venu. Avec une particularité qui lui était très personnelle : Jacqueline était une fantastique actrice « en contre », c'est-à-dire qu'elle réagissait admirablement à la situation en la commentant. L'inverse était moins évident. Parfois, au beau milieu d'une répétition, prise d'une légère flemme, Jacqueline descendait de scène, s'asseyait dans la salle et me disait : « Pierre, fais-moi voir... » Je grimpais alors sur les planches et jouais son rôle avec les gestes et les répliques (je ne me débrouille pas trop mal pour jouer les personnages féminins...). Une fois la pièce lancée, il arrivait que des copains me disent : « C'est drôle, à certains moments, on voit des trucs de toi quand elle joue... »

Quoi qu'il en soit, le premier filage de *Féfé de Broadway* fut décevant. Jean-Michel Rouzière était au bord de la crise de nerfs. Je le revois, décomposé, arpentant l'allée centrale du théâtre des Variétés en marmonnant : « Des professionnels ne peuvent pas présenter un spectacle comme ça à Paris !... », tandis que Jean Poiret essayait de dédramatiser en cachant son inquiétude.

Le spectacle fonctionna cahin-caha, mais il n'y eut jamais de tournée avec *Féfé*. Les critiques, eux, ne s'y trompèrent pas et pointèrent du doigt les faiblesses du spectacle qui se concentraient sur Jacqueline. La performance de danseuse de music-hall était au-dessus de ses possibilités... La critique de Mathieu Galley me fendit le cœur : « Maillan, LA Maillan, c'est une comédienne et il n'y en a pas tant. Une sacrée nature. C'est aussi " une belle carrière ", comme on dit. Des entrées, des fauteuils, des sous, des succès, et pas un auteur qui mérite une majuscule sauf Anouilh, une fois, avec *Ornifle*. Un Anouilh en vingt-cinq ans, et c'est tout. Alors, oui, on a le droit d'être un peu triste. Pour elle et pour nous. » On a le droit de le penser, mais les quelques essais qu'elle fit au cinéma avec Mocky ou au théâtre avec Chéreau, lorsqu'il monta *Retour au désert* de Koltès, ne firent pas non plus l'unanimité... François Chalais posa la même question : « Pourquoi ne lui ferait-on pas, enfin, jouer la vraie Phèdre ? » Jacqueline n'est plus là pour le dire, mais je pense qu'elle n'aurait pas accepté. Et elle aurait eu raison : on peut être excellente comédienne, mais la tragédie, c'est autre chose...

Quand, en 1984, j'ai mis Jacqueline en scène, toute seule, au théâtre de la Michodière, pour *J'ai deux mots à vous dire*, un savant mélange de textes, de sketches et de chansons de Jean-Pierre Delage, un de ses vieux copains, j'ai craint de ne jamais parvenir à « faire décoller l'avion » ! Rien ne semblait prêt, elle butait sur les mots... Le jour J, Jacqueline s'ouvrit comme un tournesol devant le soleil : elle s'épanouissait dès que le public était là. Elle avait une façon de le prendre à témoin, sans vraiment lui faire de l'œil, qui était exceptionnelle. Elle le mettait dans sa poche, cueillant littéralement chaque spectateur. « T'as vu comment elle lui parle ?! Dis donc, elle n'a pas la langue dans sa poche, la Jacqueline !... », s'écria un spectateur admiratif, confondant l'actrice et son personnage. Le critique Pierre Marcabru lui fit un hommage vibrant : « Ce sont les lois du cabaret : être proche et imprévisible, amical et étranger. Ce fut pour elle la grande époque, les triomphes sont venus plus tard. Mais le métier s'est formé là. Aujourd'hui, seule en scène, Jacqueline Maillan nous montre en deux heures de quoi elle est faite : d'intelligence, d'à-propos, d'humour, d'aisance, de sensibilité, de brio, de liberté. De bonne humeur aussi, et d'un sens très singulier du déséquilibre qui met de la malice en toute chose. Elle va ainsi jusqu'au burlesque et s'y installe carrément. La première parmi les femmes. La seule peut-être... » On ne l'appelait pas LA Maillan pour rien...

Jacqueline et Jean sont partis trop tôt, nous avions encore tant à nous dire, à partager et à vivre ensemble. Je repense à ce que disait Caroline Cellier quand elle évoquait Jean et Jacqueline : « Je vivais avec un génie du comique : Jean Poiret, bien sûr. Il voyait constamment cet autre génie qu'était Jacqueline. Cela me permettait de constater à quel point ils se comprenaient mais à quel point aussi ils étaient différents : l'un était curieux de tout, passionné de tout, inquiet; l'autre était presque uniquement intéressée par sa famille, ses amis et son métier, et s'étonnait toujours, avec une grande tendresse, des terreurs, des angoisses, des colères homériques de son copain. “ On se calme... ”, disait-elle. Mais Jean ne se calmait jamais et, finalement, c'est ainsi que nous l'aimions avec sa démesure et son intarissable invention. »

Je me souviens qu'on avait demandé à Jean Poiret d'écrire un texte sur notre relation professionnelle. Il l'avait fait, avec son humour habituel : « Il y a depuis si longtemps entre nous une “ romance ”, comme disent les Anglo-Saxons, qu'il est difficile pour moi de louer les vertus de Pierre sans donner l'impression d'être d'un parti pris éhonté. N'allez pourtant pas en déduire, sous prétexte de *Cage aux folles* commune, qu'il a cessé de courir le 400 mètres jupons et que je ne suis plus sensible aux dames de *Play-boy*. Non, s'il existe un amour entre nous, c'est celui du spectacle. »

La mort de Jean va changer profondément le cours de ma vie. Non seulement elle me prive de mon meilleur ami, mais mon double professionnel disparaît et me laisse les bras ballants. Il me manque ma moitié d'orange et j'ai l'impression que, seul, je ne sais plus penser le spectacle.

Reste son autre moitié de pomme, Michel Serrault. J'étais curieux de le mettre en scène et plus encore de voir tout ce qu'il allait ajouter de Serrault au personnage de *Knock* de Jules Romain, que je monte avec lui en 1992. Il rêvait de le jouer pour son cynisme et son absurdité...

Le résultat est à la hauteur de nos ambitions. Et, pour Michel, le plaisir est là, il jubile. Le bon docteur, dans sa manière de faire triompher la médecine, est un retors comme il les aime. Comme Jean, Michel adapte certaines répliques de Jules Romain à la sauce Serrault. C'est lui qui demande à son ami Jacques Dynam, le tambour de ville, de lui envoyer la réplique « Ce sont des portraits de famille ? » en lui montrant trois magnifiques « écorchés » que Platé, le décorateur, a accrochés au mur du cabinet de Knock. Et Michel, de lui répondre : « Oui... manque plus qu'manman ! » Il lui fallait cet espace de liberté. Madame Jules Romain, qui venait parfois voir la pièce, n'y trouva rien à redire. Du moment que la salle était pleine et que les gens riaient, elle était heureuse...

Adieu, Jacques

Après la mort de Jean, si Francis Veber ne m'avait pas confié sa pièce *Le Dîner de cons*, j'aurais peut-être abandonné la mise en scène. Il me fallait un projet aussi exaltant pour me distraire et me redonner l'envie. « Tu te souviens de ce que tu m'as dit quand je t'ai fait lire ma pièce ? me demande Francis. – Oui, lui dis-je, il n'y a rien à retoucher. C'est parfait. – Alors, mettons-nous au travail... » L'idée de Veber est géniale. C'est l'histoire d'un type, Brochant, qui a femme, maîtresse, argent et l'arrogance qui va avec, et pratique un divertissement original. Avec ses amis, un soir par mois, il organise un dîner où chacun invite un « con » qui ne se doute pas qu'il est perçu comme tel. Il en a un sous la main, il s'appelle Pignon. Immédiatement, je pense à Jacques Villeret pour le rôle... du con. Claude Brasseur crée le rôle de Brochant en face de Villeret qui fait un con admirable. Gérard Hernandez dans celui de l'inspecteur des impôts cocu est sublime. La pièce est un triomphe, adaptée au cinéma selon la formule qui reste chère à Veber. Depuis *La Cage aux folles*, je n'ai jamais entendu une salle rire comme aux Variétés. Par moment, les spectateurs sont littéralement couchés sous des rafales de rire. Comme un champ de blé sous les pales d'un hélicoptère...

J'ai rencontré Jacques en 1987 pour la pièce de Ray Cooney *C'est encore mieux l'après-midi*, que Jean adapte au théâtre des Variétés. Répliques corsetées et aiguisées comme des flèches, banderilles, voilà l'esprit de la pièce. J'y joue un député de la majorité qui, dès qu'il quitte l'hémicycle, se rue à l'hôtel, où Georges, son secrétaire, est chargé de lui organiser un rendez-vous galant. Georges, c'est Villeret, la gueule enfarinée, dans l'éclat de son innocence. Pierrot lunaire et distrait, il est le souffre-douleur dont les bévues sont source de quiproquos...

C'était la première fois que je jouais avec lui et que je le mettais en scène. Jacques était irrésistible quand il se lançait dans des imitations, mais bouleversant l'instant d'après quand tout lui semblait trop lourd à porter et que rien ne parvenait à le dérider. Il voulait revenir au théâtre, apparemment en grande forme. Sur scène, il se donnait à fond et bondissait sur le plateau dans son caleçon bariolé, perdant deux kilos par mois... Son personnage de gaffeur, benêt mais pas méchant, soulevait des tempêtes de rire dans la salle. Ce qui semblait le surprendre, et encore plus quand le public applaudissait debout. Après le one-man show, il retrouvait un premier grand rôle au théâtre. Après des années de cinéma, il rentrait « à la maison ». Et, timidement, les yeux dans les chaussures, il découvrait qu'on l'aimait...

Avant de mourir, Jean-Michel Rouzière avait eu le temps de faire signer à Jacques Villeret et Christian Clavier, sur un menu de restaurant, la promesse de jouer *Le Fil à la patte* de Feydeau. Le comique des mésaventures de Bois d'Enghien, noceur parvenu qui voudrait en finir avec sa maîtresse, une chanteuse de caf' conc', pour se marier. Toujours le flair de Jean-Michel : on a fait un beau succès. De la joie, de la bonne humeur, c'est ce que j'espérais en commençant les répétitions avec Christian, Jacques, Martin Lamotte et Sabine Haudepin. Sans compter que la jeune Valérie Lemercier n'était pas en reste. De sa petite prestation, elle fit un grand rôle. Mais, sur le plateau, Jacques fut parfois difficile à gérer, lorsqu'il n'arrivait pas dans un état second... Dans ces cas-là, Christian et la troupe le portaient à bout de bras. Les soirs où il donnait le meilleur de lui-même, Jacques était surprenant dans le personnage de Bouzin, un pauvre type haineux et vindicatif, une vraie teigne, même si sa rondeur ne dégageait pas ces sentiments à l'évidence.

Encouragé par l'affection que je lui exprimais, il lui arrivait de se confier. Avoir appris si tard la vérité sur ses origines le minait. Il avait tout remis en question. J'essayais de le raisonner en lui répétant qu'il avait fait ses preuves, qu'il était aimé, admiré, que cette révélation ne changeait rien fondamentalement. Parfois, j'arrivais à retenir l'enfant inconsolable qui se réveillait en lui mais, le plus souvent, il fuyait pour n'imposer à personne le spectacle d'un Villeret que lui-même jugeait pitoyable.

Un soir, le rideau du *Dîner de cons* ne se leva pas, Jacques ayant déclaré forfait, emporté une fois de plus par son mauvais génie. Trop honteux pour m'appeler, il me fit porter ce message que j'ai gardé : « Pierrot, je sais que je t'ai déçu, mis en colère, bafoué un moment ton travail et que mon silence de ces quinze derniers jours ressemble à de la grossièreté ou du mépris. Mais la difficulté que j'ai à m'exprimer en général est décuplée dans la situation présente. Dans l'état de choc, certes créé par moi, j'ai laissé passer un trop long temps avant de t'écrire et je me trouve pour l'heure en train de vivre un *Crime et châtiment* de faubourg, mais j'espère encore que nous pourrons toujours rire et faire rire ensemble. Je t'embrasse et je t'aime, conscient de ma faute, mais aussi de ce que je te dois dans ce long apprentissage de la comédie et de l'approche que j'ai faite avec toi du grand public de théâtre. Jacques (15 septembre 1994). »

J'ai joué la comédie de la colère, mais je ne suis jamais arrivé à lui en vouloir vraiment. Il souffrait trop. Toute ma vie je me souviendrai de Jacques à l'enterrement de Jean Poiret : amaigri dans son manteau noir, le cheveu en bataille, ses grands yeux allant d'un visage ami à l'autre – on aurait dit qu'il cherchait quelque chose, l'air perdu. Il avait une grande admiration pour Jean, au point de lui avoir demandé de lui injecter « du Poiret » dans le long monologue de *La Contrebasse* d'après le roman de Süskind, qu'il jouera à Hébertot.

Et pourtant... En 2005, lorsqu'ils se retrouvèrent pour le film *L'Antidote* de Vincent de Brus, Christian Clavier n'en revenait pas : « Jacques est méconnaissable, beaucoup plus détendu, chaleureux. Il bosse, il est de bonne humeur, il a l'air heureux ! », dit-il. Oui, tout aurait pu recommencer... Mais son corps, lui, en avait assez soupé... Il n'est plus là. En revoyant à la télévision *Papy fait de la résistance*, quand le frère d'Hitler descend de voiture de sa démarche flageolante et qu'il chante « Je n'ai pas changé... » en mixant Iglésias et Montand, je pleure... mais de rire.

« Oscar » et « Bagatelles » au Chalumeau

Celui que je recherche devra à lui seul être une entreprise de dépoussiérage et de rajeunissement. Et je crois l'avoir trouvé : il s'appelle Laurent Chalumeau. Laurent, je le connais depuis longtemps sans l'avoir jamais rencontré. Son nom, on l'entend sans cesse et sur tous les fronts, tant il s'active. Ecrivain, parolier, scénariste, dialoguiste, reporter à *Rock and Folk*, il a un pied en France, et l'autre aux Etats-Unis. Mais il est surtout l'auteur génial des sketches d'Antoine de Caunes et José Garcia dans *Nulle part ailleurs*. Moi, jazz, lui, rock and roll, nous devrions parvenir à donner un nouveau rythme à *Oscar*, ce monument qu'on me demande de restaurer et dont Laurent Chalumeau n'a jamais entendu parler en l'an 1996. Enfin, pour faire genre. La pièce et les mécanismes resteront identiques, mais on les présentera différemment, quitte à modifier certains comportements plus en adéquation avec l'acteur qui la jouera. Après Louis de Funès, c'est à Roland Giraud qu'incombe le rôle, fort de sa notoriété depuis le succès de *Trois hommes et un couffin* de Coline Serreau en 1985.

Je veux m'arrêter quelques minutes sur Laurent, parce que nous avons travaillé main dans la main sur ce projet et que, depuis, nous sommes devenus très amis. Avec sa quarantaine bien sonnée, il me fait penser à un éternel étudiant, qui, comme matière à option, aurait choisi « Michel Audiard ». C'est un vrai titi parisien qui manie l'argot comme une deuxième langue maternelle. Notre rencontre est la preuve qu'il n'y a pas forcément de conflit de générations entre personnes ayant plus de trente ans d'écart, ce qui est notre cas... D'ailleurs, lorsque le producteur Jean-Claude Camus demande à Laurent d'adapter *Bagatelles*, la pièce de Noël Coward, avec Michel Sardou en vedette, le tandem se reforme aussitôt.

Michel a longuement hésité avant de se lancer, et il ne veut surtout pas se tromper de pièce. *Bagatelles*, qui raconte le « come back » d'un comédien, semble lui convenir. Une lecture me suffit pour me rendre compte que cette histoire ne fonctionnera pas telle qu'elle est écrite avec la personnalité de Michel, qui a une approche beaucoup plus virile et carrée de ce rôle. Le personnage est sophistiqué, précieux, capricieux, trop loin de lui pour débuter sur les planches. D'évidence, il faut adapter, voire réécrire le texte en fonction de lui, et le prolonger : une star de la chanson et du cinéma qui fait du théâtre pour la première fois, voilà le « pitch ». Laurent a compris et il va lui tailler non pas un costard, mais un superbe costume sur mesure. Il y aura cinq adaptations successives. Pour épauler le « bleu » Sardou, j'ai appelé quelques valeurs sûres comme Natacha Amal, Philippe Khorsand, Laurence Badie et Arielle Semenof. Et deux « petits jeunes », Gwendoline Hamon et Frédéric Diefenthal.

Michel Sardou se montre d'un grand professionnalisme. Non seulement il accepte tous nos changements sans broncher, mais il arrive à la première répétition à l'heure, sachant son texte sur le bout des doigts et il trouve très vite son personnage. Mon souci n'était plus de savoir si Michel Sardou tiendrait la distance mais si la comédie que je montais tiendrait le coup !

La pièce, un succès public, est totalement ignorée de la presse... Comment persuader des journalistes de venir quand ils se sont fait leur religion à l'avance ? C'était aussi injuste pour Michel que pour les autres acteurs... Une jolie consolation tout de même : Frédéric Diefenthal et Gwendoline Hamon, la petite fille d'Anouilh, ne vont plus se quitter. Pour eux, à présent, je suis devenu « la marieuse » !

J'aime la façon d'écrire de Laurent Chalumeau. Il excelle à faire dialoguer les cons entre eux ! J'ignore où il puise l'inspiration et quelles sont ses sources, mais c'est du grand art. L'univers de Laurent, c'est *Les Tontons flingueurs*, les truands magnifiques ou les seconds couteaux, qui ont le sens de l'honneur et de la repartie... Tout ce que j'aime. Est-ce par hasard que dans *Maurice le siffleur*, son dernier roman, le héros du livre est un vieux type un poil mystérieux, amateur de jazz qui collectionne les disques ? Un bonhomme qui avance masqué et qui aurait les mêmes goûts que Pierre Mondy – comme c'est étrange, comme c'est bizarre, et quelle coïncidence... « Puisse la trompette du nègre te dire tout ce qui ne s'écrit pas entre hommes... », m'écrit-il dans sa dédicace. J'ai entendu la trompette, Laurent, et je connais bien son langage.

Commissaire Cordier

Un coup de chance ? Comment appelleriez-vous ça, patron ? Je vous laisse juge : lors d'un déjeuner avec mon agent d'Artmédia, Catherine ma femme s'étonne que je ne tourne pas davantage pour la télévision. Deux jours plus tard, Nelly Kafski, à l'époque productrice de la future série *Les Cordier, juge et flic*, arrive très embêtée chez Artmédia : l'acteur auquel elle pensait refuse de jouer un « récurrent », et il lui faut un commissaire dare-dare. « Et pourquoi pas Mondy ? », s'écrie Josette Arrigoni, mon agent, au moment où la productrice quitte son bureau. Elle s'arrête, hésite, semble réfléchir... « Mondy... Oui... pourquoi pas ? Envoyez-lui toujours le projet... »

J'avoue que lorsque j'ai reçu le scénario de l'épisode pilote, mon premier réflexe a été de me dire : « Encore un flic à la télé ! » Ils sont déjà très nombreux, les *Julie Lescaut*, *Navarro*, *Moulin*... pour ne citer qu'eux. Pourtant celui-là me semble avoir quelque chose de différent, d'accessible. Cordier m'est proche : un peu bonhomme, grave et pince-sans-rire ou franchement déconnant, il est père d'un garçon et d'une fille, comme moi dans la vie, il est papa poule à ses heures, comme je peux l'être avec mes enfants quand j'ai envie d'en savoir un peu plus que ce qu'on veut bien me dire...

L'acteur Bruno Madinier a été choisi pour le rôle du jeune juge. A priori, lui et moi ne nous ressemblons pas mais, à l'image, nos physiques s'accordent, nous pourrions réellement être père et fils, on y croit. L'aventure des Cordier commence. Une véritable affection va s'installer entre Bruno et moi au fil des épisodes. Pendant les pauses, on boit des coups, on fait connaissance. Désormais, je n'appellerai jamais plus Bruno au téléphone sans lui dire : « Salut, fiston ! » Depuis dix ans, on se connaît par cœur. « Quand tu marches derrière moi, je t'entends respirer, je devine ce que tu vas faire comme gestes... », me dit-il.

Après le formidable succès du pilote, TF1 et Tel-France lancent la série et je signe pour six téléfilms. Je n'imaginais pas, à l'époque, que j'allais jouer ce commissaire de fiction tant d'années en réunissant parfois près de dix millions de téléspectateurs ! Et l'aventure ne fait que commencer... Madame Cordier, c'est l'actrice italienne Antonella Lualdi, que j'ai rencontrée en 1957 sur le film d'Yves Allégret *Méfiez-vous fillettes*, et qui garde de ce premier contact, c'est le mot, un souvenir cuisant. J'y jouais un type odieux, un patron de clandé dans une histoire de filles séquestrées, la parfaite ordure roulant des mécaniques. Pour avoir osé se refuser à moi, la pauvre Antonella se voyait administrer une dérouillée phénoménale à coups de ceinture. J'eus beau faire attention à ne pas la blesser, elle passa un sale quart d'heure. Confus, gêné, je lui fis porter des fleurs pour qu'elle me pardonne. Mais elle m'en reparle encore aujourd'hui...

Charlotte Valandrey nous rejoint dès le deuxième épisode pour jouer ma fille, la journaliste de la famille, jusqu'en 2000. Notre complicité naît dès le premier jour de tournage. Elle a de la personnalité, un caractère bien trempé, ça me plaît. Petite Charlotte, dont je découvrirai dans la presse, comme tout le monde, la maladie et l'infini courage. Elle a bien gardé son secret et, la connaissant un peu, je sais qu'elle n'aurait pas aimé qu'on « prenne des gants » avec elle. Mais je comprends mieux certaines de ses impatiences, de ses énervements. Quand elle quittait le plateau brusquement au moment du clap, quand elle faisait la gueule de façon inopinée, je la rappelais un peu à l'ordre, m'arrogeant un droit de « père » sur sa « fille », et elle le comprenait ainsi. Je m'en voulais terriblement ensuite et je l'embrassais tendrement. Jamais derrière son regard clair et ses rires je n'aurais imaginé l'enfer qu'elle vivait. Je l'admire pour s'être battue en silence et, faute de l'avoir su, je regrette de ne pas lui avoir tendu une main secourable pour la réconforter pendant les jours difficiles...

Drôle de type, ce commissaire Cordier... Je ne sais pas si je suis parvenu à créer un véritable personnage, un caractère marqué. Ce bourru au cœur tendre, il me ressemble comme deux gouttes d'eau. Ni tout à fait moi, ni vraiment un autre... Comme lui, j'ai « la tête près du bonnet » et un brin de mauvaise foi... Pour le pilote, la production m'a affublé de l'éternel costard cravate, mais, dès le numéro deux, je tombe la veste et la costumière va chercher l'inspiration dans ma garde-robe personnelle. Je suis entré dans le personnage de cette façon, et sa gestuelle est exactement la mienne. Même si le rôle n'a pas été taillé sur mesure, il est très proche, physiquement, psychologiquement, de moi. Comme dans une auberge espagnole, j'y apporte beaucoup de ce que je suis vraiment.

Ce qui me tient le plus à cœur dans cette série, c'est que l'intrigue policière soit bonne, mais surtout que l'humour y règne en maître. Il faudra attendre l'arrivée du merveilleux et regretté scénariste-dialoguiste Dominique Roulet, auteur des Lavardin, pour que la série des Cordier soit « boostée » de façon fantastique. Grâce à lui, j'ai le type de dialogues que je souhaitais et l'empreinte que je voulais y mettre : être sérieux dans l'enquête mais, dès qu'on le peut, tirer le commentaire vers le rire, si possible « à la Audiard ». Il a fallu convaincre autour de nous et il y eut quelques réticences : si Antonella pique une colère au milieu d'un dîner familial et que je me tourne vers mes enfants en disant : « Mais qu'est-ce qu'elle nous fait, l'Italienne, avec son bon sens à l'huile d'olive ? », j'entends : « Cordier ne parle pas comme ça à sa femme... » Je ne suis pas d'accord. Si c'est pour dire : « Mais qu'arrive-t-il à votre mère ? », je préfère me taire... Je crois au contraire que les téléspectateurs sont friands de ce franc-parler. D'ailleurs, plus les années passent, plus j'y apporte des petites touches personnelles. Je « retricote » s'il le faut une réplique à ma sauce, mais comme Poiret, toujours dans l'intérêt de l'histoire. A l'époque de Dominique Roulet et Bernard Marié, mon fils Laurent, scénariste-dialoguiste, a rejoint notre équipe d'écriture. Depuis qu'il est gosse, je connais son amour et sa cinéphilie. Je suis heureux qu'il fasse aujourd'hui partie de « la famille » et que d'autres horizons se soient ouverts pour lui.

Après plus de dix ans, en juillet 2003, la série a toujours ses adeptes, mais la formule initiale et le ping-pong père-fils a fait son temps. Lorsque, au soixante et unième épisode, nous arrêtons *Les Cordier, juge et flic*, première version, j'ai l'impression d'en avoir fait le tour, et Bruno piaffe : on lui colle l'étiquette juge Cordier alors qu'il peut quand même jouer autre chose... Il a besoin de s'aérer, ce que je trouve légitime, et il quitte la série. Après quelques mois, Cordier reprend du service selon une nouvelle formule qui me convient : désormais le commissaire partage chaque épisode avec un invité différent, une « guest star » comme disent les Américains, un *mano a mano*. Les téléspectateurs accueillent la nouvelle version avec le même enthousiasme. Un nombre impressionnant d'acteurs, de réalisateurs sont passés dans la série, Bruno et Charlotte sont partis, mais je suis toujours là... Etant le vétéran de l'équipe, je me sens responsable de l'ambiance qui règne sur *Les Cordier* : je dois créer une sorte de cohésion, accueillir les nouveaux metteurs en scène, techniciens, acteurs. Il a toujours régné une atmosphère très ludique sur le plateau. Quand on entend « Moteur ! », tout le monde y va, on bosse, mais, entre les scènes, l'ambiance est très joyeuse. Je ne connais pas un acteur ni une actrice qui soit venu sur le plateau et qui n'ait pas dit : « Qu'est-ce qu'on est bien ici ! » Et c'est vrai. *Idem* pour l'équipe. Vous êtes vraiment trop nombreux pour que je vous cite, mais vous savez, tous et toutes, combien je vous porte dans mon cœur. Quel beau paquet de souvenirs nous avons ensemble !

Lorsque je dis que *Les Cordier* est un « divertissement policier », on me regarde presque comme si j'avais dit une insanité ! Et pourtant... Je suis sûr que je dénoue en une heure et demie ce que mon frère, commissaire de police, aurait mis trois ou quatre ans à résoudre ! C'est sans doute la raison du succès de la série : elle reste constamment dans la fiction, elle n'est pas obsédée par le réalisme. Et les sujets graves conservent toujours une touche d'humour. Selon des magistrats, cette série serait la plus fantaisiste qui soit, le comble de l'invraisemblance ! Jamais, nous disent d'authentiques fonctionnaires, deux membres d'une même famille, en l'occurrence un juge et un flic, n'enquêtent sur une même histoire. D'accord, bien enregistré. Mais c'est du divertissement. L'important est que tout le monde, acteurs et téléspectateurs, y prenne du plaisir... Pour la véracité des sujets de société concernant l'augmentation des crimes dans la cité, la vie dans les commissariats, que sais-je encore, merci de bien vouloir vous reporter aux grandes émissions d'investigation et aux enquêtes télévisées. Chacun son job...

On peut se tromper sur un rôle au cinéma, au théâtre, mais pas à la télévision, parce que vous allez chez les gens... Même si certains critiques pensent que : « Pierre Mondy grommelle son rôle plus qu'il ne le joue... », et alors ? Bénéficier depuis quinze ans d'un tel succès populaire, cela console de beaucoup de choses... Le cinéma, je l'ai un peu oublié. De toute façon, je sais que, si l'on doit me proposer un rôle de chirurgien, il y aura toujours quelqu'un pour penser qu'à un moment je vais débarquer dans la salle d'opération, sortir ma carte de flic et dire d'un ton autoritaire : « Bon, les gars, on opère quand je le dirai ! »

Règlement de comptes

« Putaing, t'as un beau rôle, toi ! » L'expression d'Yves m'a brûlé les lèvres quand j'ai vu la sortie de scène de Catherine Rich, portée par les applaudissements de la salle. Certains soirs, on l'applaudit trois ou quatre fois pendant un long monologue, où elle est tout simplement sublime. Il fallait cette comédienne rare, baroque, touchante, qui vibre à chaque phrase, pour que je revienne au théâtre. Sept ans que je n'étais pas monté sur scène, depuis *Rumeurs*... En 1998, Jean-Luc Tardieu, animateur de la Maison de la Culture de Loire-Atlantique, met en scène *Le Sénateur Fox*, pièce de Luigi Lunari. Secrets de famille et satire politique sont le jus de la pièce. Le lieu est magnifique, tout roulerait formidablement bien si nous n'étions pas au cœur d'un règlement de comptes : pour des raisons politiques et à coups de reproches minables, Jean-Luc est renvoyé *manu militari* après quatorze ans de bons et loyaux services comme directeur. Pour assister à la dernière représentation, il a dû payer sa place ! Pour le soutenir, Catherine et moi proposons à Jean-Luc de ne pas jouer afin d'attirer l'attention sur l'injustice qui lui est faite, mais il refuse... « Ne punissons pas les spectateurs... », dit-il. Heureusement, la justice des prudhommes donnera raison à Jean-Luc contre ceux qui l'ont jeté comme un malpropre... C'est dans *Le Sénateur Fox* que je rencontre Guillaume de Tonquédec qui occupe, à présent, une place de choix dans *Les Cordier*. Lui aussi, c'est la famille.

« Joseph »

Un tel succès, personne ne l'attendait, et surtout pas moi... On ne m'avait pas proposé un si beau rôle depuis longtemps. Celui d'un vieux paysan à la dure qui protège son petit-fils impliqué dans un trafic de drogue. L'histoire est directement inspirée du film de Pierre Granier-Deferre, *La Horse*, avec Gabin dans le rôle du vieux. Ici, l'intrigue se concentre davantage sur les liens qui unissent le vieux et l'adolescent. Lorsqu'on m'a communiqué les chiffres d'audience du téléfilm *Joseph*, j'ai eu du mal à le croire. Sincèrement, je ne m'attendais pas à un tel plébiscite dans ma vie professionnelle, à mon âge et après tous les rôles que j'ai tenus.

A l'origine, c'est Jean-Paul Belmondo qui devait interpréter le rôle de Joseph, réécrit par Philippe Setbon. Mais Jean-Paul « le Magnifique » a son accident... Après deux ans d'attente, Jean-Pierre Guérin, qui a confié la réalisation à Marc Angelo, me propose le rôle principal. On pourrait penser qu'ayant travaillé pratiquement douze ans pour eux, TF1 dira oui tout de suite... Eh bien non ! Le directeur de la fiction, Takis Kandilis, ne me voit pas du tout dans ce rôle et freine des quatre fers. « Tu es tellement citadin, Pierre... », me répète-t-il. Le genre de remarque qui me laisse pantois... Même si l'histoire se passe à la campagne, il s'agit davantage d'une famille de bourgeois viticoles que de la bande de Goupil mains rouges ! Jean-Pierre et Marc Angelo, eux, y croient dur comme fer : « Tu ne retrouveras pas Pierre comme tu as l'habitude de le voir... », dit Marc à Kandilis, espérant le faire changer d'avis... Pour Jean-Pierre, et c'est rare, les choses sont claires : le film ne se fera pas sans moi. Par chance, Takis Kandilis me voit à la télévision dans le film *Des gens sans importance* aux côtés de Gabin, où je joue le rôle d'un chauffeur routier, et l'image qu'il a de moi, celle du commissaire Cordier (évidemment puisqu'il s'agit de cela...), vole en éclats. Pour Marc Angelo, c'est gagné.

L'enjeu était important, je savais qu'on m'attendait au tournant et que l'audience serait le seul baromètre. Rien n'est définitivement gagné dans ce métier. Certains commentaires qui annonçaient le téléfilm dans la presse donnent le ton : « Bien sûr, il ne remplace pas Gabin, mais qui le pourrait ?... » Ou bien : « Il reprend avec brio le rôle de Gabin... » Ça, c'est plutôt mieux. La plupart des journaux n'en diront pas un mot. Deux journalistes qui ont apprécié le film soulignent « le contre-emploi de Pierre Mondy ». Ce fameux contre-emploi... L'éternelle casserole. Pourtant, il n'y a pas trente-six façons de jouer la comédie, il y a la bonne et la mauvaise. Quoi qu'il en soit, ce soir-là, la diffusion de *Joseph* fait un vrai carton : dix millions sept cent trente mille téléspectateurs exactement. C'est Takis, le premier, qui me donne les résultats, la voix triomphante.

Comme chaque fois, ma première pensée fut pour mes parents, Louisou et Marguerite. Ils sont ailleurs, très loin, mais ils sont là, ils veillent sur moi. J'ai dans ma poche, contre mon cœur, une petite photo de papa et maman, serrés l'un contre l'autre, aussi unis devant le photographe que dans la vie. Ce sont eux que je remercie lorsqu'il m'arrive des bonnes surprises comme celle-là.

Lors de la projection du téléfilm *Joseph*, Valérie, la femme du réalisateur Marc Angelo, me demanda si j'étais superstitieux. « Pas du tout ! lui dis-je. – Moi, oui, répliqua-t-elle. Eh bien, figure-toi qu'hier [on était le 2 janvier...] une coccinelle s'est posée sur la vitre de la maison. En hiver, c'est incroyable... – Ça va vous porter bonheur pour le film, ai-je dit à Marc. Tu verras... » Allez, va pour la bête à bon Dieu, mais moi, la petite coccinelle, je sais très bien qui c'est...

D'hier à aujourd'hui, et à demain...

Qu'est-ce qu'une existence d'acteur sinon l'addition d'une multitude de petites vies, de moments intenses, vertigineux, d'émotions incontrôlables, comme le furent les fous rires qui ponctuèrent toute ma carrière ? Le cours Simon, la compagnie Vitaly et le théâtre de la Huchette, mes débuts au cabaret, à la radio, les amitiés, les amours, les grandes rencontres, mes chers Jean et Jacqueline, Gabin, Michel Simon, Yves Robert, Henri Verneuil, René Allio, Francis Véber, Molinaro, Abel Gance, bien sûr... et tous ces personnages, ces rôles : Napoléon croise la septième compagnie et le sergent-chef Chaudard se met au garde-à-vous devant le commissaire Cordier... Simon avait raison. Plus j'avance dans le métier, plus je vieillis, plus je me rends compte que le facteur chance est énorme. Je ne crois pas au metteur en scène qui entre dans un café où vous buvez un demi et qui tombe en arrêt devant votre table en disant : « C'est vous que je cherchais ! » Mais les virages à cent quatre-vingts degrés, les rencontres qui décident de votre vie pendant dix ans, cela oui, car c'est ce qui m'est arrivé. La fidélité, l'impression d'une famille (les amis et les acteurs dans lesquels on se reconnaît) sont aussi des vertus payantes dans ce métier.

Toute ma vie, j'ai eu une étiquette d'acteur de vaudeville, de boulevard, de films divertissants, et j'ai plutôt travaillé pour faire rire que pour faire pleurer. J'ai un vrai goût pour la comédie. La plupart des films dans lesquels j'ai tourné n'ont pas révolutionné l'histoire du cinéma, j'en ai bien conscience – même si je sais, par expérience, qu'il est plus dur d'être un personnage comique que tragique... Mon physique m'a dirigé vers des polars où je pouvais jouer autant le flic que l'ordure. Un physique que certains qualifient de « Français moyen » (je déteste cette expression...), qui m'a mené du chef de gare de *Bébert et l'omnibus*, au conducteur de semi-remorque des *Gens sans importance*, jusqu'au petit patron de PME comme le Benoît Castejac du *Téléphone rose*... Ma gueule fait partie de l'album de famille du cinéma français. Rien de révolutionnaire, mais cela représente une sacrée diversité de personnages. Pour les aristocrates, on n'a pas souvent pensé à moi. Avocat, oui, mais président ou procureur, non. Aujourd'hui, le cinéma est moins exigeant pour les physiques. Un homme de petite taille peut jouer un tombeur, on donne un rôle de séductrice à une comédienne qui n'est pas forcément une « bimbo »... Je me souviens que, en début de carrière, j'avais dit à la journaliste Marie-Claude Perpère : « Si je dois un jour justifier une histoire d'amour, il faudra que je la gagne... C'est la cruauté de ce métier. » Immédiatement, j'ai compris qui j'étais et quels rôles me seraient définitivement inaccessibles. Il vaut mieux le savoir. Ce genre de lucidité vous fait gagner du temps. Quand on prend de l'âge, l'apparence gagne souvent en douceur, en vulnérabilité : je ne pourrais plus interpréter un homme cruel, impitoyable, ce ne serait pas crédible. Mais je peux donner dans la violence, la fermeté, car j'ai du coffre. Mon grand regret est peut-être de ne pas avoir pénétré l'univers de Simenon. Ah, Maigret !

Quels que soient les succès – je pense évidemment aux vingt-trois années exaltantes passées avec Jean Poiret au théâtre – ou les rendez-vous manqués de ma vie professionnelle, à aucun moment je ne me suis pris pour qui que ce soit d'autre qu'un acteur ou un metteur en scène. Ces années ont été vécues professionnellement par Pierre Mondy, mais elles n'ont modifié en rien ma façon de voir l'existence, mes rapports avec les gens. Je suis toujours resté moi-même. C'est à Bibi Cuq qu'est arrivée la carrière de Pierre Mondy. Et quand le patron de GMT me confirma les scores magnifiques du téléfilm *Joseph*, je n'ai pas pu m'empêcher de penser : cette belle récompense, c'est à Bibi Cuq qu'elle va, lui qui a débarqué d'Albi et à qui René Simon a affirmé : « Tu n'auras pas d'emploi au Conservatoire »... Ce même René Simon qui nous répétait que ce ne sont pas les têtes de cours qui font de longues carrières et qu'il ne suffit pas d'être bon élève pour tenir le coup dans ce métier. Il avait raison sur tout. Pour faire ce métier, disait-il, « il faut savoir avaler des couleuvres, être fabriqué " biologiquement ", accepter les avantages et les inconvénients de s'exposer toute sa vie devant les gens ». Après plus de cinquante années de métier, je comprends vraiment de quoi il parlait... Dans une carrière aussi diverse que la mienne, les succès ont alterné avec les échecs, les satisfactions avec les déceptions. J'ai appris à encaisser. Et si je dois faire aujourd'hui le bilan, la balance penche bien plus vers le positif que vers le négatif. N'ayant, par exemple, jamais dédaigné la télévision depuis ces houleux directs du début, je peux dire qu'elle me l'a rendu au centuple.

En revanche, je n'ai jamais compris pourquoi, dès le début des années 80, le cinéma s'éloigna de moi, doucement, comme une chandelle qui s'éteint. Ma chance fut sans aucun doute de savoir mesurer la mienne et de n'avoir pas été envieux. Education ou lucidité? Une chose est sûre : je n'ai jamais regardé la ligne de nage de l'un, le couloir de l'autre pour juger si mon parcours était le bon. On ne peut pas suivre toutes les opportunités qui nous sont proposées en regardant de côté ce qu'on aurait pu vous offrir. Comme un ballon dirigeable qui ne décolle pas : il faut lâcher du lest. Vous n'avancez pas si vous regardez sans cesse ce que l'autre a obtenu en vous disant : « Mais pourquoi lui et pas moi? » A partir de là, lorsque je me retourne sur ma vie, je peux être plutôt satisfait. C'est une des clés du bonheur. Bien sûr, très évidemment, et tous les acteurs sont comme moi, j'ai le sentiment d'être passé à côté de certains films, je pense au cinéma de Sautet... Comment ne pas avoir envie de se mêler à la formidable bande de *Vincent, François, Paul et les autres* ou *Les Choses de la vie*? Je l'ai regretté mais, de toute façon, jamais je n'aurais fait la démarche d'appeler le metteur en scène pour lui signaler mon existence. Je ne sais pas faire ce genre de chose.

La vie a été bonne avec moi et, dans l'ensemble, j'ai eu beaucoup de chance. J'ai eu une belle vie d'acteur... Je ne connais ni la frustration ni l'amertume. Dans ce métier, on ne dispute pas une course de vitesse, mais une course de fond. La seule vraie réussite, c'est de durer. « Avance, petit, avance... » Durer envers et contre tous, car c'est un milieu où l'on n'aime pas toujours la réussite des autres. Je ne dis pas que, si c'était à recommencer, je referais les mêmes choix, mais à 80 % je revivrais ce que j'ai vécu. Quoi qu'il en soit, je n'ai jamais rien fait à contrecœur... « Pas de mélancolie, pas de nostalgie chez Pierre, disait Jean Poiret quand on lui demandait de parler de notre amitié. Ou, s'il lui arrive d'en avoir, comme tout le monde, il n'en fait pas profiter les autres. C'est un égoïste de l'idée noire. »

La clé du bonheur est d'être en accord avec soi-même et, lorsque je me retourne, j'aime me souvenir de toutes les œuvres mises en scène. La mise en scène fut vraiment une grande passion pour moi. Le metteur en scène n'est pas un accoucheur, parce qu'une œuvre ne connaît pas de stade infantile. C'est beaucoup plus. C'est une espèce de docteur Frankenstein qui aurait réussi sa créature. Mon grand bonheur fut de travailler avec les acteurs. En dehors de cinq ou six erreurs de distribution, tous ceux que j'ai mis en scène, tous, et je ne peux pas les citer tant ils sont nombreux, sont des gens avec qui j'ai adoré travailler. Je ne me souviens pas de m'être accroché avec l'un d'eux. Ce qui est passionnant dans les répétitions, c'est que personne ne travaille au même rythme : on avance en crabe pour faire arriver tous les acteurs au même endroit, en même temps. Et tout d'un coup, devant le public, le comédien qui a toujours été à la traîne, celui qui vous a foutu une trouille bleue, est à la hauteur, parfois même au-dessus de la mêlée. C'est votre récompense. Certains trouvent leur personnage trop vite, Roger Carel, par exemple, que j'étais obligé de calmer dans *L'Arnacœur* pour qu'il garde le meilleur de ce qu'il pouvait donner pour les représentations. Je l'ai vu faire la générale en dessous de ce qu'il donnait en répétitions et, le lendemain, tout repartait. Etre acteur et entendre les applaudissements quand le rideau se baisse, c'est merveilleux, mais c'est incomparable d'être assis au fond de la salle pour voir le spectacle que vous avez monté et constater que le public répond présent à tous les rendez-vous que vous lui avez donnés. Attendre les rires lorsque vous connaissez d'avance la réplique qui va faire mouche, c'est une jouissance à nulle autre comparable. A travers les mots simples ou compliqués, du classique ou du burlesque, toute ma vie, je n'ai eu d'autre but que de donner des émotions par le rire ou les larmes.

La passion de la mise en scène m'a quitté peu à peu. On continue à m'envoyer des pièces, mais je les retourne en ayant l'honnêteté de dire que je ne les lis plus. Ce n'est pas du désamour, mais je n'y pense plus, voilà tout. Ma dernière mise en scène fut celle de *Remue-ménage* en 2003. Fatigue, non, déception plutôt. Je n'ai pas ressenti l'excitation des précédentes années. Aujourd'hui, l'investissement est trop lourd et les spectacles s'arrêtent au bout de cent représentations, salles pleines ou pas... Dans les pays anglo-saxons, c'est la pièce qui est vedette. Si elle plaît, la distribution change et on continue. Monter un spectacle est devenu très compliqué. Je n'ai plus envie de démarcher les directeurs, les producteurs, les acteurs qui disent oui puis non, les hésitations, les tergiversations... Je n'ai plus le feu sacré. Ce qui énerve assez Catherine qui, après m'avoir vu si passionné, ne comprend pas que le besoin de mettre en scène se soit envolé...

A mon âge, mes proches s'inquiètent un peu pour mes artères et on aimerait bien que je lève le pied. Je n'ai jamais songé à prendre ma retraite. Et qu'est-ce que cela veut dire ? C'est un luxe sans saveur, un loisir inutile et je n'ai aucune des qualités qu'il faut : je ne suis ni bricoleur, ni pêcheur, ni collectionneur de timbres... La lecture ? Le jazz ? Je n'ai pas besoin d'arrêter mon activité pour lire ou écouter de la musique. Au fil des années, la passion du jazz est devenue celle d'un collectionneur. Plus de dix mille disques envahissent les murs et s'empilent dans la pièce que j'ai dédiée à ma passion. Quand j'écoute un morceau qui me plaît, j'éprouve exactement le même sentiment de plénitude qu'à quinze ans, l'oreille collée sur la TSF de mes parents. C'est une part de mon enfance qui demeure inchangée en moi. « Je te vois, tu vieillis bien, mon Pierrot... Tous tes trucs, là, le jazz, tout ça, ça t'aide... », m'a dit ma chère Colette Périer, la femme de François, lorsque nous avons eu le malheur de le perdre. Pour le jazz, elle a raison. Mon fils Laurent, lui, s'était pris de passion pour Dean Martin. A tel point qu'il a failli prénommer son fils « Dino »... Je lui ai rappelé que le petit Dino ne s'appellerait pas « Mondy » mais « Cuq », qu'il fallait peut-être réfléchir à l'association des deux noms... Il y a réfléchi. Mon petit-fils s'appelle Benjamin...

Aujourd'hui, je dois utiliser mon temps de façon rationnelle, pratique. Il y a des rôles que je ne peux plus tenir, mon âge ne permettant plus de performance physique. D'ailleurs, à ce propos, j'ai dû mettre un bémol sur le tennis. « Bon, maintenant, vous arrêtez ça, c'est dangereux... Ou bien, jouez en double avec des gens de votre âge... », m'a dit mon cardiologue que j'écoute religieusement. Je songe avec nostalgie aux dimanches après-midi où j'arrivais pour jouer au théâtre, les cheveux encore mouillés de la douche prise à la hâte dans les vestiaires du club... Les rôles que je jouais il y a quinze ans, je ne peux plus les interpréter. Il n'y a pas de vieux Laurel et Hardy ; il n'existe pas de vieux Danny Kay ou de vieux Jerry Lewis. Aujourd'hui, je ne pourrais plus porter de caleçon dans un Feydeau... A la limite jouer l'égrillard général de *La Dame de chez Maxim*... Il reste peut-être des personnages de Guitry, et encore, « les grands Guitry » ont été déjà tellement joués... Il y a peu, on m'a proposé le rôle d'un cuisinier qui perd son inspiration et à qui sa femme dit : « Ne t'inquiète pas, on va remonter un restaurant, on va repartir de zéro... » Ça m'a fait sourire. Un type qui a un coup de blues à cinquante ans, il en a encore « sous le pied », il peut se refaire. Mais, à quatre-vingts balais, ce n'est plus très crédible. Dans le même scénario, je devais aller à la rencontre d'un homme qui m'ouvrait les bras en s'écriant : « Ah, mon élève ! » Ainsi que je l'ai dit au producteur, avant de trouver quelqu'un qui puisse m'adresser cette réplique et qu'on y croie, il va falloir chercher loin ! Même si on me dit que je ne fais pas mes quatre-vingts ans, ils sont bien là, je les ai vécus et ils comptent... Et certains jours, toutes ces années pèsent du plomb dans les jambes, même si c'est de l'or dans les souvenirs.

Ce métier est vraiment une aventure et le mot « carrière » ne veut rien dire pour moi. Les acteurs ne sont pas des diplomates qui vont de poste en poste. Dalio comparait notre métier d'acteur à une belle jeune fille ayant enfilé sa plus jolie robe et qui attend que le téléphone sonne pour aller danser. La plupart du temps, elle fait tapisserie... Isabelle Huppert a donné sa définition du métier : « Etre au régime et attendre. » C'est notre lot à nous, les acteurs. J'ai passé ma vie à côtoyer des comédiens qui se désespéraient de ne pas travailler et vivaient médiocrement. Je reconnais que le succès de la série des *Cordier* m'a dégagé des tracas matériels. Mais une chose est sûre : si j'avais senti que je n'allais pas pouvoir vivre de ce métier, je l'aurais arrêté. Ne me demandez pas ce que j'aurais fait...

Acteur, je n'ai pas quitté la scène. Je vais reprendre le rôle de Claude Piéplu dans *Six heures au plus tard* de Marc Perrier, mis en scène par Joël Santoni. En route pour la belle province chaleureuse, moins sectaire que Paris. Populaire, pour moi, n'est pas un gros mot. On aura beau essayer de compartimenter les genres et les acteurs, ceux qui ont la carte et les autres, le succès auprès du public est indivisible. Enfin, le rideau se lève, les trois coups frappés, et on y va, qu'on soit malade, déprimé, fatigué... La magie opère, on sait comment certains acteurs sont parvenus à monter sur scène les soirs de tragédies personnelles.

Lorsqu'il revisitait sa vie, l'acteur Vittorio Gassman disait avoir « un bel avenir derrière lui ». Un long travelling arrière sur la trompette de Louis Armstrong. Qui dit mieux ? On ne retient pas le temps. On ne l'accommode pas. Il est le seul maître à bord. Mais on peut en isoler un moment, en faire une toile, un morceau de musique ou un livre. Soudain ce temps exigeant et intempestif vous offre une halte et se déroule à l'envers. Les émotions reviennent comme au premier jour. Et on pleure sur ces instants où nous crevions du bonheur d'exister par amour, pour un rêve, une ambition, un mot d'enfant.

Parfois, je me demande ce qu'il restera de moi dans la mémoire des amateurs de théâtre, des spectateurs... Le sergent-chef Chaudard, oui, très évidemment, Napoléon, pas sûr... J'aime chez les comédiens ce côté phalène, ce grand papillon qui disparaît après s'être brûlé à la lumière. Qui se souvient d'Abel Gance aujourd'hui, hormis les cinéphiles ? Que les souvenirs se diluent dans le temps ne me dérange pas plus que ça. Les miens sont bien ancrés au fond de ma mémoire. Je tirerai le rideau avec eux.

Filmographie, télévision, théâtre

Cinéma

1949 *Rendez-vous de juillet*, Jean Becker
1950 *Les Anciens de Saint-Loup*, Georges Lampin
Souvenirs perdus, Christian Jacque
Sans laisser d'adresse, Jean-Paul Le Chanois
1951 *Victor*, Claude Heymann
Le Costaud des Batignolles, Guy Lacourt
Agence matrimoniale, Jean-Paul Le Chanois
Un jour avec vous, Jean-René Legrand
1952 *Le Plus Heureux des hommes*, Yves Ciampi
1953 *Le Guérisseur*, Yves Ciampi
Capitaine pantoufle, Guy Lefranc
Crainquebille, Ralph Habib
1954 *Les Chiffonniers d'Emmaüs*, Robert Darène
Tout chante autour de moi, Pierre Gout
Casse-cou mademoiselle, Christian Stengel
1955 *L'Affaire des poisons*, Henri Decoin
Cherchez la femme, Raoul André
Des gens sans importance, Henri Verneuil
1956 *Folies-bergère*, Henri Decoin
La Roue, André Haguet
Que les hommes sont bêtes, Roger Richebé
Les Louves, Luis Saslavsky

1957 *La Vie à deux*, Clément Duhour
Méfiez-vous des fillettes, Yves Allégret
Quand la femme s'en mêle, Yves Allégret
Le Triporteur, Jack Pinoteau
Ni vu ni connu, Yves Robert
Le Temps des œufs durs, Norbert Carbonnaux
En légitime défense, André Berthomieu
1958 *Cigarettes, whisky et p'tites pépées*, Maurice Régamey
Chéri, fais-moi peur, Jack Pinoteau
Faibles femmes, Michel Boisrond
Vous n'avez rien à déclarer, Clément Duhour
1959 *Le Chemin des écoliers*, Michel Boisrond
Les Loups dans la bergerie, Hervé Bromberger
Austerlitz, Abel Gance
1960 *La Française et l'amour*, Jean Delannoy
L'Affaire d'une nuit, Henri Verneuil
Dans la gueule du loup, Jean-Charles Dudrumet
Boulevard, Julien Duvivier
1961 *Le Comte de Monte-Cristo*, Claude Autant-Lara
Les Petits Matins, Jacqueline Audry
Le crime ne paie pas, Gérard Oury
La Loi des hommes, Charles Gérard
1962 *Jusqu'au bout du monde*, François Villiers
Les Veinards, Jean Girault
Les Mystères de Paris, André Hunebelle
1963 *Plus fort que le sang*, Sergio Grieco
Bébert et l'omnibus, Yves Robert
A couteaux tirés, Charles Gérard
Voir Venise et crever, André Versini
1964 *Week-end à Zuydcoote*, Henri Verneuil
Requiem pour un caïd, Maurice Cloche
Les Copains, Yves Robert
1965 *Compartiment tueurs*, Costa-Gavras
1966 *Monsieur le président-directeur général*, Jean Girault

	Le facteur s'en va-t-en guerre, Claude Bernard-Aubert
	La Nuit des généraux, André Litvak
1968	*Pierre et Paul*, René Allio
1971	*Papa les petits bateaux*, Nelly Kaplan
	Les Malheurs d'Alfred, Pierre Richard
1973	*Mais où est donc passée la 7e compagnie ?*, Robert Lamoureux
	Prêtres interdits, Denys de La Patellière
1974	*Impossible... pas français*, Robert Lamoureux
	Vos gueules les mouettes, Robert Dhéry
	Vous ne l'emporterez pas au paradis, François Dupont-Midy
1975	*Le Téléphone rose*, Edouard Molinaro
	On a retrouvé la 7e compagnie, Robert Lamoureux
1976	*Dernière sortie avant Roissy*, Bernard Paul
1977	*La 7e compagnie au clair de Lune*, Robert Lamoureux
1978	*Le beaujolais nouveau est arrivé*, Jean-Luc Voulfow
	Vas-y maman, Nicole de Buron
	Démons de midi, Christian Paureilhe
1979	*Retour en force*, Jean-Marie Poiré
1980	*Signé Furax*, Marc Simenon
1981	*Le Cadeau*, Michel Lang
1982	*Le Battant*, Alain Delon
	Le Braconnier de Dieu, Jean-Pierre Darras
	Si elle dit oui... je ne dis pas non, Claude Vital
1984	*Pinot simple flic*, Gérard Jugnot
	Tranches de vie, François Leterrier
1993	*Le Fils préféré*, Nicole Garcia
2002	*Lovely Rita*, Stéphane Clavier

Cinéma

(en tant que metteur en scène)

1969 *Appelez-moi Mathilde*, d'après une pièce de théâtre de Francis Veber

Télévision

1955 *Crime et Châtiment*, Stellio Lorenzi
1956 *La Puce à l'oreille*, Stellio Lorenzi
1957 *D'après nature ou presque*, Marcel Cravenne
1959 *Ce bon monsieur Jo*
1960 *Arden de Faversham*, Marcel Bluwal
La terre est ronde, Claude Loursais
1964 *Le Matelot de nulle part*, Marcel Cravenne
1965 *Le Plus Grand Théâtre du monde*, Jean-Paul Carrère
L'Age heureux, Philippe Agostini
1966 *Spéciale dernière*, Alain Dhenaut
La Parisienne, Jean Kerchbron
1967 *Sur la terre comme au ciel*, Jean-Paul Carrère
1970 *Noëlle aux quatre vents*, Pierre Sabbagh
1972 *Interrogatoires*, épisode « Don Quichotte », Jean Cau
Interrogatoires, épisode « Un vrai faux », Monteilhet
Interrogatoires, épisode « L'Affaire Villacieuse », Pierre Mondy
Les Nuits de la colère, Jean-Paul Carrère
Histoire vraie, Claude Santelli
1973 *Flaubert*, Alain Dhénaut
1974 *Show Vartan* (émission TV)
1975 *Numéro 1 Bedos-Daumier*, M. Sarraut
1976 *Histoire de rire*, Yves-André Hubert
L'Œil en coulisses (émission TV)
La Vérité de madame Langlois, Claude Santelli

1978	*Les Rustres*, Yves-André Hubert
	Le Petit Théâtre du dimanche, épisode « La paire de gifles », J. Hubert
	L'Hôtel du libre-échange, Guy Seligmann
	Sacré farceur, Jacques Rouland
1979	*Le Canard à l'orange*, Douglas Home (mise en scène Pierre Mondy)
	Petit déjeuner compris, Michel Berny
	Le Coq de bruyère, Gabriel Axel
	Les Copains d'ailleurs, G. A. Baudry
1980	*Adèle ou la marguerite*, Pierre Desfons
	Le Roseau pensant, Alain Dhenaut
	Samantha, Victor Vicas
1981	*Aide-toi*, Jean Cosmos
	Patate, Yves-André Hubert
1983	*Billet doux*, Michel Berny
1986	*Lornac est partout*, Tony Flaadr
1987	*Lily et Lily*, Georges Folgoas
	Double mixte, Georges Folgoas
1988	*Palace*, Jean-Michel Ribes
1989	*Comédie, comédie*, Pierre Mondy
	Edouard et ses filles, Michel Lang
1990	*Sisterly Feelings* (« L'amant de ma sœur »), Pierre Mondy
1991	*Trois partout*, Jean Poiret
	Enfer et damnation, Jean Marbœuf
1992	*Alice es-tu là ?*, Didier Albert
	Un juge et son flic, Alain Bonnot
	Le Dernier Secret, Luigi Perelli
	Le Frère trahi, Philippe Monnier
1993	*Les Cordier, juge et flic*
	« Pâture au pistolet », Alain Bonnot
	« L'argent des passes », Alain Bonnot
	« L'assassin des beaux quartiers », Alain Bonnot
	« 36 15 Baby Doll », Alain Bonnot
	« Combinaison mortelle », Alain Bonnot
1994	« Une associée en trop », Laurent Carcelès
	« Une mort programmée », Jacques Cortal

« Un alibi en béton », Laurent Carcelès
« Bébé en cavale », Pierre Joassin
« Rangée des voitures », Pierre Sisser
1995 « Un si joli témoin », Yves Amoureux
« Cécile, mon enfant », Marion Sarraut
« Affaires de femmes », Christiane Leherissey
« Une voix dans la nuit », Alain Wermus
« La vie à zéro », Bruno Herbulot
« La mémoire blessée », Gilles Béhat
1996 *Panique au Plazza*, de Ray Cooney (adaptation de Christian Clavier et Jean-Marie Poiret)
1996-2004 *Les Cordier, juge et flic*
2000 *Les Filles à papa*, Jean-Marc Rivière
2001 *Le Prix de la vérité*, Joël Santoni
2004 *La Visite*, Pierre Sisser
2004-2006 *Commissaire Cordier*
2004 *Menteur, menteuse !*, Henri Helman
Joseph, Marc Angelo

THÉÂTRE

1948-1950 : *La Route des Indes*, de Edward Morgan Forster
La Fête noire, de Jacques Audiberti
La Quadrature du cercle, de Valentin Kataïev
Petita
Pucelle, de Jacques Audiberti
Les Indifférents, de Alberto Moravia
Le mal court, de Jacques Audiberti
Harvey, de Mary Chase, théâtre Antoine
1951 *Le Moulin de la galette*, de Marcel Achard, théâtre de la Michodière
1952 *La Puce à l'oreille*, de Georges Feydeau, théâtre Montparnasse
1954 *Les Sorcières de Salem*, d'Arthur Miller
Chocolat Show, de Roger Pierre

1956 *Bitos ou le dîner de tête* de Jean Anouilh, théâtre du Montparnasse

1958 *Oscar*, de Claude Magnier, théâtre des Bouffes-Parisiens, théâtre de l'Athénée

La Bagatelle, de Marcel Achard, théâtre des Bouffes-Parisiens

1960 *Piège pour un homme seul*, de Robert Thomas, en tournée

1960 *Spéciale dernière*, de Ben Hecht et Charlie Mac Arthur, théâtre de la Renaissance

1963 *Des clowns par milliers*, de Herb Garner, mise en scène Raymond Rouleau, théâtre du Gymnase

1964 *Les Joies du forum*, de Bart Shevlove et L. Gelbart, mise en scène Yves Robert, théâtre du Palais-Royal

1965 *La Dame de chez Maxim*, de Georges Feydeau, théâtre du Palais-Royal

1967 *Jean de la lune*, de Marcel Achard, mise en scène Jean Piat, théâtre du Palais-Royal

Drôle de couple, en tournée

1968 *L'Enlèvement*, de Francis Veber, mise en scène Jacques Fabri, théâtre Edouard-VII

1969 *Le Prix*, d'Arthur Miller, mise en scène Raymond Rouleau, théâtre Montparnasse

1970 *Une fille dans ma soupe*, de Terence Frisby, mise en scène Raymond Rouleau, théâtre de la Madeleine

1971-73 *Grand standing*, de Neil Simon, mise en scène Emilio Bruzzoen, tournée

1976 *Simon le Bienheureux*, de Simon Gray et Mathieu Galey, mise en scène Michel Fagadau, théâtre du Gymnase

1978 *Les Rustres*, de Carlo Goldoni, mise en scène Claude Santelli, théâtre de la Michodière

Le Tout pour le tout, de Françoise Dorin, mise en scène Raymond Gérôme, théâtre du Palais-Royal

1980 *La Cage aux folles*, de Jean Poiret, théâtre du Montparnasse
1982 *Joyeuses Pâques*, de Jean Poiret, théâtre de la Michodière
1983 *Le Roi Victor*, de Louis Calaferte, mise en scène Jean-Pierre Miquel, théâtre de Boulogne-Billancourt
1984 *Le Dindon*, de Feydeau, mise en scène Jean Meyer, théâtre du Palais-Royal
1986 *N'écoutez pas, mesdames !*, de Sacha Guitry, mise en scène Jean Meyer, théâtre du Palais-Royal
1987 *C'est encore mieux l'après-midi*, de Ray Cooney, théâtre des Variétés
1988 *Glengarry Glen Ross*, de David Mamet, mise en scène Marcel Maréchal, théâtre Edouard-VII
1991 *Rumeurs*, de Neil Simon, adaptation Jean Poiret, mise en scène Pierre Mondy, théâtre du Palais-Royal
1998 *Le Sénateur Fox*, de Luigi Lunari, mise en scène Jean-Luc Tardieu, maison de la Culture de Loire-Atlantique

Théâtre

(en tant que metteur en scène)

1952 *L'amour toujours l'amour*, théâtre Antoine
Sans cérémonie, de Jacques Vilfrid et Jean Girault, théâtre Daunou
1961 *Spéciale dernière*, de Ben Hecht et Charlie Mac Arthur, théâtre de la Renaissance
1962 *La Vénus de Milo*, de Jacques Deval, théâtre du Gymnase
Les Petits Renards, de Lillian Hellman, théâtre Sarah-Bernhardt
1963 *Comment réussir dans les affaires sans trop se fatiguer*, de Frank Loesser et Abe Burrows, théâtre de Paris

1965 *Pieds nus dans le parc*, d'après Neil Simon, adaptation André Roussin, théâtre de la Madeleine
Deux anges sont venus, paroles Charles Aznavour, musique Georges Gavarentz, théâtre de Paris
1966 *Drôle de couple*, de Neil Simon, théâtre de la Renaissance, tournée
1967 *Frédéric*, de Robert Lamoureux, théâtre Edouard-VII
1968 *Trois hommes sur un cheval*, de Cécil Holm et Georges Abbot, adaptation Marcel Moussy, théâtre Antoine
1970 *Domino*, de Marcel Achard, théâtre des Variétés
Le Contrat, de Francis Veber, théâtre du Gymnase, tournée
1971 *Le Canard à l'orange*, de William-Douglas Home, traduction Marc Gilbert Sauvajon, théâtre du Gymnase, tournée
La main passe, de Georges Feydeau, théâtre Marigny
Oscar, de Claude Magnier, théâtre du Palais-Royal
1972 *La Cage aux folles*, de Jean Poiret, théâtre du Palais-Royal
1973 *L'Arnaqueur*, de Pierrette Bruno, théâtre de la Michodière
Vol au-dessus d'un nid de coucou, de Dale Wassermann, théâtre Antoine
Même heure l'année prochaine, de Bernard Slade, adaptation Barille et Grédy, théâtre Montparnasse
1977 *Féfé de Broadway*, de Jean Poiret, théâtre des Variétés
Trois lits pour huit, de Alan Ayckbourn, adaptation Victor Lanoux, théâtre Montparnasse
1979 *Coup de chapeau*, de Bernard Slade, théâtre de la Michodière
Ardèle ou la marguerite, de Jean Anouilh, théâtre des Arts-Hébertot

1980 *La Cage aux folles*, de Jean Poiret, théâtre Montparnasse
Joyeuses Pâques, de Jean Poiret, théâtre Antoine
Potiche, de Barillet et Grédy
Coup de chapeau, tournée
1981 *Le Divan*, de Remo Forlani, théâtre la Bruyère
1982 *Joyeuses Pâques*, de Jean Poiret, théâtre de la Michodière
La Fille sur la banquette arrière, de Bernard Slade, théâtre du Palais-Royal
1983 *Ma vedette américaine*, de Jean-Louis Livi, théâtre Saint-Georges
1984 *J'ai deux mots à vous dire*, de Jean-Pierre Delage, théâtre de la Michodière
1985 *N'écoutez pas, mesdames !*, de Sacha Guitry, théâtre des Variétés
Chapitre II, de Barillet, théâtre Edouard-VII
Voisin voisine, théâtre du Palais-Royal, tournée
Lily et Lily, de Barillet et Grédy, théâtre Antoine, tournée
1986 *L'Amuse-gueule*, de Gérard Lauzier, théâtre du Palais-Royal
N'écoutez pas, mesdames !, de Sacha Guitry, théâtre du Palais-Royal
Double mixte, de Ray Cooney
1987 *C'est encore mieux l'après-midi*, de Ray Cooney, théâtre des Variétés
Monsieur de Pourceaugnac, de Molière, Comédie-Française
La Poudre aux yeux, de Eugène Labiche, Comédie-Française
Trois partout, de Ray Cooney, adapté par Jean Poiret, théâtre des Variétés
1988 *Avanti*, de Samuel Taylor, théâtre du Palais-Royal
La Présidente, de Maurice Hennequin, Pierre Veber, adaptation Jean Poiret, théâtre des Variétés
C'est encore mieux l'après-midi, en tournée

1989 *Un fil à la patte*, de Feydeau, théâtre du Palais-Royal
J'ai deux mots à vous dire, de Jean-Pierre Delage, tournée
Avanti, de Samuel Taylor
1990 *J'ai deux mots à vous dire*, reprise au Studio des Champs-Elysées
La Présidente, en tournée
N'écoutez pas, mesdames !, de Sacha Guitry, en tournée
Trois partout, de Ray Cooney, Tony Hilton, adaptation Jean Poiret, théâtre des Variétés
1991 *Rumeurs*, de Neil Simon, théâtre du Palais-Royal
1992 *Sans rancune*, de Sam Bobrick, Ron Clark, adaptation Jean Poiret, théâtre du Palais-Royal, tournée
1992 *Knock*, de Jules Romain, théâtre de la Porte-Saint-Martin
1993 *Le Dîner de cons*, de Francis Veber, théâtre des Variétés
1994 *Knock*, de Jules Romains, en tournée
1995 *Le Dîner de cons*, de Francis Veber, en tournée
Panique au Plazza, de Ray Cooney, adaptation de Christian Clavier et Jean-Marie Poiret, théâtre Marigny
1996 *Bagatelles*, adaptation Laurent Chalumeau d'après *Present Laughter* de Noël Coward, théâtre de Paris
1997 *Oscar*, de Claude Magnier, adaptation Laurent Chalumeau, tournée
Descente au plaisir, de Jean-Pierre Coffe, théâtre Fontaine
2002 *Panique au Plazza*, de Ray Cooney, théâtre de Variétés
Même heure l'année prochaine, de Bernard Slade, théâtre du Gymnase
2003 *Remue-ménage*, d'Alan Ayckbourn, théâtre des Variétés

Remerciements

A Olivier Orban qui a su me convaincre de sauter le pas pour raconter ces souvenirs.

A Frédérique Drouin pour son travail constant.

A Claude Mendibil sans laquelle ce livre n'aurait pu se faire et qui a su mettre en mots mes émotions les plus intimes.

A Catherine Allary et sa précieuse intransigeance.

Et enfin à Claude de Givray, Claude Sambain, Takis Kandilis, Laure Doyonax, Michèle Podroznick, Christophe Marguerie et Joëlle Calvignac. Avec *Cordier*, ils ont rendu heureux un vieux gamin.

Table

Cet ouvrage a été composé et imprimé par la
SOCIÉTÉ NOUVELLE FIRMIN-DIDOT
Mesnil-sur-l'Estrée
pour le compte des Éditions Plon
76, rue Bonaparte
Paris 6e
en octobre 2006

Imprimé en France
Dépôt légal : octobre 2006
N° d'édition : 14102 – N° d'impression : 81228